हिन्द पॉकेट बुक्स

प्यासी धरती प्यासे लोग

कृश्न चन्दर हिन्दी और उर्दू के कहानीकार थे। उनका जन्म 23 नवंबर 1914 को वजीराबाद, ज़िला गूजरांवाला (अब पाकिस्तान) में हुआ था। उनका बचपन पुंछ (जम्मू और कश्मीर) में बीता। उन्होंने अनेक कहानियाँ और उपन्यास लिखे हैं। उनके जीवनकाल में उनके बीस उपन्यास और 30 कथा-संग्रह प्रकाशित हो चुके थे। उन्होंने रेडियो नाटक और फिल्मी पटकथाएँ भी लिखीं। 1973 की प्रसिद्ध फिल्म मनचली के संवाद उन्हीं के लिखे हुए थे। उनकी भाषा पर डोगरी और पहाड़ी का प्रभाव दिखता है। उनकी कहानी पर धरती के लाल (1946) और शराफत (1970) जैसी फिल्में बनीं।

1969 में उन्हें पद्मभूषण से सम्मानित किया गया था। उन्होंने मुख्यतः उर्दू में लिखा, किन्तु भारत की स्वतंत्रता के बाद हिन्दी में लिखकर राजभाषा के प्रचार-प्रसार में योगदान दिया। उनका निधन 8 मार्च 1977 को मुंबई में हुआ था।

प्यासी धरती प्यासे लोग

कृश्न चन्दर

हिन्द पॉकेट बुक्स
पेंगुइन रैंडम हाउस इम्प्रिंट

हिन्द पॉकेट बुक्स

यूएसए। कनाडा। यूके। आयरलैंड। ऑस्ट्रेलिया। सिंगापुर
न्यू ज़ीलैंड। भारत। दक्षिण अफ्रीका। चीन

हिन्द पॉकेट बुक्स, पेंगुइन रैंडम हाउस ग्रुप ऑफ़ कम्पनीज़ का हिस्सा है,
जिसका पता global.penguinrandomhouse.com पर मिलेगा

पेंगुइन रैंडम हाउस इंडिया प्रा. लि.,
चौथी मंजिल, कैपिटल टावर -1, एम जी रोड,
गुड़गांव 122 002, हरियाणा, भारत

पेंगुइन
रैंडम हाउस
इंडिया

प्रथम संस्करण हिन्द पॉकेट बुक्स द्वारा 1968 में प्रकाशित
यह संस्करण हिन्द पॉकेट बुक्स में पेंगुइन रैंडम हाउस द्वारा 2022 में प्रकाशित

10 9 8 7 6 5 4 3 2

ISBN 9789353494919

मुद्रकः रेप्रो इंडिया लिमिटेड

www.penguin.co.in

FSC
www.fsc.org
MIX
Paper from
responsible sources
FSC® C047271

This is a legitimate digitally printed version of the book and therefore might not
have certain extra finishing on the cover.

एक

जंगल-जंगल ढूंढ़ा तुझको

सब उसे जंगली कहते थे। वह एक मज़बूत, गठे हुए शरीर का नौजवान था। मुंहफट और बात-बात पर हंसने वाला, आवारा और बेफिक्रा। उसके बाप ने उसे रास्ते पर लाने के लिए बहुत कोशिश की थी, मगर जिन लड़कों की मांएं बचपन में मर जाती हैं, वे बाहर उड़े-उड़े फिरते हैं। जैसे कुछ ढूंढ़ रहे हों। अपने किसान बाप की तरह जंगली अपने-आपको खेतों में बैलों की तरह नहीं जोत सकता था। किसी न किसी तरह का बहाना करके वहां से खिसक जाता था।

जंगली को जंगल प्यारा था। उसका गांव ढकी पर आबाद था और ढकी के ऊपर घना जंगल था और ढकी के नीचे से पहाड़ी किनारों को कुतरती हुई, एक मोटर-रोड जाती थी और जंगली को दोनों चीज़े पसन्द थीं। जंगल भी और मोटर-रोड भी। दिन-भर वह जंगल में घूमता और जिस तरह से लोगों को शहरों में गली-कूचों और बाज़ारों की पहचान होती है उसी तरह से जंगली को जंगल की पहचान थी। वह हर खरगोश के भट से परिचित था और नीलगाय के कदम पहचान लेता था। उसे मालूम था कि दोपहर में जंगल के बीच बहने वाले झरने पर कोई नहीं जाता, क्योंकि उस समय वहां जंगल का शेर पानी पीने के लिए और पानी पीकर आराम करने के लिए आता है।

जंगली जानता था कि जब बहार आती है और चीड़ के पेड़ों से लटकी हुई अंगूर की बेलों में रस-भरे अंगूर के मीठे मोती चमकने लगते हैं, तो रीछ चोटी की खोह छोड़कर नीचे उतर आते हैं, और शहद और अंगूर और अखरोट की तलाश में जंगल के उस भाग की तरफ उतर जाते हैं, जहां दिन-भर सूरज रहता है और हल्की

हरी रोशनी चारों ओर छाई रहती है, जहां बनफ्शे के नन्हे-नन्हे फूल अपनी शरमीली आंखें खोलकर अचरज से चारों ओर तकते हैं और चांदनी रातों में लम्बी-लम्बी घास की ढलवानों में काऊ के छिदरे-छिदरे पेड़ों के नीचे मृग अपनी नाभि की महक से खुश होकर खुद ही नाचने लगते हैं। जंगली का जी ऐसी चांदनी रातों में रोने को चाहता था और उसे यह भी मालूम नहीं था क्यों चाहता है।

वह उन मस्त हिरनों ओर हिरनियों को चौकड़ियां भरते देखकर बेअख्यितयार अपने होंठ अपनी बंजली से लगा देता था। सारे गांव में उससे अच्छी बंजली बजानेवाला और कोई न था। जब चांदनी रातों में जंगल से बंजली की आवाज़ सुनाई देती, तो लोग सोते में उठ जाते, बातें करते-करते खामोश हो जाते, खाना खाते-खाते हाथ ढीले छोड़ देते, क्योंकि बंजली उनको टेरती थी। वह उनके पास ऐसे सपने लाती थी जो इन्सान की ज़िन्दगी में कभी पूरे नहीं होते। ऐसी आशाएं, जो मन में गम और आंख में आंसू बनकर चमकती हैं। ऐसी आशाएं, जिनके सतरंगे छाया-पथ के साए में इन्सान इस जीवन की हर मुसीबत और आफत को झेल सकता है। जब जंगली खेतों में काम नहीं करता था तो गांव के लोग उसके बाप को ताना देते थे। पर जब वह बंजली बजाताथा तो वे उसका हर गुनाह माफ कर देते थे। मगर जंगली कोई निकम्मा नौजवान तो न था। जब कभी उसका बाप बीमार पड़ता था तो वही खेतों में जाकर सब काम करता था। इसके अलावा जंगल से लकड़ियां काट के वही लाता था, बैलों के लिए ढलवानों और ढकियों और घाटियों, खतरनाक खाइयों के किनारे उगी हुई लम्बी-लम्बी घास काटकर लाता था। वही जंगल से शहद का छत्ता लाता था और जंगली अखरोट और अंगूरों के ऊदे-ऊदे गुच्छे भी। पतझड़ में अपने कच्चे घर की छत को सनत्थे की झाड़ियां काट-काट के पाट देता और उनके ऊपर मिट्टी डालकर इतने ज़ोर से कूटकर बराबर कर देता कि सर्दियों में बर्फ के पानी की एक बूंद भी छत से नीचे नहीं टपकती थी। और जब सर्दी का मौसम आ जाता तो चारों ओर बर्फ जम जाती। ढलवानें, घाटियां, ढकियां, खेत और जंगल बर्फ से ढक जाते। खेत के किनारे से पेड़ों की शाखों पर दूर-दूर तक बर्फ की नन्ही-नन्ही किरनें चमकने लगतीं। जैसे बादल किसी अनजानी मंज़िल का निशान छोड़ गए हों। उस समय जंगली अपनी ढकी का गांव छोड़कर नीचे मोटर-रोड पर आ जाता और एक बड़ी चट्टान पर बैठकर उस नीले

फीते की तरह चमकती हुई सड़क को देखने लगता—जो उन बर्फीले इलाकों से बहुत दूर कहीं जाती थी, किसी ऐसे शहर को, जहां बर्फ नहीं पड़ती, जहां हर दिन सुनहरी धूप से चमकता है और हर रात बिजली की चांदनी से जगमगाती है और बिस्तर ऐसे नरम और गरम होते हैं कि उनपर लेटते ही नींद आ जाती है। अपने गांव की तरह नहीं कि चार कम्बल का जाड़ा, एक ही फटा-पुराना कम्बल ओढ़कर और दांत कटकटा के काटना पड़ता है।

मगर जंगली नौजवान था। उसकी रगों का खून ताज़ा और गरम था। वह सर्दी से नहीं डरता था, पर वह कभी-कभी अपने बाप के सर्दी से बजते हुए दांत और कुहरे के मारे हुए नीले हाथ-पांव देखकर परेशान हो जाता था और उसका जी चाहता था कि वह शहर भाग जाए और गरम-गरम कमरों के अन्दर से एक रेशमी लिहाफ उठा लाए और पिछले साल के सड़े-बोसीदा धेयाल के बिस्तर पर पड़े हुए अपने बाप को सर से पांव तक ढांप दे। लेकिन जंगली भी गांव के दूसरे लोगों की तरह एक गरीब किसान का बेटा था। वे सब बेहद गरीब थे और सबके सब महाजन के कर्ज़दार थे और सिर्फ सपने देख सकते थे।

और जंगली तो ज़िन्दगी के उस दौर में था, जहां सपने बड़े सुहाने मालूम होते हैं, जब हर मुसीबत आसान मालूम होती है। और जंगली तो था ही बेफिक्रा और आवारा और खिलंडरा। उसे किसीका डर नहीं था, न बाप का, न महाजन का, न अपनी ताई का, जो दोनों वक्त अपने घर से आकर इन दोनों बाप-बेटों को खाना खिलाती थी और अपने घर चली जाती थी। ताई से सारा गांव डरता था क्योंकि गांव में यह मशहूर था कि ताई अगर किसीको एक बार कहर-भरी नज़रों से देख ले, तो वह आदमी ज़िन्दा नहीं बच सकता। मगर जंगली तो ताई से भी नहीं डरता था। जिस आदमी को रीछ और चीते का डर न हो, वह किसी दूसरे से क्या डरेगा ! मगर ऐसा भी नहीं है कि जंगली के दिल में किसी तरह का भय या डर न था—जंगली भी डरता था।

'गांव की नौजवान और खूबसूरत लड़कियों से बहुत डरता था।' ये नीले झरने की तरह चमकने वाली साफ और उजली आंखें, उससे क्या कहती हैं ? ये बेल-बूटे बने घड़े के बोझ से डोलती हुई कमर उसे क्यों बुलाती हैं ? ये कतार बनाए झरने को जाती हुई लड़कियां उसकी ओर देखकर क्यों मुस्करा देती

हैं ? फिर आपस में बातें करके ठट्ठा मारके क्यों हंस पड़ती हैं ? जैसे हवा में हंसी के दाने बिखर जाएं और सारा वातावरण शहद के छत्ते की तरह डोलने लगे।...जंगली ज़्यादा देर तक उन लड़कियों के कहकहों को सहन न कर सकता था। पहले तो उसकी ज़बान खामोश हो जाती थी। फिर वह वहीं खड़े का खड़ा रह जाता, जैसे वह इन्सान न हो, पेड़ का तना हो, जो आप ही आप इस धरती से उग आया है। फिर जब लड़कियों की छेड़छाड़ इतनी बढ़ जाती कि उसे अपने चारों तरफ बिजली के तीर से चलते दिखाई देते तो वह पलटकर वहां से भाग जाता और अपने कांपते हुए दिल को लेकर जंगल में खो जाता। 'जंगली !' लड़कियां चिल्लाकर चीख उठतीं।

'सचमुच बिल्कल जंगली है।'

वह चैत का दिन था। चमकीला और खुशगवार। घाटियों पर बर्फ पिघल चुकी थी और हरी-हरी दूब उग आई थी। चनारों के पेड़ पत्तों से भर गए थे और आलूचों के पेड़ सफेद और ऊदे फूलों से झुके थे और हवा में ऐसी महक थी कि खुश्बुओं की तितलियां-सी उड़ती हुई मालूम होती थीं। जंगली कन्धे पर कुल्हाड़ा रखे लड़कियां काटने जा रहा था। यह उसका रोज़ का नियम था। ढकी के नीचे मोटर-रोड पर गंगू का चायखाना था। यह चायखाना चीड़ की अधछिली लकड़ियों से बनाया गया था और उसके हर दरो-दीवार से जीगन की सोंधी और मस्त खुश्बू आती थी। रास्ते से गुज़रने वाले मोटर ड्राइवर और क्लीनर उस चायखाने को पसन्द करते थे। गंगू बेहद सीधा पहाड़ी था। उसका दाम वाजबी था। दूध खालिस, चाय ताज़ा, पकौड़ियां गरम और बातचीत मीठी होती थी।

उसके अन्दाज़ में एक ऐसी पाक अनछुई मासूमियत थी, जो शहर से आए हुए ड्राइवरों को बहुत भली मालूम होती थी। कम से कम शहर के छल-कपट से बिल्कुल अलग—और इसीलिए बेहद दिलचस्प मालूम होती थी।

जंगली उस चायखाने में हर रोज़ लकड़ियों का एक गट्ठा लाके देता था और गर्मियों में तीन आने वसूल करता था और सर्दियों में चार आने—और चाय का एक कप मुफ्त।

कभी गंगू उसकी हथेली पर बेसन के दो-चार पकौड़े भी रख देता। कभी एक-आध जलेबी भी खाने को मिल जाती, इसलिए जंगली गंगू से बहुत खुश था और इसलिए जितना बड़ा गट्ठा वह गंगू के लिए लाता, अगर कोई दूसरा किसान लाता तो छः आने से कम में न बेचता। इसी बात पर गंगू भी उससे खुश था और जब दोनों एक-दूसरे से खुश हों, तो वहां किसी दूसरे लकड़हारे का क्या काम !

वह ऐसी सुबह थी, जो इन्सान को गुनगुनाने पर मजबूर करती है। जंगली नंगे पांव चल रहा था और उसके कदमों-तले की ओस में डूबी हुई दूब, उसके पांव में गुदगुदी कर रही थी। जंगली ने लापरवाही से कुल्हाड़े को अपने कन्धे के हुक से अटका दिया और दोनों हाथों में बंजली लेकर बजाने लगा और जंगल की तरफ जाने लगा।

चश्मे पर पानी भरती हुई लड़कियों की सांसें रुक गई। हाय ! उस बंजली की पुकार कैसे अंग-अंग में चुभी जाती है ! कहां-कहां से छिपे हुए भावों को टटोल-टटोलकर उभारती है ! एक फुलझड़ी की तरह उन्हें आसमान पर फेंक देती है और उन मासूम, बेबस और मजबूर लड़कियों का तमाशा देखती है, जिनके रोम-रोम में बहार की हरी पत्तियां-सी फूटती हैं और मुलायम सीने फूलों के कटोरों-से भर जाते हैं। हाय ! अब उस बंजली के गीत को सुनकर यह बोझिल घड़ा कैसे उठाया जाएगा !

'जंगली, इधर आओ, इस घड़े को हमारे सर पर रख दो।' जंगली बंजली बजाते-बजाते रुक गया। सुनहरे बालों वाली, बड़ी-बड़ी आंखों वाली, लाल पतले होंठों वाली, लचकीली कमर वाली, नम्बरदार की बेटी उससे कह रही थी। घड़ा ज़मीन पर था और नम्बरदार की लड़की एक कमान की तरह झुकी खड़ी थी। उसका एक हाथ घड़े पर था और दूसरे हाथ से वह बुला रही थी। जंगली वहीं खड़े का खड़ा रह गया। वह हैरत-भरी निगाहों से उसे ताक रहा था।

'आओ'—नम्बरदार की लड़की ने बड़ी आजिज़ी से कहा, मगर वह अपनी जगह से हिल न सका।

'आ जाओ, घड़ा उठा दो जंगली।'—

एकाएक जंगली पलटकर भागा और वह बगटुट भागता ही चला गया। झरने पर झुकी हुई लड़की अचानक यों सीधी होकर खड़ी हो गई, जैसे कमान से तीर निकल गया, मन से अरमान निकल गया। एक अंगड़ाई थी, जो दस जगह से टूट

गई।—नम्बरदार की लड़की ने गुस्से से झरने के पानी को ठोकर लगाई, उसकी ठोकर खाते ही पानी चारों ओर खुशी से यों उछला जैसे वह पानी न हो, लड़कियों की हंसी का फव्वारा हो—

'कमबख्त जंगली तो बस जंगली है !'

फिर खुद ही उस लड़की ने अपना घड़ा उठा लिया और सर पर रखकर दूसरी लड़कियों के साथ चल दी। उन लड़कियों के सर पर सेबों की डालियों के फूल थे। उनके पांव में रास्ते के छोटे-छोटे कंकर यों आकर टकराते थे, जैसे मन के किवाड़ खटखटा रहे हों और हर लड़की का दिल खयाली उम्मीदों से कांप उठता और वह हैरान और नाउम्मीद नज़रों से चारों ओर देखकर अपने दिल से कहती—

'यह जन्मजली बहार सदा क्या सताने ही के लिए आती है !'

दोपहर ढल गई थी, मगर जंगली अभी तक अपने काम में लगा हुआ था। वह काऊ के एक पेड़ को काट रहा था, क्योंकि हल की हत्थी टूट गई थी और उसके बाप ने जंगल से कोई सख्त और मज़बूत लकड़ी लाने के लिए कहा था, हत्थी बनाने के लिए। इसलिए जंगली आज काऊ के उस पेड़ को काट रहा था, जिसकी जड़ों को लाल चींटियों ने काट डाला था। उसका सारा बदन पसीने में डूबा हुआ था। काऊ की लकड़ी बड़ी सख्त थी, मगर जंगली के बाज़ुओं में भी बड़ी ताकत थी और उसे इस तरह ताकत आजमाने में बड़ा मज़ा आ रहा था। चीड़ की नर्म और जीगनदार लकड़ी काटने में तो कुछ मज़ा ही नहीं। फिर उससे हल की मज़बूत हत्थी भी नहीं बन सकती। जंगली ने खुश होकर एक भरपूर वार तने से लगी हुई डाल पर किया और कुल्हाड़े को उस डाल के अंदर घुसा दिया। फिर वह कुल्हाड़े की हत्थी इधर-उधर घुमाकर दूसरे वार की तैयारी करने लगा कि इतने में उसे पीछे अपने कंधे पर हाथ महसूस हुआ। उसने पलटकर देखा 'ताई' थी।

'क्या हैं ?'

'तेरे बाप को सांप ने काट खाया है,' ताई यह कहकर धम से धरती पर बैठ गई और सर झुकाकर रोने लगी। जंगली कुछ पल तो स्तब्ध खड़ा रहा—फिर कुल्हाड़े को वहीं तने में लटकता छोड़कर भागा। ताई अभी वहीं धरती पर बैठी रो रही थी,

मगर जंगली हवा की तेज़ी की तरह वापस अपने गांव को भागा जा रहा था।

"बापू! बापू!!'

जब वह गांव की चौहद्दी पर पहुंचा, तो निराश और सिर झुकाए हुए किसानों ने उसे रास्ता दे दिया। जंगली ने डूबते हुए जी से पूछा, 'मेरा बापू कहां है?'

एक किसान ने कहा, "वैद्यजी के घर के बाहर अखरोट के पेड़ के नीचे पड़ा है।'

जंगली तूफान की तरह अपने दोनों हाथ फैलाए गरजता हुआ वहां से भागा।

'बापू, बापू—मैं आ रहा हूं।'

अगर वह इसी तरह गरजकर मौत को डराना चाहता था, तो बेफायदा था। वैद्यजी के घर के बाहर अखरोट के पेड़-तले, चबूतरे पर उसका बाप मरा पड़ा था। उसका सारा जिस्म नीला पड़ गया था और अब धीरे-धीरे सूज भी रहा था। जंगली ने भागकर अपने बाप को दोनों हाथों से उठा लिया। 'बापू—तुझे क्या हुआ है, मेरे बापू!'

वह उसका बाप था, उसकी मां थी और जब तक वह जीवित रहा, जंगली ने उसकी कोई परवाह न की। उसने यही जाना जैसे उसका बाप ज़िन्दगी-भर हमेशा-हमेशा ज़िन्दा रहेगा। उसके लिए, इसी तरह खेतों में हल चलाकर फसल उगाता रहेगा और ताई मकई की सुनहरी-सुनहरी रोटियां तबे पर सेंक-सेंककर उसे खिलाती रहेगी और अब अचानक एक सांप ने उसके बाप को काट खाया था और उसका बाप मर गया था।

और मिश्र जी धीरे-धीरे कह रहे थे, 'मैं दूसरे गांव गया हुआ था। अगर वक्त पर आ जाता, तो झाड़-फूंककर तेरे बाप को बचा लेता। मगर मैं तो दूसरे गांव गया हुआ था। अगर वक्त पर...अगर...अगर? अगर वक्त पर आ जाता...अगर वर्षा होती, अगर काल न पड़ता, अगर महाजन का कर्ज़ा न होता, अगर बच्ची की शादी न होती...अगर? अगर? अगर? गरीबों की सारी उमर ही इसी 'अगर' में बीत जाती है।

'और अगर नहीं होता, तो फिर सबर होता है।'

जंगली अपने बाप को दोनों हाथों में उठाकर अपने घर की ओर चल रहा था और उसे वह मेला याद आ रहा था—सैयदांपुर का मेला, जहां बचपन में उसे

उसका बाप इसी तरह कंधे पर चढ़ाकर ले गया था, जिस तरह आज वह बाप को ले जा रहा था और जहां से उसने जंगली की ज़िद्द पर एक मज़बूत, खूबसूरत, लेकिन तेज़ धारवाला चाकू खरीद दिया था। वह चाकू आज भी जंगली के पास है, और हमेशा उसकी कमर से लटकता रहता है।

वह मेला बड़ा सुन्दर था।

पहाड़ी लड़कियों का नाच कितना अच्छा था ! शहर के लोग, जो उस मेले को देखने आए थे, कितना अजीब लिबास पहने हुए थे ! लकड़ी के चक्करदार झूले कितने मज़े के थे ! उसके बाप के सब किसान साथियों ने उस दिन शराब पी थी और उसके बाप को मजबूर किया था, कि वह भी शराब पी ले। मगर उसके बाप ने साफ इंकार कर दिया था, 'मेरा छोटा बच्चा मेरे साथ है, मुझे इसे महफूज अपने साथ, अपने कधे पर बैठाकर गांव पहुंचाना होगा। शराब नहीं पीऊंगा।'

शराब पीकर उसके किसान दोस्तों ने उससे दंगा किया था और उसे अपनी टोली से बाहर निकाल दिया था।

मेला खत्म हो चुका था और उसका बाप उसे कंधे पर बिठाए, वापस आ रहा था। उसके बाप के हाथ उसकी दोनों छोटी-छोटी टांगों पर थे और वह चलते-चलते बड़बड़ा रहा था कि मैं अपने बेटे को मिट्टी का ढेला नहीं बनाना चाहता। उसे अनपढ़ और बेअक्ल नहीं रखना चाहता। सारी ज़िन्दगी बैलों की तरह बंधे-बंधे ज़िन्दगी के खेत जोते जाना, भला यह भी कोई ज़िन्दगी है ! मेरा बेटा बड़ा आदमी बनेगा, वह शहर जाएगा, पढ़ेगा, लिखेगा, वह बाबू बनेगा, उसका बहुत बड़ा घर होगा, सारी दुनिया में उसका नाम होगा। हां, मेरा बेटा बाबू बनेगा।

इस तरह से ढकी की चढ़ाई चढ़ते हुए, मेले से वापस आते हुए और अपने बच्चे को कंधे पर उठाए हुए, उसके बापू ने सोचा था और आज अनपढ़ बेटा अपने बाप को दोनों हाथों में उठाए, उसे चिता के हवाले करने जा रहा था।

बापू तुम शराब पी लेते। आखिर इसमें हर्ज़ ही क्या था ? क्या तुम्हें मालूम नहीं है कि बेवकूफों के बेटे हमेशा बेवकूफ रहते हैं, अनपढ़ों के बेटे सदा अनपढ़ रहते हैं। जंगली के बापू, तुम उस दिन शराब पी लेते, तो अपने साथी किसानों में इस कदर अकेले तो ज़िन्दगी नहीं बिताते। जानते नहीं हो, गरीबों का भगवान

नहीं होता।

'गरीबों का सिर्फ शैतान होता है।'

घर पहुंचकर जंगली ने अपने बाप को धान के पुराने खोशों के फर्श पर लिटा दिया तो ताई वहीं से बैन करती हुई निकल आई। बोली, 'घर में तो कुछ है नहीं, चिता के लिए घी कहां से आएगा, गंगाजल कहां से आएगा, काफूर कहां से आएगा ?'

'मुझे कुछ मालूम नहीं।' जंगली ने बड़ी बेबसी से जवाब दिया। ताई बोली, 'मैंने तुम्हारे बाप का कम्बल पंडित जी को दे दिया है, वह सब इंतज़ाम कर लेंगे।'

जंगली के सर से एक बोझ उतर गया। 'तूने बहुत अच्छा किया ताई !'

ताई बोली, 'लट्ठे की नई चादर भी तो चाहिए थी।'

'फिर ?'

ताई ने एक लकड़ी के पुराने सन्दूक की तरफ इशारा किया, जिसपर एक मुर्चा लगा हुआ ताला अपनी जीभ निकाले हुए झूल रहा था। 'मैंने उसमें से ढूंढ़कर चांदी का एक कड़ा निकाल लिया है। तेरी मां का आखिरी कड़ा था। तेरे बाप ने संभालकर रखा था। इस कड़े से कपड़ा आ जाएगा।'

'बहुत अच्छा किया ताई !'

'मगर अब चिता को जलाने के लिए लकड़ी कहां से आएंगी ?'

सहसा जंगली को कुछ याद आया। काऊ की लकड़ियों का आधा गट्ठा धरती पर और एक कुल्हाड़ा तने में लटका हुआ, जो वहीं जंगल में छोड़ आया था। जंगली सोचते ही जंगल की ओर भागा।

ताई उसके मन की बात समझ गई। मगर फिर भी चिल्लाकर बोली, 'जल्दी वापस आना। दिन ढले चिता को आग लगा देनी चाहिए।'

दिन ढलने से पहले जंगली जंगल से लकड़ियों का एक बहुत बड़ा गट्ठा उठाकर ले आया। ये उसके अपने हाथ की काटी हुई बहुत अच्छी लकड़ियां थीं और काफी तादाद में थीं। उसके बाप की चिता बहुत अच्छी तरह जलेगी। उसे क्या मालूम था कि जिस सख्त लकड़ी को उसने बाप के हल की हत्थी के लिए पसन्द किया था, उससे उसकी चिता जलेगी।

ताई धीरे-धीरे कह रही थी, 'अभी बिरादरी के खाने का इन्तज़ाम कहां से होगा, चौथा कैसे होगा, पुरोहितजी को पैसे कहां से दिए जाएंगे ? मरने वाले ने तो कुछ भी नहीं सोचा।'

'सचमुच में उसे कुछ तो खयाल करना चाहिए था,' जंगली ने दांत पीसकर अपने-आपसे कहा, 'मेरा बापू बस ऐसे ही मर गया। उसने कुछ सोचा तक नहीं कि बिरादरी का खाना, चौथा, पुरोहितजी की फीस और लकड़ियां ?...लकड़ियां तो मैं ले आया हूं, वरना लकड़ी के पैसे भी देने पड़ते।'

महाजन यह कह रहा था, ताई! तुम बिल्कुल चिन्ता न करो। चलने-मरने का सारा खर्च तुम मेरे पर समझो, बिरादरी की रोटी, श्राद्ध का कर्म-धर्म, जो होगा मेरे पैसे से होगा।'

'बड़े...दयालु हो।'

ताई दोनों हाथ जोड़कर खुशी से बोली, 'मरने वाला तो मर गया। मगर खुशी इस बात की है कि उसका कर्म-धर्म तो ठीक से हो जाएगा, वरना नर्क में सड़ता रहेगा बेचारा !'

महाजन ने घिघियाकर कहा, 'उसके बदले में दोनों बैल मैं ले जाऊंगा।' महाजन ने जंगली की ओर देखकर कहा, 'तुम्हारे बाप ने शादी पर मुझसे ढाई सौ रुपये कर्ज़ लिए थे। अभी तक मूल क्या सूद भी नहीं मिला।' शादी हो गई, बीवी घर आई, बीवी ने बच्चा दिया, बीवी मर गई, फिर बच्चा बड़ा हो गया। मगर कर्ज़ा फिर भी बाकी रहा। किसान की उमर बढ़ने के साथ-साथ उसका कर्ज़ा भी बढ़ता है। यह देहाती ज़िंदगी का पहला उसूल है जिससे इंकार नहीं किया जा सकता।

'तो मैं दोनों बैल ले जाऊं ?' महाजन ने फिर पूछा। जंगली सिर झुकाए खामोशी से घर से बाहर निकला। बाहर आकर, उसने खूंटे से बंधे हुए दोनों बैल खोलकर उनकी रस्सी महाजन के हाथ में थमा दी।

महाजन ने दोनों बैल थामकर कहा, 'जंगली, मुझे बड़ा अफसोस है, तेरे बाप को सांप ने काट खाया।' जंगली चुपचाप सिर झुकाए खड़ा रहा और जब उसकी समझ में कुछ न आया, तो सर खुजलाने लगा। वह, जो अपने बाप की मौत पर न रोया था, अपने बैलों को जाते हुए देखकर कैसे रोता ? घर का कम्बल गया, सामान

गया, मां का कड़ा गया, उसके दिल को कुछ न हुआ।

मगर जब चिता जलाने से पहले श्मशान घाट के एक कोने में नाई ने उसके सर पर उस्तरा रखा, तो वह अपने बालों को अपनी झोली में गिरते देखकर बेतहाशा रोने लगा। अचानक उसे महसूस हुआ कि उसका बाप मर चुका है और वह अब इस दुनिया में बिल्कुल अकेला रह गया है।

जब चौथा भी हो गया, और तेरहवां भी हो गया, तो ताई ने उससे कहा, 'अब तो क्रियाकर्म से छुट्टी पा गया है। अब अपने खेतों को संभाल। कब तक तुझे मैं घर में बिठाकर खिलाऊंगी।'

'बैल तो महाजन ले गया ताई।' जंगली हिचकिचाते हुए बोला, मगर धीरे से।

'तो महाजन से मांग ले, जाके खुशामद कर, पांव पड़ जा उसके।'

'मुझसे किसीके पांव नहीं पड़ा जाएगा।'

'तो भूखा मर।' ताई यह कहती बड़बड़ाती हुई वहां से चली गई।

जंगली पहले तो खामोश अपने घर में बैठा रहा, पर जब काफी वक्त बीत गया और ताई वापस न आई, तो वह न चाहते हुए भी अनचाहे वहां से उठकर महाजन के घर गया। मगर महाजन ने न सिर्फ उसे बैल देने से इंकार कर दिया, बल्कि महाजन ने उसे यह भी बताया कि उसके बाप की ज़मानत पर महाजन ने उधैया को दो सौ रुपये कर्ज़ा दिया था, जो उधैया ने आज तक अदा नहीं किया।

'मगर उधैया तो अब इस गांव में नहीं रहता।'

'वह नहीं रहता तो क्या हुआ। उसका हिसाब-किताब तो मेरे खाते में मौजूद है।' महाजन कड़ककर बोला, 'यह मेरी भलमनसाहत है कि इतने साल हो गए और मैं कुछ नहीं बोला। मगर अब तुमको चुकाना ही पड़ेगा।' महाजन ने खाता खोलकर जंगली को वह पन्ना दिखाया, जहां पर उधैया और उसके बाप के अंगूठे लगे हुए थे।

'यह देख लो—दो सौ रुपये मूल और सूद मिलाकर अब साढ़े चार सौ रुपये होते हैं।'

''ये रुपये तुम उधैया से ले लो।' जंगली हैरान होकर बोला।

'उधैया यहां नहीं है, तो मैं क्या करूं। वह तो कई साल से गायब है। अब क्या बाप की जमानत से साफ मुकर जाएगा ?'

जंगली ने एकदम खम ठोककर कहा, 'मैं अपने बाप का बेटा हूं, तेरी एक-एक पाई चुका दूंगा, नहीं ज़मीन तेरे नाम लिख दूंगा। मगर पहले तू मुझे यह बता दे, उधैया का कुछ तुझे अता-पता है।'

महाजन ने पुराने खाते में से ढूंढ़कर एक पुराना बोसीदा लिफाफा निकाला और उसे जंगली को देकर कहा, 'दो साल पहले उधैया की चिट्ठी बम्बई से आई थी। इसपर उसका पता लिखा था। इस चिट्ठी के बाद, तो उसका कोई पता न चला। मैंने कई चिट्ठियां इस पते पर लिखीं, मगर कोई जवाब न आया।' जंगली ने चिट्ठी को उलट-पलटकर देखा, फिर उसे हिफाज़त से अपनी जेब में डाल लिया और महाजन के घर से बाहर आ गया।

उस रात वह ढकी से नीचे उतरकर गंगू के चायखाने में गया। रात में खासी सर्दी हो चुकी थी और जंगली अपना फटा-पुराना कम्बल ओढ़े हुए था। गंगू ने उसे चाय पिलाई।

चायखाने में बड़े मज़े की गर्मी थी, उबले हुए पानी की गरम-गरम भाप बड़ी अच्छी मालूम होती थी और अंगीठी में जलते हुए लाल-लाल अंगारों की लौ में गूंग का चेहरा और उसकी छोटी-छोटी तिब्बती आंखें उसे बहुत ही रहस्यमय और अलौकिक बनाए दे रही थीं।

गंगू का साबका चूंकि रोज़ाना शहरी ड्राइवरों और क्लीनरों से पड़ता था, इसलिए अपने गांव में वही सबसे ज़्यादा अक्लमंद समझा जाता था। उसके सयानेपन में किसीको शक न था। जंगली को उसपर पूरा-पूरा भरोसा था।

गंगू ने जंगली से पूछा, 'अब तुम अपने खेतों में कब से काम शुरू करोगे ?'

जंगली ने कहा, 'गूंग, मेरे पास बैल नहीं हैं।'

गंगू ने बासी पकौड़ों की थाली को गरम करने के लिए उसे दूसरे चूल्हे पर रखा और सोचकर बोला, 'अच्छे बैलों की जोड़ी दो सौ रुपयों में आएगी।"

'दो सौ रुपये कितने होते हैं ?' जंगली ने पूछा, जो सिर्फ बीस तक का हिसाब जानता था।

'दस, बीस और बस।'

थोड़ी देर तक पूरी खामोशी रही। फिर जंगली बोला, 'गूंग, अगर मैं तुम्हारे रोज़ दिए हुए तीन आनों में से एक माना बचा लिया करूं, तो साल में मेरे पास कितने

पैसे जमा हो जाएंगे ?'

हिसाब का बड़ा कठिन सवाल था। गूंग ने बड़ी सावधानी से चाय की पत्ती को चुना, साफ किया और उसे खौलते हुए पानी में डालकर, पतीली के ऊपर आधा ढकना डाल दिया। फिर उसने चिम्टे से आग के अंगारे उलट-पुलट किए, फिर धीरे-से बोला, 'कोई बीस रुपये जमा हो जाएंगे।'

'तो इस हिसाब से मैं बैलों की जोड़ी कब तक खरीद सकूंगा ?'

'आठ साल के बाद।' गंगू ने आह भरकर कहा। जंगली चुपचाप बैठा रहा। उसके बाद उसने कोई बात नहीं की। गूंग ने शक्करदानी की ओर परेशानी से देखा। शक्करदानी तीन-चौथाई खाली हो चुकी थी।

गूंग ने निराशा से सिर हिलाके कहा, 'आज सिर्फ तीन लारियां इधर से गुज़री हैं। आज सारी रात जागना पड़ेगा, वरना कमाई कम रहेगी।'

जंगली ने रुक-रुककर गंगू से पूछा, 'बम्बई शहर कहां पर है ? गंगू एक मैले कपड़े से चाय की प्यालियों को पांचवीं बार साफ करते हुए बोला, 'ड्राइवर लोग कहते हैं कि बम्बई का शहर यहां से बहुत दूर है। हज़ार मील से भी दूर होगा। बम्बई शहर बहुत बड़ा शहर है। वे लोग बताते हैं कि वहां का दरिया इतना बड़ा है कि उसका दूसरा किनारा नज़र नहीं आता। वहां लोग हवा में उड़ते हैं और उनके घर बिजली के तारों पर दौड़ते हैं। वे लोग पानी से बर्फ बना लेते हैं और अण्डे को एक मशीन में डालते हैं, वह अण्डा झट मुर्गी बन जाता है।'

जंगली की आंखें खुली रह गईं। बोला, 'सच है क्या ?'

'ड्राइवर लोग कभी मुझसे झूठ नहीं बोलते।' गंगू ने घमण्ड-भरे स्वर में कहा। फिर उसने चाय को एक प्याली की उड़ती हुई भाप में रखा और दूसरे पल उसे निकालकर पोंछने लगा।

'बम्बई में घर इतने बड़े होते हैं, जितने हमारे पहाड़।'

'फिर वे लोग रोज़ उनपर चढ़ते कैसे होंगे ?'

'एक झूला होता है।'—गंगू ने उसे समझाया, 'वह घर के नीचे पड़ा रहता है। लोग उसमें बैठते हैं और एक बटन दबाते हैं। बटन दबाते ही वह झूला अपने-आप उठकर घर की चोटी पर चला जाता है।'

'कमाल है !' जंगली ने बड़ी हैरत से कहा। फिर रुक-रुककर पूछा, 'बम्बई में

किसीको काम मिल सकता है, किसी बाहर के आदमी को ?'

'ड्राइवर लोग कहते हैं,' गंगू बड़ी दिलचस्पी से बोला, 'बम्बई में इतना काम है कि तीन काम के लिए एक आदमी बड़ी मुश्किल से मिलता है। वहां के सब लोग चिट्टे कपड़े पहनते हैं और पांच वक्त खाना खाते हैं।'

'पांच वक्त !' जंगली अचम्भे से चिल्लाया। हमारे गांव के मौलवी जी पांच वक्त नमाज़तो पढ़ते हैं, पर पांच वक्त खाना आज ही सुना—तो ये बम्बई के लोग बहुत अमीर होंगे ?' जंगली ने पूछा।

गंगू ने 'हां' के लिए सर हिलाया और खामोश हो गया। उस वक्त वह अंगीठी के सामने खड़ा बाहर की सड़क को देखता हुआ बिलकुल एक रहस्यमय तिब्बती लामा मालूम हो रहा था, जो दुनिया-भर के बेकार नौजवानों को बम्बई की मंगल-सूचना दे रहा था।

'यहां से बम्बई कैसे जाते हैं ?' जंगली ने पूछा।

गंगू ने चाय के चम्चों से शक्कर को नापा और उसे पतीली में डाल दिया और चम्चा हिलाते हुए बोला, 'यहां से पठानकोट—पठानकोट से जालन्धर—जालन्धर से दिल्ली और दिल्ली से सीधे बम्बई...

'पैदल कितने दिन का रास्ता होगा ?'

'कोई एक साल का—अगर पैदल चलो !'

'एक साल ?' जंगली ने बड़ी निराशा से कहा।

'हां—और अगर लारी में जाओ, तो दस-पन्द्रह दिन लगेंगे।'

'मगर लारीवाले बहुत किराया लेते होंगे न ?'

'और क्या मुफ्त बिठाएंगे ?' गूंग ने जंगली की बेवकूफी पर उपहास-भरे स्वर में मुस्कराकर कहा। जंगली चुप हो गया। उसकी दृष्टि संताप में डूबती चली गई। पहाड़ जैसे ऊंचे-ऊंचे घरों के ढांचे उसकी निगाह में उभरने लगे। लोग झूलों में लटके हुए ऊपर जा रहे थे और उनकी खिड़कियों में लोग बैठे हुए चाय पी रहे थे और हाथों के इशारों से जंगली को अपने पास बुला रहे थे।

जंगली सपनों में खो गया।

जंगली पठानकोट जानेवाली मोटर-रोड पर चल रहा था। उसके हाथ में एक मोटी-सी लकड़ी थी और कंधे पर एक कम्बल था और कम्बल के ऊपर उसने

एक छोटी-सी गठरी लटका रखी थी, जिसमें उसके बाप की कमीज़ और घुटनों के ऊपर तक का पायजामा बन्द था और एक लुटिया और एक काली चौकोर और सफेद-सफेद सुन्दर बटनों से जड़ी हुई—टोपी थी, जिसे अच्छे वक्तों में उसके बाप ने खरीदा था। वह उसे पहनकर मेले में जाया करता था और साल में सिर्फ एक बार उसे अपने लकड़ी के सन्दूक से बाहर निकालता था।

करीब तीसरे पहर, उसे सड़क पर माल से लदा हुआ एक ट्रक मिला, जिसे तीन आदमी धकेलने की कोशिश कर रहे थे। जब वह उनके पास आकर रुका, तो छोटे कद के फटे कालरों वाले तेल के धब्बों से भरपूर कमीज़ वाले क्लीनर ने उससे कहा, 'ए पहाड़िया ! किधर जाता है ?'

'पठानकोट !' जंगली ने उसके कुछ तेज़ स्वर से डरकर कहा।

'इस ट्रक में बैठकर पठानकोट जाएगा ?'

'ले जाओ तो तुम्हारी मेहरबानी होगी।' जंगली बहुत ही थका हुआ था और वे शब्द उसके मन की गहाई से निकले थे।

'तो लगाओ ज़ोर और ढकेलो इस ट्रक को—हम तुम्हें भी पठानकोट ले चलेंगे।'

'मेरे पास पैसे नहीं हैं। 'जंगली ने कहा।

'तो मुफ्त ले चलेंगे। तुम ज़ोर लगाकर यह ट्रक चलाओ तो—चलो शाबाश !'

ट्रक बहुत भारी था, मगर जंगली भी बहुत बलवान था। उसने अपने शरीर का पूरा ज़ोर ट्रक ढकेलने में लगा दिया। उसके तीनों साथी भी ज़ोर लगा रहे थे। इंजन फट-फट करके रुक जाता था। आखिर दो सौ गज़ ढकेलने के बाद, इंजन सहसा अपनी पूरी ताकत से स्टार्ट हो गया। ढकेलने वाले जल्दी से मेडगार्डों पर चढ़ ट्रक में बैठ गए, लेकिन जब जंगली भी देखा-देखी उसी तरह से बैठने लगा, तो उस फटे कालरों वाले क्लीनर ने उसे एक धक्का देकर कहा, 'साला पहाड़ी बिज्जू—ट्रक पर बैठकर पठानकोट जाएगा !'

सहसा जंगली धक्के से नीचे सड़क पर गिर गया। वह गुस्से से मुट्ठी भींचकर ट्रक के पीछे दौड़ा, पर ट्रक देखते ही देखते हवा हो गया।

दूर तक क्लीनर और उसके साथियों की हंसी जंगली के कानों में आती रही। जंगली दौड़ते-दौड़ते बेबस होकर रुक गया। सर झुकाकर अपना सर खुजलाने

लगा। फिर सड़क के किनारे चनार के एक बड़ पेड़ के नीचे बैठकर सुसताने लगा। उसे ज़ोरों की भूख लगी थी। उसने सुबह से कुछ खाया न था।

चलते-चलते जब रात पड़ गई, जब दूर क्षितिज की रोशनी भी न रह गई, जब पेड़ों के फैले हुए साये रात के अंधेरों में डूब गए और दूर जंगलों से गीदड़ों के चिल्लाने की आवाज़ें आने लगीं, तो जंगली के थके कदम चलते-चलते ठिठककर रुक गए।

नीचे ढलवान पर सड़क से कुछ कदम दूर, एक साधु ने धूनी रमाई थी और आग के भड़कते हुए शोलों में साधु की बिखरी हुई जटाएं और उसका भभूत-मला चेहरा नज़र आ रहा था। जंगली ढलवान से नीचे उतर गया। साधु के पास पहुंचकर उसने घुटने टेककर माथे को धरती से लगाकर दंडवत् की। साधु ने अपनी गहरी लाल आंखें ज़रा-सी खोलकर उसकी ओर देखा और भारी आवाज़ में पूछा, 'कहां जा रहे हो बच्चा ?'

'बम्बई।'

'बम्बई क्यों जा रहे हो ?'

'क्योंकि मेरे पास दो बैल नहीं हैं।'

साधु चौंका और उसने अपनी आंखें और खोलीं, अच्छी तरह से जंगली को निहारा। जब बह सन्तुष्ट हो गया, तो बोला—'बम्बई का बैलों से क्या सम्बन्ध ?'

जंगली ने अपनी सारी विपदा साधु महाराज को कह सुनाई। साधु ध्यानमग्न होकर सुनते रहे। जब सब सुन चुके तो बोले, 'बच्चा, तुम्हें भूख लगी होगी ?'

'आपको कैसे मालूम हुआ महाराज ?' जंगली ने पूछा।

'साधु के मन में ज्ञान है, उसे सबका ध्यान है।' साधु ने पूरे इत्मीनान से कहा। फिर साधु ने अपने झोले को टटोला और उसमें से एक रोटी और मिर्च निकालकर जंगली को दिया और कहा, 'ले बच्चा—खा ले।'

जंगली ने कांपते हुए हाथों से रोटी पकड़ी। दोनों हाथों से पकड़ ली और दोनों हाथों से उसे पकड़े हुए उसने सिर झुका के फिर साधु को नमस्कार किया और रोटी खाने लगा।

जब जंगली रोटी खा चुका तो साधु ने कहा, 'उस कमंडल में तेरे लिए पानी

रखा है।' जंगली ने गठरी खोलकर अपनी पीतल की लुटिया निकाली। कमंडल से पानी लिया। पानी पीकर वह फिर साधु महाराज के चरणों में आ बैठा।

साधु महाराज कोई दो घण्टे ध्यानोपासना में रहे। जंगली थका हुआ तो था ही, उसे नींद आने लगी और वह बैठा-बैठा ऊंघने लगा। साधु ने कड़ककर कहा, 'बच्चा !'

जंगली एकदम चौंक पड़ा, घबराकर लगभग उठ बैठा, लेकिन साधु महाराज ने उसे हाथ के इशारे से बैठ जाने को कहा। जंगली बैठ गया, साधु बोला, "बच्चा, तुम्हें नींद आ रही है ?'

'हां महाराज।'

'तो सो जा।'

'और आप महाराज ?'

'हम जागते हैं। जब तक वह संसार को देखने वाला जागता है, हम भी जागते हैं। मगर तू गृहस्थ प्राणी है, तुझे तो निद्रा आती है, तू सो जा। हम जागते हैं।'

जंगली ने इधर-उधर देखकर कहा, 'महाराज ! इधर कोई शेर-चीता...' साधु उसकी बात काटकर बोला, 'चिन्ता न कर बच्चा—आराम से धूनी के पास सो जा। अगर कोई शेर-चीता आएगा, तो हमारी एक दृष्टि पड़ते ही भस्म हो जाएगा। यहां तू इतना ही सुरक्षित है, जितना मां की गोद में बेटा—यह जती जोगी का डेरा है। न कोई तेरा है, न कोई मेरा है।'

जंगली को पूरा यकीन हो गया। उसने एक बार फिर झुककर साधु के चरणों पर दंडवत् की, लकड़ी के सहारे गठरी को बांधा और कम्बल ओढ़कर बड़े इत्मीनान से सो गया।

दूसरे दिन जब चिनार के पत्तों से होती हुई सूरज की किरणें उसके चेहरे पर पड़ने लगीं, तो वह हड़बड़ाकर जागा और जागते ही घबराकर इधर-उधर देखने लगा। उफ्फोह, कितना दिन निकल आया था और वह अभी तक सो रहा था।

सामने धूनी की आग बुझ चुकी थी। महाराज गायब थे। न सिर्फ साधु महाराज गायब थे, बल्कि उसकी गठरी, उसकी लुटिया, सभी डूब चुकी थी—यानी गायब थी और कम्बल भी गायब था। 'जती जोगी का डेरा है। न कोई तेरा है, न कोई मेरा है।'

सड़क सख्त थी, साफ और बराबर थी और वह पहाड़ के टुटहरे-टुटहरे रास्तों पर चलने का आदी था, जहां कभी तो ऐसी कठिन चढ़ाई होती है कि नज़र ऊंचाई से टकराकर लौटती मालूत होती है और कभी ऐसी भयानक खड्ड कि नीचे निगाह डालो, तो सारे शरीर में झुरझुरी आ जाती है। मगर इस सड़क का रास्ता सीधा और सपाट था और उसे इस रास्ते पर चलते हुए बड़ा संताप हो रहा था। संताप और थकान का अनुभव था। दूर तक जहां तक निगाह डालो, पहाड़ों, वादियों, घाटियों में यह सड़क एक फीते की तरह चली जा रही थी और कहीं रुकने का नाम न लेती थी। पहाड़ी रास्ते कितने अच्छे होते हैं! कभी ऊपर, कभी नीचे जाते हैं। कभी किसी झरने के पास आकर थम जाते हैं, कभी किसी खाई में आकर बन्द हो जाते हैं, कभी किसी घाटी पर आकर समाप्त हो जाते हैं। मगर यह सड़क तो कहीं समाप्त ही नहीं होती, चलती ही चली जाती है। इंसान की निराशा की तरह। पहाड़ी रास्तों पर दिन-भर चलने के बाद भी जंगली थकता न था, लेकिन इस सीधी सपाट सड़क पर कुछ मील चलने के बाद ही उसके पांव थकने लगे।

साधु उसकी गठरी और लुटिया उठा ले गया था, उसका उसे इतना दुःख न था, जितनी खुशी इस बात की थी बंजली बच गई थी। दरअसल सोते समय बंजली को उसने अपनी कमर में, जहां उसने अपना प्यारा चाकू लटका रखा था, उड़स ली थी। शायद इसीलिए बंजली बच गई थी। और फिर साधु बंजली को लेकर क्या करता? गठरी और लुटिया, तीनों काम की चीज़ें वह ले गया था। लेकिन इन चीज़ों के जाने का जंगली को सिर्फ कुछ घड़ियों के लिए दुःख हुआ। कुछ घंटों के सफर के बाद वह अपने घाटे को लगभग भूल गया, बल्कि गठरी और कम्बल न होने से उसका बोझ भी हल्का हो गया था और वह अपनी लकड़ी हिलाते हुए बड़ी आज़ादी से चल रहा था।

मौसम बहार का था। फिज़ा खुशगवार थी। महाजन दूर पीछे गांव में रह गया था। बाप मर चुका था और अब वह इस दुनिया में बिल्कुल आज़ाद था और अकेला था। जवान और मज़बूत था और यह सारी दुनिया उसकी थी। उसने सर उठाकर आसमान पर उड़ते हुए बादलों को देखा, फिर झुककर अपने दिल में बहते हुए गीतों को सुना और फिर उसने अपनी कमर से बंजली को निकाला, उसे फूंका,

साफ किया और फिर बड़े प्यार से उसे चूमकर अपने होंठों से लगाया और बंजली के छेदों से गीत इस तरह फूटकर बहने लगे, जिस तरह चट्टानों की दरार से कोई झरना उबल पड़ा हो। चलते-चलते उसने देखा कि खेतों में काम करने वाले किसान रुक गए हैं और उसके गीत की आवाज़ पर झूम रहे हैं। चरवाहियों ने अपने गल्ले को छोड़ दिया और पलटकर उसकी ओर देख रही हैं। लारी वाले ने अपनी लारी की चाल धीमी कर दी है। उसका गीत सुनते हुए धीरे-धीरे जा रहा है। इतने धीरे कि खुद जंगली की चाल लारी से तेज़ हो चली है। लारी फिर आगे बढ़ आई और धीरे-धीरे जंगली के साथ चलने लगी।

ड्राइवर ने उसकी ओर इकन्नी फेंककर कहा, 'शाबाश पहाड़िया—तेरी बंजली में तो जादू है।' और फिर लारी को बढ़ाकर आगे ले गया।

जंगली ने पांव की ठोकर मारकर इकन्नी उछाल दी। इकन्नी उछली और दूर तक सड़क पर फिसलती चली गई, स्केटिंग करती हुई सड़क के एक पत्थर से टकराई और वहां से उछलकर नीचे दो सौ गज़ गहरी खड्ड में जा गिरी, जहां से आज पांच हज़ार साल बाद कोई पुरातत्त्व का माहिर उसे उठाएगा और अपनी सारी ज़िन्दगी इस इकन्नी की उमर मालूम करने में और उसकी लिखावट पहचानने में और इन्सानी इतिहास में इस इकन्नी की जगह तय करने में बिता देगा, जिसे भरी बहार में एक बेफिक्रे युवक ने बंजली बजाते-बजाते अपने पांव की एक मस्तानावार ठोकर से गहरी खड्ड में उछाल दिया था।

जंगली देर तक बंजली बजाता रहा और बंजली की तान पर उसके पग नाचते गए और उसका रास्ता बड़ी आसानी से कटता रहा; लेकिन अचानक मोटर-रोड ने पैंतरे बदलकर चढ़ाइयों के रास्ते काटने शुरू किए। हर मोड़ के बाद मोटर-रोड ऊंची होती जाती थी। चलने में ही दम फूलता है, तो बंजली बजाते हुए और भी फूलता है। जंगली ने बंजली होंठों से हटाकर अपने कमरबन्द में खोंस ली और चढ़ाई चढ़ने लगा। मोटर-रोड की चढ़ाइयों के बीच, पहाड़ पर पगडंडियां भी बनी हुई थीं। जंगली ने चिन्ता से पहाड़ की चोटी की ओर देखा, जहां मोटर-रोड चक्कर काटकर पहुंचती थी। उसने अन्दाज़ लगाया, अगर वह मोटर-रोड पर चलने की बजाय पगडंडी से पैदल चले तो चोटी पर जल्दी पहुंचेगा। यह सोच कर उसने मोटर-रोड से छलांग मारी और पहाड़ी पगडंडी पर हो रहा। उसने पगडंडी पर लगी हुई बुनलू की झाड़ियों

को देखा। अभी उनमें फल न आए थे। चारों ओर बुनलू की हरी-हरी पत्तियों के गुच्छे लटक रहे थे। जंगली ने चलते-चलते उन पत्तियों के गुच्छे तोड़ लिए और मुंह में डाल लिए। इन पत्तियों का स्वाद कितना खट्टा और मज़ेदार था, बिल्कुल चटनी की तरह...और उसे भूख भी लगी थी। चलो रोटी न सही, चटनी सही।

चोटी के निकट फगोड़े का एक पेड़ आया और उस पेड़ के नीचे एक अधेड़ उमर का आदमी बैठा था। उसके कानों में पीतल की बड़ी-बड़ी बालियां थीं। उसका शरीर पतला और सूखा था। चेहरा लम्बूतरा और आंखें बेचैन और चालाकी-भरी। सर के बाल काले और घने और चेहरे पर एक बहुत ही तजुर्बेकार मुस्कराहट थी। वह चोटी के नीचे वादी की तरफ देख-देखकर कुछ गुनगुना रहा था। दम लेने के लिए जंगली भी उस पेड़ के नीचे बैठ गया। अधेड़ उमर के आदमी ने मुड़कर जंगली को सर से पांव तक देखा और जैसे एक ही नज़र में उसे सर से पांव तक जान गया। ज़रा-सा मुस्कराकर बोला—

'कहां जा रहे हो नौजवान ?"

'पठानकोट।

'पैदल ?'

'हां !'

'सात दिन में पहुंचोगे।'

जंगली चुप रहा।

'लारी में बैठकर क्यों नहीं चले जाते ?'

जंगली फिर चुप रहा।

अधेड़ उमर का आदमी अपनी रान पर हाथ मारकर बोला, 'तुम पहाड़िए बड़े बेवकूफ होते हो। गधे की तरह सर झुकाए पैदल चले जाते हो। इतना नहीं होता कि किसी ड्राइवर की नज़र बचाकर ट्रक के पीछे छिप जाओ। मैं तो इसी तरह बम्बई हो आया हूं।'

'तुम बम्बई गए हो ?' जंगली ने चौंककर बड़े उल्लास से पूछा।

'सारा देश घूमा हं, कहीं एक पैसा नहीं दिया।'

'बम्बई कैसा शहर है ?'

'काम करना पड़ता है। जहां भी जाओगे, काम करना पड़ता है बुद्धू।' अधेड़

उमर के आदमी ने खाने की पोटली खोली। पोटली में मकई की दो रोटियां थीं, और लाल मिर्चों की चटनी थी।

अधेड़ उमर के आदमी ने एक कौर तोड़ते हुए कहा...जब काम बम्बई में करना पड़ता है और यहां भी, फिर आदमी बम्बई क्यों जाए...क्यों ?'

अधेड़ उमर के आदमी ने कौर तोड़कर अपने मुंह में डाला और जंगली की ओर देखा। रोटी देखकर जंगली के मुंह में पानी भर आया, उसे अपने पेट में एक अजीब खालीपन महसूस हुआ था। उसकी भूखी नज़रें रोटी पर जमी थीं। अधेड़ उमर के आदमी ने उसे एक-चौथाई रोटी देकर कहा, 'लो खाओ,' बाकी तीन-चौथाई वह खुद खा गया। एक रोटी फिर उसने पोटली में संभालकर बांध ली और बोला—

'तुमने मेरी रोटी खाई है, तुम्हें मेरा काम करना पड़ेगा।'

'क्या काम है ?'

'नीचे सैदांपुर में चलकर बताऊंगा।'

सैदांपुर का गांव नीचे वादी में एक नदी के किनारे आबाद था। दूर-दूर तक खेत फैले हुए थे। खेतों के चारों ओर पहाड़ खड़े थे। बीच में एक नदी बहती थी। गांव के पास पेड़ों का एक झुंड खड़ा था। मोटर-रोड पर ढलवान से दो ट्रक सड़क पर बिजली के खिलौने की तरह फिसलते जा रहे थे। उनकी घूं-घूं की आवाज़ मोड़ पर गायब हो जाती, फिर जब सामने आते तो फिर सुनाई देने लगती।

'इन मोटरों ने पहाड़ी इलाकों को बरबाद कर दिया है।' वह अधेड़ उमर का आदमी बड़ी घृणा से बोला—'सारा इलाका होशियार हो गया है होशियार और बेईमान !...यह सड़क किसानों को सादगी खा गई है।'

'तुम क्या काम करते हो ?' जंगली ने पूछा।

'भीख मांगता हूं, बड़ा मुश्किल काम है।'

नीचे सैदांपुर पहुंचकर अधेड़ उमर का भिखमंगा उसे सड़क से ज़रा दूर एक खेत में ले गया। खेतों से परे झाड़ियों से घिरा हुआ एक बड़ा छप्पर-जैसा घर नज़र आ रहा था, जिसके पास दो छोटे-छोटे छप्पर थे। अधेड़ उमर के आदमी ने कहा—

'इस घर में एक बुढ़िया रहती है। कम्बख्त बड़ी कंजूस है। किसी फकीर को मुट्ठीभर आटा नहीं देती है। मैं आज उसे सबक सिखाना चाहता हूं।'

'वह कैसे ?'

'बुढ़िया ने बहुत अच्छी-अच्छी मुर्गियां पाल रखी हैं। तुम उसके दरवाज़े पर जाकर पानी मांगना, भीख तो वह न देगी, लेकिन पानी ज़रूर पिला देगी। जब वह अन्दर पानी लेने के लिए जाएगी, मैं उसके मुर्गियों वाले छप्पर में से दो मुर्गियां लेकर भाग जाऊंगा और बुढ़िया को कानोंकान खबर तक न होगी। पानी पीकर तुम उस खचरी के पेड़ के नीचे मुझे आकर मिलो, मैं एक मुर्गी तुम्हें भी दूंगा।'

'मगर यह तो चोरी है।'

'तुमने मेरा नमक खाया है। मेरा काम नहीं करोगे ? और फिर चोरी तो मैं कर रहा हूं, तुम नहीं कर रहे हो।'

जंगली के दिल में आया उसे साफ इनकार कर दे, मगर उसने अधेड़ उमर के आदमी का नमक खाया था, वह कैसे इनकार कर सकता था ! सर झुकाकर उसके साथ हो लिया। मगर उसके दिमाग में अजीब खलबली मच रही थी। कुछ पग चलने के बाद वे लोग नीला-धारी के एक झाड़ के पीछे छिप गए। यहां से बुढ़िया का घर बिल्कुल पास था। बुढ़िया बाहर आंगन में एक चारपाई पर पांव लटकाए बैठी थी। एक तकली पर ऊन बट रही थी। कई मिनट तक वे दोनों उस झाड़ी के पीछे छिपे रहे। आखिर वह अधेड़ उमर का आदमी ज़रा-सा अपने घुटनों के बल ऊंचा हुआ और बोला—

'तुम सामने से उस बुढ़िया के पास जाओ, मैं पीछे से जाता हूं। वह बायीं ओर जो ज़रा-सा छप्पर दिखाई देता है, वहां उसकी मुर्गियां रहती हैं। समझ गए, पानी पीने में वक्त लगाना, मैं तुम्हें खचरी के पेड़ तले मिलूंगा।'

अधेड़ उमर का आदमी यह कहता हुआ, घुटनों के बल चलता हुआ, घर के पीछे गायब हो गया। जंगली घुटनों के बल उठा, आधा झुका रहा, झाड़ियों की ओट में चलता हुआ, वह खूबानी के एक पेड़ के नीचे आकर खड़ा हो गया। उसने अपने सूखे होंठों पर ज़वान फेरी और हिम्मत करके आगे बढ़ गया। कुछ पग चलने के बाद वह आंगन के बाहर पहुंच गया, जहां एक ओर कद्दू की बेल घर की पूर्वी दीवार पर फैली हुई थी और उसमें पीले-पीले फूल लगे थे।

आहट पाकर बुढ़िया चौंकी, उसकी तकली घूमते-घूमते रुक गई। उसने बड़े कठोर स्वर में पूछा, 'क्या है ?' जंगली तनिक आगे बढ़ गया। बुढ़िया के पास जा

के कहने लगा, 'उधर एक चोर तुम्हारे छप्पर में मुर्गियां चुराता है।'

बुढ़िया चीखती, चिल्लाती, गालियां देती, छप्पर की ओर भागी। जंगली उलटे कदमों उसके घर से भागा, खेतों को फलांगते हुए, सड़क पर आ रहा और तेज़-तेज़ कदमों से दौड़ते हुए, पेड़ों के उस झुंड की ओर जाने लगा, जहां एक छोटा-सा चायखाना था और जिसके पास ज़रा फासले पर पेड़ों के झुंड के नीचे दो ट्रक खड़े थे।

बुढ़िया ने चोर पकड़ लिया था और चिल्ला रही थी और खेतों से भी दो किसान आ गए थे। उन्होंने उस अधेड़ उमर के आदमी को गले से पकड़ लिया था।

जंगली का दिल धक्-धक् करने लगा। उसने चारों तरफ परेशानी से देखा और जब उसे अपने आसपास कोई आदमी नज़र न आया, तो वह जल्दी से पिछले ट्रक की तिरपाल उठाकर उसके अन्दर घुस गया।

ट्रक का एक-तिहाई हिस्सा खाली था, लेकिन दो-तिहाई ऊन की बोरियों से भरा पड़ा था और दो-तीन बोरियां अध खुली पड़ी थीं और उनमें से ऊन बाहर फैल गई थी।

उस अधेड़ आदमी के चिल्लाने की आवाज़ें आ रही थीं। जंगली रुई की बोरियों को हटाता हुआ, अन्दर-ही-अन्दर घुसता चला गया। चार-पांच बोरियों को खिसकाता हुआ, जब वह ट्रक के बिल्कुल अन्दर पहुंचा, तो उसे महसूस हुआ कि उसके सामने की बोरियों के पीछे कोई चीज़ हिल रही है। जंगली ने जल्दी से एक बोरी को खिसका के देखा तो उसकी ऊपर की सांस ऊपर और नीचे की सांस नीचे रह गई।

उसके सामने ऊन के ढेरों पर एक लड़की लेटी थी। उसने नीली छींट का एक फूलदार घाघरा पहन रखा था। उसका एक हाथ अपने सीने पर था और दूसरा अपने मुंह पर और उसकी बड़ी-बड़ी आंखें भय और हैरानी से फैली हुई थीं।

दो

ये सफर है मुश्किल

दूर खेतों से अभी तक चोर-चोर की आवाज़ें आ रही थीं। लड़की लेटी हुई, घबराई हुई, उसकी तरफ ताक रही थी। फिर सहसा घबराकर उठ बैठी और बोली—

'तुम चोर हो?'

'नहीं, मैं चोर नहीं हूं।' जंगली बोला, 'चोर वह दूसरा है।'

'फिर तुम भागे क्यों?'

जंगली चुप हो गया। कुछ पल खामोश रहा। उसने खामोशी से अपने हाथों को देखा, फिर उंगलियां मरोड़ते हुए बोला—'मैंने उसका नमक खाया था। वह अपने साथ मुझे ले गया था, लेकिन मैंने चोरी नहीं की।'

जंगली ने अपनी सजल आंखें उठाकर आजिज़ी से लड़की की ओर देखा। लड़की को जैसे इस बात का कुछ-कुछ यकीन आने लगा हो। पहली बार वह धीरे से मुस्कराई।

'चोर-चोर'—की आवाज़ें अब नज़दीक आ रही थीं। 'वे लोग तुम्हें पकड़ने के लिए आ रहे हैं।' लड़की ने जंगली की ओर परेशानी से देखकर कहा।

जंगली ने एक परेशानी-भरी हरकत की जैसे वह लारी से निकलकर भाग जाने के लिए बेचैन हो। लड़की ने उसे आस्तीन से पकड़ लिया और बोली—

'इन ऊन के गट्ठों में छिपकर बैठ जाओ। बुद्धुओं की तरह मेरा मुंह क्या ताक रहे हो।'

जंगली ने एहसानमंद नज़रों से लड़की की ओर देखा। उसने जल्दी से ऊन के

गट्ठों को अपने आगे इस तरह रख लिया, जिस तरह वे पहले रखे थे। अब अन्दर अंधेरा हो गया था। लड़की और जंगली ने मिलकर ऊन के बोरे इधर-उधर किए और सरकते हुए ट्रक की बायीं ओर छिप गए। ट्रक के चारों ओर लकड़ी का जंगला था। लकड़ी के पटरों के बीच में दो-दो इंच का फासला था। जंगली और यह लड़की दोनों ऊन के गट्ठों की ओट से बाहर झांकने लगे।

पास के एक यूकिलिप्टिस के झुंड के नीचे बहुत-से गांव वाले इकट्ठे हो गए थे। दो आदमियों ने उस भिखमंगे को पकड़ रखा था। कभी-कभी कोई आदमी उसके सर पर धप लगा देता। कोई जूता मार देता। भिखमंगा सर झुकाए चल रहा था।

'वे लोग इधर ही आ रहे हैं।' जंगली घबराकर बोला। लड़की ने उसे दिलासा देते हुए कहा 'घबराओ नहीं, तुम बड़ी महफ़ूज़ जगह बैठे हो। ट्रक के अन्दर कोई ढूंढ़ने नहीं आएगा।' जंगली का मुंह भीतर से सूख रहा था। उसने बड़ी कठिनाई से थूक अन्दर को निगला और फटी-फटी आंखों से बाहर देखने लगा।

अब वे लोग ट्रक के पास, काऊ के झुंड के नीचे खड़े थे। उनके बिल्कुल सामने भिखमंगा गिड़गिड़ाकर कह रहा था, 'चोर मैं नहीं हूं। चोर वह दूसरा था, जो भाग गया।'

'यह झूठ बोलता है।' वह बुढ़िया, जिसको जंगली ने बताया था, अपनी दुबली-पतली सूखी बांहें नचाते हुए बोली, 'उस लड़के ने ही मुझे बताया था कि मेरे मुर्गीखाने में कोई चोर घुस आया है। जभी तो मैंने इसे पकड़ लिया।'

'मगर वह चोर न होता, तो भागता क्यों ?' भिखमंगे ने कहा, 'यह बुढ़िया तो मेरी दुश्मन है। जब इसके यहां भीख मांगने जाता हूं, तो मुझे गाली देती है। इसकी बात का भरोसा करके मुझ गरीब को क्यों पकड़ते हो ? कुछ तो न्याय करो।'

'चलो-चलो, नम्बरदार के घर चलो। वहीं सारा न्याय होगा।' 'मगर वह दूसरा आदमी कहां है ?' एक मझोले कद के घुटे हुए आदमी ने पूछा। उसने खाकी रंग की पतलून पहन रखी थी और भूरे रंग की कमीज़। उसके सीने पर जो जेब थी, वह बहुत-से कागज़ों से भरी हुई थी और इसलिए उभरी हुई थी।

लड़की ने हौले से कहा, 'यह इस ट्रक का ड्राइवर है।' एक किसान ने ड्राइवर

से कहा, 'वह बदमाश भाग गया, वरना अभी सब झूठ-सच खुल जाता।'

'मैं तुमसे कह रही हूं,' वह बुढ़िया बोली, 'वह लड़का नेक था। उसके बताने ही पर मैंने शोर मचाकर इस बदमाश को पकड़ लिया।'

ड्राइवर ने अपने गोल चेहरे पर, जिसपर कई दिन की दाढ़ी बढ़ी हुई थी, अपना खुर्दुरा हाथ फेरा। उसकी छोटी-छोटी चमकती हुई आंखें पलकों के भीतर तारों की तरह चमकने लगीं। उसने दूसरे हाथ से चार मीनार सिगरेट का आखिरी कश लगाया। फिर सिगरेट को फेंककर अपने जूते से मसल दिया और धुआं छोड़ते हुए बोला, 'चलो बख्तियार, भागें यहां से, वरना शाम तक पठानकोट नहीं पहुंच सकेंगे।'

'वह क्लीनर है,' लड़की ने बख्तियार की तरफ इशारा करके कहा।

बख्तियार का कद ड्राइवर से निकलता हुआ था। लेकिन वह ड्राइवर की तरह मज़बूत और घुटा हुआ नज़र नहीं आता था। वह एक मामूली शक्ल का आदमी दिखाई देता था, लेकिन ब्लू-ब्लैक रंग की पतलून उसकी टांगों के इर्द-गिर्द, बोरे की तरह फड़फड़ाती हुई मालूम होती थी। घुटनों के पास मैल और तेल की तहें जमी हुई थीं। कमीज़ किसी ज़माने में सफेद रही होगी। अब मैली-चीकट, भूरे काले धब्बों से भरी थी। बख्तियार का चेहरा लम्बूतरा था। आंखें बड़ी-बड़ी और चालाक। दांत मैले और होंठ फैले हुए। उसकी मुस्कराहट भी बड़ी चालाकी-भरी होती थी। उसने अपने कन्धे पर एक झोला लटका रखा था। झोले को संभालते हुए बख़्तियार ने ज़ोर का एक धप भिखमंगे के सर पर बगैर रसीद के जमा दिया और फिर मुड़कर ड्राइवर से बोला—

'चलो महादेव !'

ड्राइवर घूमकर ट्रक के दूसरी ओर गायब हो गया। बख्तियार इधर पायदान की तरफ खड़ा रहा। जंगली और वह लड़की उसके बिल्कुल पास सांस रोके हुए उसे देख रहे थे। कुछ पल के बाद बख्तियार भी दरवाज़ा खोलकर ट्रक के भीतर गायब हो गया और ड्राइवर वाली सीट के साथ अपनी सीट पर बैठ गया। जंगली और उस लड़की को यहां से उसकी आस्तीन चढ़ी बांह दिखाई दे रही थी, जिसपर किसी अच्छे हुए ज़ख्म का गहरा निशान था। फिर गाड़ी के स्टार्ट होने की आवाज़ आई। शायद ड्राइवर अपनी सीट पर बैठ चुका था। कुछ पल के बाद ट्रक अपनी

जगह से हिला और सड़क पर हो लिया। बख्तियार का तनिक-सा निकला हाथ, खिड़की का आधा कांच बजाने लगा और वह धीरे-धीरे गुनगुनाने लगा। ट्रक की चाल तेज़ हो गई।

लड़की ने लम्बी-लम्बी सांस लेते हुए अपने सीने पर हाथ रख लिया। उसने ऊन के बोरों को खिसकाकर फिर अपनी जगह पर रख दिया। लेकिन ऊन के बोरों के बीच थोड़ी-सी जगह बाकी रखी, ताकि जंगलों के दराज़ों से बाहर की रोशनी भीतर आती रहे। जंगली उसके बिल्कुल नज़दीक लगकर बैठा था। लड़की अपने माथे पर बल डालते हुए धीरे-से, लेकिन बड़ी सख्ती से बोली—

'परे बैठो।'

जंगली को ऐसा लगा, जैसे किसी सांप ने डस लिया हो। उस लड़की के भिंचे हुए होंठों की हुंकार ही ऐसी थी। जंगली घबराकर परे हो गया। थोड़ी देर के बाद दोनों एक-दूसरे के आमने-सामने बैठ गए। बीच में एक फुट का फासला था। लड़की अपने-आपको लिए-दिए होशियार और चौकन्नी बैठी थी। जंगली अपनी जगह सिमटा हुआ, अपने पांव अन्दर सिकोड़े हुए लगभग घुटनों को सीने से लगाए बैठा था। उसकी सांस ज़ोर-ज़ोर से चल रही थी और उन दोनों के चारों ओर ऊन के गट्ठे थे और उनकी धीमी-धीमी आवाज़ें ऊन में जज़्ब होकर रह जाती थीं, बाहर न जा सकती थीं। मगर जंगली तो बात भी न कर सकता था। वह चुपचाप बैठा उस हसीन लड़की को ताक रहा था, ताके जा रहा था।

लड़की ने कहा, 'अगर तुमने छुआ, मुझे हाथ लगाया, मेरे पास आने की कोशिश की, तो फौरन शोर मचा दूंगी।' जंगली ने घबराकर बड़े ज़ोर से अपना सर हिलाया, जैसे उसे बता रहा हो कि उसका दूर-दूर तक ऐसा कोई इरादा नहीं।

लड़की कुछ देर तक चुप रही, आखिर बोली—ऊंह ! कोई बात करो।'

'क्या बात करूं,' जंगली ने बड़ी सादगी से पूछा और फिर उसी सादगी से ऐसे सर हिलाया कि लड़की बेइख्तियार मुस्करा दी।

'एकदम बुद्धू हो। क्या नाम है तुम्हारा ?'

'जंगली।'

लड़की को फिर बेइख्तियार हंसी आ गई। उसने अपने दुपट्टे का आंचल

अपने मुंह में ठूंस लिया और खामोशी से हंसती रही और मारे हंसी के उसका सीना ऊपर-नीचे होता रहा। आखिर जब वह अच्छी तरह हंस चुकी और उसकी आंखों में हंसने से आंसू निकल आए, तो उसने मुंह से दुपट्टा निकालकर अपनी आंखों के आंसू पोंछे और बोली—

'जंगली ? जंगली कोई नाम होता है ?'

'गांव में सभी मुझे इसी नाम से पुकारते थे।'

'तुम्हारी मां भी तुम्हें इसी नाम से बुलाती थी ?'

'नहीं—अपनी मां की तो मुझे याद नहीं—वह—वह मैं बहुत छोटा-सा था—जब वह मर गई—मुझे मालूम नहीं, वह मुझे क्या कहकर बुलाती थी।'

लड़की चौंकी। उसके चहरे पर नर्मी और तरस की एक लहर-सी आई। कुछ पल के लिए वह चुप रही, फिर बोली—'और तुम्हारा बाप, तुम्हें इसी नाम से पुकारता था ?'

'नहीं—वह मुझे राजा कहता था।'

'राजा ?'

'हां—राजा ! कभी राजा, कभी राजा बेटा, कभी राजू, मगर अब मुझे कोई राजा नहीं कहेगा। दो महीने हुए मेरा बाप मर गया।'

लड़की के चेहरे पर फिर वही नरम-सी लहर जैसे उसकी आत्मा को गुदगुदाते हुए आई, जैसे दया और ममता से उसका मुखड़ा रोशन हो गया। वह थोड़ा-सा आगे झुककर बोली—'अब तुम कहां जा रहे हो ?'

'बम्बई।'

'बम्बई क्यों ?'

'मेरे पास बैल नहीं हैं।'

'बम्बई से क्या बैल खरीदोगे ?' लड़की को जंगली की बेवकूफी और सादगी पर गुस्सा आने लगा।

'नहीं,' जंगली ने सर झुका के कहा, 'कोई काम ढूढूंगा। सुना है बम्बई में बहुत काम मिलता है।'

वे दोनों चुप हो गए क्योंकि अख्तियार के गुनगुनाने की आवाज़ अब एक ऊंचे गीत में बदल गई थी और बख्तियार की आवाज़ बड़ी अच्छी थी।

'झिटिए'

दर्द फराक़ वालिए—ले जा, ले जा संदेसा मेरे यार दा।

महादेव अपना जबड़ा भींचे, अपने दोनों हाथ स्टीयरिंग-व्हील पर रखे कुछ देर तक उसका गीत सुनता रहा। आखिर उससे रहा न गया। गरजकर बोला—

'बन्द कर यह बकवास।'

बख्तियार एकदम चुप हो गया। जैसे मोटर को ब्रेक लग गई हो और ताज्जुब से महादेव की ओर देखने लगा। महादेव ने कहा—

'एक सिगरेट जला के मेरे मुंह में रख दे।'

बख्तियार ने झोले में से चार मीनार का पैकट निकाला। उसमें से दो सिगरेट निकाले। दोनों को अपने होंठों में रखकर एक दियासलाई से सुलगाया। एक अपने मुंह में रहने दिया और दूसरा महादेव के होंठों में ठूस दिया। फिर महादेव की ओर ताकने लगा। महादेव ने ज़ोर का एक कश लेकर कहा—

'चिट्ठी—चिट्ठी—जब देखो चिट्ठी ! जब सुनो चिट्ठी। तुझे भेजती है कोई लड़की चिट्ठी ?'

'नहीं।' बख्तियार ने बड़े ताज्जुब से कहा।

'फिर क्यों बकवास करता है ? चिट्ठी—चिट्ठी ! माया की चिट्ठी न हो गई, लारी का लाइसेंस हो गया। हर समय अपने कलेजे से लगाए रखता है। किधर है वह चिट्ठी ?'—पन्द्रह साल हो गए अपने को ट्रक चलाते हुए, मगर आज तक तो हमें किसी लड़की की चिट्ठी नहीं आई। चिट्ठी तो क्या, आज तक किसी लड़की ने सीधे मुंह हमसे बात नहीं की।'

बख्तियार मुस्कराया और बोला, 'तू शादी कर ले महादेव।'

'शादी ?—महीने के तीस दिन तो सड़कों पर मारा-मारा फिरता हूं। शादी करके बीवी को यारों के मज़े के लिए छोड़ दूंगा ?'

'हुश—कैसी बातें करता है !' बख्तियार बोला।

'ठीक कहता हूं। महादेव फैसलाकुन अन्दाज़ में सर हिलाकर बोला, 'अपने दोस्तों के बहुत-से किस्से जानता हूं।'

'तो सड़क पर किसीसे आशनाई कर ले।' बख्तियार बोला, 'तुझसे पहले जो मेरा ड्राइवर था, बचनसिंह, ईमान से बड़ा तेज़ था इन मामलों में—हर अड्डे पर उसने एक-आध फंसा रखी थी।'

'वह अड्डे वाली कुत्तियां !' महादेव बड़ी नफरत से बोला, 'मैं जानता हूं, जहां ड्राइवरों का अड्डा होता है, वहां दो-चार ऐसी भी अपना धन्धा करती हैं, मगर मैं उन सुवरनियों की बात नहीं करता। वे औरतें नहीं होती हैं, बीमारी की गठरी होती हैं। बचन का देखो क्या हाल हुआ है ?'

'हां, अस्पताल में पड़ा है।'

'फिर !' महादेव ने भिन्नाके कहा।

'मगर शरीफ लड़कियां भी मिल सकती हैं।'

'तुझे कभी मिलीं।'

''सैकड़ों,' बख्तियार ने शेखी बघारते हुए कहा, 'आप इस मामले में बड़े तेज़ हैं। मुझे कोई लड़की दिखा दो, यों चुटकी बजाते मैं राम कर लूंगा, उसे।' बख्तियार परले दरजे की तजुर्बेकार मुस्कराहट अपने होंठों पर लाया। उसकी आंखें खुशी से नाच रही थीं। महादेव मारे ईर्ष्या और डाह के जलकर खाक हो गया। उसने अपना जलता हुआ सिगरेट ज़ोर से बाहर फेंक दिया और बोला—

'झूठ !'

'सामने सड़क पर कोई लड़की दिखाई दे, तो मुझे आज़मा लेना। तेरी तरह गरीब नहीं हूं। ऐसा चौड़ा-चकला सीना, ऐसा मज़बूत शरीर का आदमी—इतना नामर्द मैंने तो आज तक नहीं देखा।'

'मुझे गुस्सा मत दिला, बख्तियार।' महादेव ने गरजकर कहा। बख्तियार शरारत हंसा। उसे मालूम था कि लड़कियां महादेव की कमज़ोरी हैं। उसे यह भी मालूम था कि इस देव जैसे ड्राइवर ने अपनी कमज़ोरी के होते हुए भी आज तक रास्ते में किसी लड़की से बात तक न की थी। लड़की को देखकर ही कांपने लग जाता था। इसीलिए तो बख्तियार को उसे चिढ़ाने में मजा आता है। बख्तियार ज़रा झुककर महादेव के नज़दीक जाके बोला—

'महादेव अगर तुम्हें इस वक्त कोई लड़की मिल जाए—अकेली — सामने सड़क पर आती हुई, तो तुम क्या करोगे ?' सामने सड़क सीधी और साफ थी और उसपर कोई जानवर तक दिखाई न देता था। सड़क के दोनों ओर घाटियों पर चीड़ के जंगल सांय-सांय कर रहे थे। सड़क सूनी और एकाकी थी। महादेव ने कहा—

'अगर इस समय कोई लड़की अकेली मिल जाए और......' यह कहते-कहते

उसके मज़बूत बाज़ुओं की मछलियां तन गईं।'......तो मैं ट्रक रोककर, उसे दोनों बांहों में लेकर इस ज़ोर से दबाऊं कि उसकी हड्डियां चटख जाएं। उसे इस तरह तोड़ दूं......'

'शाबाश—शाबाश—आगे !' बख्तियार शरारत से बोला।

'इस तरह तोड़ दूं, जैसे दोनों हथेलियों में अखरोट रखकर तोड़ते हैं।'

'फिर ?'

'फिर उसको तोड़कर, उसका सारा गूदा निकालके खा जाऊं, जैसे हम लोग अखरोट तोड़कर उसका गूदा खा जाते हैं। बस मैं उसी तरह उस लड़की को खा जाऊं, बस खा जाऊं।'

सहसा लड़की सूराख से पलटी। वह और जंगली दोनों गट्ठों को परे करते हुए, ड्राइवर की सीट के पीछे लकड़ी के पटरों से लगे थे और सुराखों में कान दिए ड्राइवर और बख्तियार की बातें सुन रहे थे। हालांकि ड्राइवर और बख्तियार उन्हें वहां से दिखाई न देते थे, लेकिन उनकी आवाज़ें छन-छनकर भीतर पहुंच रही थीं।

लड़की ने अन्तिम वाक्य पर चौंककर मुंह परे कर लिया। उसका चेहरा उड़ा-उड़ा-सा मलीन था और सीना डर के मारे ज़ोर-ज़ोर से हिल रहा था और वह अपने चारों ओर जैसे इस भयानक और खूनी ड्राइवर की बांहें देख रही थी। उसका दम घुटा जा रहा था। वह ज़ोर की सांस लेती हुई पटरे के सूराख से पलट आई। ऊन के बोरों को जंगली ने फिर ड्राइवर की सीट के पिछली ओर सरका दिया और फिर वे दोनों अपनी पुरानी जगह पर आ बैठे।

लड़की की छातियां ज़ोर-ज़ोर से हिल रही थीं और उसकी टांगें कांप रही थीं। जंगली ने बेइख्तियार अपना हाथ उसके हाथ पर रख दिया। मगर उसी क्षण लड़की ने उसका हाथ झटककर कहा—

'हटो, मुझे मत छुओ।'

जंगली घबराकर पीछे हट गया और अपनी जगह पर सुकड़ के बैठ गया। मगर दूसरे क्षण ही में ड्राइवर ने इस रफ्तार से पहाड़ी का मोड़ काटा कि जंगली परे हटने की आखिरी कोशिश के बावजूद उस लड़की पर जा गिरा और उस लड़की का सीना उसके सीने से लग गया और जंगली की बांहें उसके कंधे पर चली गई और लड़की के गालों से जंगली के गाल छू गए। दूसरे क्षण ही में जंगली ने अपने-आपको संभाल लिया और लड़की ने भी उसे धक्का देकर परे कर दिया। अब दोनों

एक-दूसरे के पास औंधे-औंधे पड़े लम्बी-लम्बी सांसें ले रहे थे। जंगली को तो ऐसा महसूस होता था जैसे किसीने उसकी चमड़ी के भीतर अंगारे रख दिए हों। लड़कियों को छूने से क्या इतना होता है ? जंगली अचरज-भरी निगाह से लड़की की ओर देखने लगा। चौंककर उसने उठने की कोशिश की। इतने में एक और झटका महसूस हुआ। दोनों फिर एक-दूसरे में गुड़मुड़ हो गए। कुछ क्षणों के बाद जब सड़क का गढ़ा पीछे रह गया, तो बख्तियार ने अपने-आपको संभालते हुए कहा—

'अब इन झटकों में मेरी जगह कोई औरत तुम्हारी बगल में होती तो ?'

'हाय !' महादेव का मुंह ऐसे खुल गया, जैसे मछली पानी से बाहर सांस लेने के लिए, मुंह खोल दे। महादेव ज़ोर से चिल्लाया और ट्रक की चाल तेज़ कर दी।

भीतर लड़की उठ बैठी थी। उसने अपनी नीली छींट का लहंगा जैसा घाघरा ठीक किया, कानों से बाहर निकले हुए अपने बालों को संवारा और जंगली की तरफ गुस्से से देखकर बोली—

'तुम क्यों मुझपर गिरे ?'

'मैं कहां खुद गिरा था, ट्रक के झटके ने गिरा दिया !'

'तुम झूठ बोलते हो।'

'नहीं।'

'वायदा करो, फिर नहीं गिरोगे।'

लड़की बड़ी नामुमकिन बात कह रही थी। जंगली को बहुत गुस्सा आया। मगर वह बम्बई जा रहा था और वह इस बात के लिए तैयार न था कि लड़की शोर मचाए। फिर लड़की पर गिरना उसे बेहद अच्छा लगा था। मगर उसने वायदा कर लिया।

'कानों को हाथ लगाओ।'

जंगली ने अपने दोनों कान पकड़ लिए। मगर उसे बेहद गुस्सा आ रहा था, क्योंकि वह बिलकुल बेकसूर था। अगर वह सड़क का गढ़ा पहले से देख सकता, तो अपने-आपको चौकन्ना कर सकता था, मगर इस तरह ऊन के गट्ठों में छिपे-छिपे उसे क्या मालूम था—कब गढ़ा आएगा, कब झटका लगेगा, कब वह लड़की पर जा गिरेगा। आखिर यह लड़की उसको क्या समझती थी। जंगली ने धीरे से ऊन की एक बोरी अपने और लड़की के बीच में सरका ली और आराम से बैठ गया। अब

वे दोनों अपने छोटे-छोटे तहखानों में दुबके बैठे थे। थोड़ी देर तक खामोशी रही। आखिर लड़की ने अपनी दोनों कोहनियां बीच के ऊन के बोरे पर टिकाकर कहा—

'कोई बात करो।'

'क्या बात करूं ?'

'तुमने मुझसे पूछा तक नहीं—मैं कौन हूं, कहां से आई हूं, क्यों आई हूं ?'

'अब बता दो।'

जंगली ने ऐसे अधरूठे हुए अन्दाज़ में कहा कि लड़की बेइख्तियार मुस्करा पड़ी। जंगली को उसके छोटे-छोटे सफेद दांत बहुत भले मालूम हुए। उसे ऐसा महसूस हुआ जैसे हवा में हिलने वाली सेब की डाली पर फूलों की सारी कलियां खिल गईं। लड़की ने कहा—

'मैं तरना हूं।'

'तरना ?'

'हां, तरना !'

'क्या तुम बम्बई जा रही हो ?'

लड़की उसकी बेवकूफी पर फिर मुस्कराई और बोली, "नहीं, मैं तो अकालकोट जा रही हूं, अपनी काकी के पास।'

'अकालकोट कहां है ?'

'रास्ते में पड़ता है। पठानकोट से दस कोस इधर है।'

'तुम अपनी काकी के पास क्यों जा रही हो ?'

'क्योंकि मेरे बाप ने मुझे गांव के नम्बरदार से साढ़े सात सौ रुपये लेकर बेच दिया है।'

जंगली के गांव में भी इसी तरह ब्याह से पहले लड़कियां बेच दी जाती थीं। ब्याह करने वाले हर लड़के को लड़की का दाम देना पड़ता था। उसके पहाड़ का यही दस्तूर था। इसलिए जंगली को इस बात पर कोई ताज्जुब न हुआ। ताज्जुब इस बात पर हुआ कि इतनी बड़ी रकम कैसे एक लड़की के लिए दे दी गई। उसके गांव में अच्छी से अच्छी लड़की भी अपने मां-बाप के लिए तीन-सौ से ज़्यादा दाम न वसूल कर सकती थी। इसलिए उसे इतनी बड़ी रकम पर ताज्जुब हुआ और इस बात पर भी कि इतनी बड़ी रकम के बावजूद लड़की भागी जा रही थी।

'तो क्या तुम नम्बरदार से ब्याह न करोगी ?'

'बिल्कुल नहीं।'

'क्यों ?'

'वह बूढ़ा है। सात तो उसके बच्चे हैं। दो बीवियां उसकी मुझसे पहले मर चुकी हैं। बड़ा मनहूस पोपले मुंह वाला बूढ़ा है। मैं तो बस अब अपनी काकी के पास जाकर रहूंगी।' जंगली चुप रहा। लड़की अपनी दोनों कोहनियां ऊन के बोरे पर टिकाए, अपने हाथों में अपना मलीन चेहरा लिए विचारों में खो गई और बहुत देर के बाद बोली—

'औरत की भी क्या ज़िन्दगी है !'

जंगली ने इस बात का कोई जवाब न दिया। 'औरत की भी क्या ज़िन्दगी है ?' उसने सोचा, 'मर्द की भी क्या ज़िन्दगी है ? किसीकी भी क्या ज़िन्दगी है ? दो बैल न हों, तो खेत छोड़ना पड़ता है। जाने कहां से कहां जाना पड़ता है। जाने कहां से कहां जाना पड़ता है...जंगली भी अपने विचारों में खो गया।

तीसरे पहर के बाद, जब पेड़ों के साये फैलकर सड़क पर आने लगे और झरनों से पानी लेकर वापस जाने वाली लड़कियों की कतारें लम्बी होती गईं, तो महादेव का ट्रक अकालकोट की घाटी में दाखिल हुआ।

यह एक प्यालेनुमा छोटी-सी घाटी थी। जैसे पहाड़ों ने अपनी मुट्ठी खोल दी हो और अब उनकी हथेली पर यह सुन्दर घाटी एक बेशकीमत नगीने की तरह चमक रही थी। जंगलों से नीचे ढलवानों की ओर फलदार पेड़ों के बाग थे। खूबानी के पेड़ों पर कच्ची हरी-हरी खूबानियां लटक रही थीं; पहाड़ियों का रंग तनिक सुनहरी हो चला था, जैसे सूरज की किरण ने उन्हें डरते-डरते छू लिया हो। लेकिन जरदालू और आलूचे पक गए थे और उनकी मुलायम जिल्द के नीचे साफ मिठास-भरा रस यों हिलोर रहा था, जैसे भावपूर्वक बहार में स्त्री के होंठ पुरुष के चुम्बन के लिए कांपते हैं।

ढलवानों से उतरते हुए अंगूरों के बाग थे। अंगूर के चौड़े दनदानेदार पत्तों वाली बेलें अभी कुंवारी थीं। अंगूर के गुच्छे अभी कमसिन थे। मुलायम और गहरे हरे बड़े-बड़े पत्तों ने उन्हें छिपा लिया था और उन पत्तों के ओट से ओस की बूंदों की तरह नन्हे-नन्हे अंगूर के मोती, डरते-डरते हवा के झोंके से तनिक बाहर झांकते थे और फिर पत्तों में छिप जाते थे। मगर यह कुंवारेपन का ज़माना भी बीत जाएगा।

जब जवानी की ऋतु जाएगी और पत्तों की अंगिमा मसक जाएगी और ऊदे-ऊदे अंगूरों को बेचैन जोबन बाहर ढलक जाएगा और गुच्छों की तरह हवा में लहराते हुए, ललचाई हुई निगाहों का निशाना बनेगा। किसीके लिए अंगूर खट्टे होंगे और किसीके लिए मीठे होंगे।

'क्योंकि यह काम के शौक की दुनिया है।'

कसूर निगाहों का नहीं है, कसूर अंगूर का नहीं है। कसूर उस हाथ का है, जो आगे बढ़ न सका, जो प्याला उठा न सका।

ढलवानों के ओट से कई वारने फुटते थे और नाचते हुए बेचैन कदमों से नीचे घाटी की ओर बहते थे। उनके हर डग में छागल की झनकार थी और पानी की हर बूंद घुंघरू की तरह बज रही थी और पहाड़ी राग लिए बेचैन लहर रवानी में थी।

नीचे उतरकर यही झरने छोटी-छोटी नदियों में बदल जाते थे और खेतों के बीच से गुज़रती हुई सड़क पर इतनी दूर से एक लाल लेटर बक्स की तरह दिखाई देता हुआ पेट्रोल-पम्प नज़र आता, जिसके पास लारियों का अड्डा था, पुलिस की चौकी थी, छोटा-सा बाज़ार था और बाज़ार के पीछे अकालगढ़ का छोटा-सा गांव था।

वह और तरना दोनों लारी के बायें ओर ओट में छिपे हुए इस दृश्य को देख रहे थे।

'अकालगढ़ तो बड़ी खूबसूरत और सुन्दर जगह है!' जंगली ने तरना की ओर ईर्ष्या की नज़र से देखकर कहा।

'हां।' तरना बड़ी अकड़ और अभिमान से बोली, 'मैं यहां अपनी काकी के पास जाकर रहूंगी और बड़े चैन से रहूंगी। मेरी काकी मुझे बहुत प्यार करती है। वह मुझे कभी वापस न करेगी, जहां वह पोपले मुंह वाला झंडूस मेरा इंतज़ार कर रहा है...।'

'तुम्हें अपनी काकी का घर मालूम है?' जंगली ने पूछा।

'मैं दो बार अपनी मां के साथ यहां आ चुकी हूं। इस इलाके में हमारी बहुत-सी नातेदारियां हैं। अकालकोट और पठानकोट में और पठानकोट से आगे चमनकोट......'

'तुम ये सब जगहें जानती हो?'

'दो-दो, तीन-तीन बार मैं अपने मां-बाप के साथ आ चुकी हूं। मगर घर से अकेली निकलने का यह पहला मौका है।'

'तुम्हें डर नहीं लगा?'

'डर तो लगता है, मगर इस ब्याह के डर के सामने यह डर बहुत छोटा-सा मालूम हुआ। इसलिए मैं हिम्मत करके भाग निकली।'

'हो सकता है, तुम्हारी काकी घर में न हो, कहीं बाहर किसी दूसरे गांव में गई हो ?'

'तो क्या हुआ ! वह मेरा घर है, मैं उसका इंतज़ार कर लूंगी।'

जंगली चुप हो गया। कुछ उदास भी हो गया। उसे लड़की अच्छी लगी थी। ज़िन्दगी में यह पहला मौका था, जब उसने एक लकड़ी से इतनी बातें कीं, जब उसने एक लकड़ी के साथ इतना लम्बा सफर किया, तो उसका जी चाहने लगा कि एक लड़की उसके संग-संग चली जाए। हम दोनों का सफर लम्बा हो जाए। क्यों ? इस 'क्यों' की वजह वह अच्छी तरह नहीं जानता था। बस उसका जी चाह रहा था। यों ही जवानी में हरेक का जी चाहता है। वजह मालूम करने के लिए वक्त किसके पास होता है ? लेकिन यह लड़की तो जा रही थी। वह अकालकोट पर उतर जाएगी और एक अजीब नामालूम-सी उदासी से उसका जी भर आया।

मगर लड़की के दिल में जंगली के लिए इस तरह के कोई भाव नहीं थे। वह बड़ी अधीरता और विकलता से बाहर देख रही थी। अगर उसे ड्राइवर का डर न होता, तो वह खुशी के मारे ताली बजा देती, क्योंकि उसकी मंज़िल पास आ रही थी और वे दोनों ऐसे मुसाफिर थे, जो हालात से मजबूर होकर थोड़ी-सी देर के लिए एक पड़ाव पर इकट्ठे होकर एक-दूसरे से हंस-बोल लेने पर मजबूर हो गए हों।

आखिरी मोड़ काटते समय ट्रक धीमा हो गया। लड़की की आंखें खुशी से नाचने लगीं, क्योंकि उसके बाद घाटी का हाट आ जाएगा, जहां जाकर ट्रक रुकेगा—और तरना की मंज़िल' आ जाएगी।

यहां से घाटी का हाट बिलकूल नीचे दिखाई देता था। दो ट्रक सामान से भरे हुए खड़े दिखाई दे रहे थे। उनके पीछे पुलिस की चौकी के पास मुसाफिरों से भरी हुई एक लारी थी। पुलिस के संतरी इधर-उधर घूमते दिखाई दे रहे थे और लारी के भीतर घुसकर माल चेक कर रहे थे। चाय की दुकानों पर मुसाफिर चाय पी रहे थे और हलवाई की दुकान पर पूरियां तली जा रही थीं और दुकान के बाहर बिछे हुए बेंचों के सामने लम्बे-लम्बे मेज़ पड़े थे, जिनपर हलवाई का लौंडा हरे पत्तों पर आलू और मिर्चों की मिली-जुली भाजी के साथ पूरियां रख

रहा था।

जंगली के मुंह में पानी आ गया और सहसा लड़की के जाने की उदासी पर उसकी भूख छा गई। वह बेइख्तियार बोल उठा, 'मुझे भूख लगी है।'

'भूख तो मुझे भी लगी है, मगर...' लड़की सहसा चुप हो गई। फिर जब मोड़ काटते हुए ट्रक घूम गया और हाट नज़रों से ओझल हो गया, तो वह धीरे से उसके कंधे पर हाथ रखकर बोली, 'मैं काकी के घर जाकर देखूंगी। अगर सुबह की कोई बची रोटी मुझे मिल गई, तो जल्दी ही आकर तुम्हें दे जाऊंगी।'

जंगली ने खामोशी से मुस्कराकर उसको धन्यवाद दिया।

ट्रक अब नीचे उतरकर बाज़ार में दाखिल हो रहा था। लड़की ने इधर-उधर ढूंढ़कर अपनी गठरी निकाली और जूतों की एक जोड़ी, जो बहुत हलकी और सुन्दर थी और जिसपर सुनहरे फूल बने हुए थे—लड़की ने वह जूती अपने पांव में पहनी और जंगली को उसके छोटे-छोटे पांव के ऊपर मुलायम-सुन्दर टखने बड़े भले मालूम हुए। जूते पहनकर वह बोली—

'अब मैं जाऊंगी। ज्योंही गाड़ी रुकेगी और ड्राइवर और क्लीनर उतरकर चाय पीने जाएंगे, मैं पीछे से उतर जाऊंगी। तुम उतरने में मेरी मदद करना।'

'बहुत अच्छा।' जंगली ने भरी-सी आवाज़ में कहा।

ट्रक धीरे-धीरे सरकता हुआ आया और दूसरी गाड़ियों के पीछे सबसे आखिर में खड़ा हो गया। महादेव ने इंजन बन्द करके बाहर निकलने के लिए दरवाज़ा खोला और दूसरी ओर बख्तियार ने छलांग लगा दी और अपने दोनों बाज़ुओं को ऊंचा करके अंगड़ाई लेने लगा। ट्रक में बैठे-बैठे उसका सारा जिस्म अकड़ गया था। लड़की ने अपनी गठरी उठा ली। मुस्कराकर जंगली की ओर देखा और कहा, 'अच्छा, राम-राम। मैं चलती हूं।'

'राम, राम, जंगली ने धीरे से कहा और रास्ता साफ करने के लिए ऊन के गट्ठे और बोरे इधर-उधर करने लगा। लड़की ने एक नज़र से बाहर देखा, यह देखने के लिए कि मैदान खाली है कि नहीं। बाहर देखते ही लड़की सहसा कांप गई और पीछे हटकर दुबककर बैठ गई। उसके चेहरे पर बेहद खौफ छा गया था और उसके होंठों से ऐसी आवाज़ निकली, जैसे उसने ज़ोर से अपना

दम अंदर खींच लिया हो। जंगली चूंकि ऊन के गट्ठे इधर-उधर सरका रहा था, इसलिए उसकी पीठ उसकी तरफ थी। 'सी' की आवाज़ पर वह चौंका और उसने मुड़कर देखा, लड़की एक कोने में दुबकी पड़ी थी और उसकी आंखों में आंसू थे।

'क्या हुआ ?' उसने पूछा।

लड़की ने हाथ से बाहर की ओर इशारा किया। बाहर पुलिस के संतरियों ने और एक सब-इन्स्पेक्टर पुलिस ने महादेव और बख्तियार को घेर लिया था और उनसे तरह-तरह के सवाल कर रहे थे। पुलिस इन्स्पेक्टर के साथ दो मर्द थे। दोनों बुड्ढे थे और लाटे कद के थे। दोनों चेहरे-मोहरे से पहाड़ी किसान दिखाई देते थे, मगर एक बूढ़े का पहनावा दूसरे किसान के लिबास से ज़्यादा साफ-सुथरा और किसी कदर बढ़िया भी दिखाई देता था। उन दोनों किसानों के साथ एक गोरे रंग की, अधेड़ उमर की औरत थी, जो चांदी की बालियों के गुच्छे अपने कानों में लटकाए हुए थी। उसके चेहरे पर हवाइयां उड़ रही थीं।

लड़की ने उस औरत की ओर इशारा करके कहा, 'वह मेरी काकी है और वह जो सर पर काली टोपी पहने हुए है, वह मेरा बाप है और वह उसके साथ जो बुड्ढा पगड़ी पहने हुए है, वह हमारे गांव का नम्बरदार है।

जंगली ने फुसफुसाकर पूछा, 'मगर ये लोग तुमसे पहले यहां कैसे आए ?'

तरना ने निराशा से कहा, 'पुलिस की गाड़ी में आए होंगे। इंस्पेक्टर हमारे नम्बरदार की बात बहुत मानता है।'

जंगली ने धीरे से कहा, 'अब तुम बाहर कैसे निकलोगी ?'

'अब बाहर निकलने का फायदा भी क्या है।' लड़की ने बड़े अफसोस से कहा। मगर उसके अफसोस से जंगली के मन में खुशी की एक अजीब-सी लहर दौड़ गई। वह खुश होकर बोला, 'अगर तुम बाहर निकलीं, तो वे लोग तुम्हें पकड़ लेंगे।'

लड़की कहां तो रोने वाली थी, मगर जंगली की खुशी देखकर उसे बेहद गुस्सा आया। आंसू पोंछकर बोली, 'और अगर उन्होंने इस ट्रक की तलाशी ली तो मुझे भी पकड़ लेंगे और तुम्हें भी।'

'मुझे भी !' जंगली एकदम भयभीत होकर बोला।

'हां—वे तुम्हारे हाथ बांधकरहथकड़ी लगा देगें और तुम्हें जेल में डाल देंगे।'

'फिर ?'

'फिर जेल में रखकर जूते मारेंगे।'

'मुझे वे जूते क्यों मारेंगे ?'

'हमारे गांव में एक लड़की एक लड़के के साथ भागी थी, तो उस लड़के के साथ पुलिस वालों ने ऐसा ही किया था।'

'मगर मैं तो तुम्हें भगाकर नहीं लाया !'

'इससे क्या होता है ? तुम मेरे साथ इस ट्रक में पकड़े गए कि नहीं ? बस यही काफी है। बस वे तुम्हें जूते मारेंगे, मेरे सामने और मैं देखूंगी।' तरना विजयी दृष्टि से उसकी ओर देखते हुए बोली।

'तुम्हें भी तो उस बुड्ढे से ब्याह करना होगा,' जंगली ने तुर्की-बतुर्की जवाब दिया।

सहसा तरना ने घबराकर अपना हाथ उसके मुंह पर रख दिया और डरकर सर झुकाकर दुबककर एक कोने में जा छिपी। बाहर महादेव कह रहा था—

'अजी कैसी लड़की, किसकी लड़की इन्स्पेक्टर साहब ? हमने रास्ते में लड़की तो क्या, एक चिड़िया तक भटकती हुई नहीं देखी।' बुड्ढे नम्बरदार ने लड़की की सूरत-शकल बताई, जो तरना से मिलती-जुलती थी।

महादेव बोला, 'अजी ऐसी हसीन लड़की हमें रास्ते में मिलती तो कच्चा खा जाते। तुम्हारे घर से भगा ले जाते नम्बरदारजी, तुम हो किस खयाल में। वह लड़की तो गई, अब तुमको भी न मिलेगी।'

बूढ़ा नम्बरदार घिघियाने लगा, 'ड्राइवरजी, मैंने साढ़े सात सौ रुपये दिए हैं, उस लड़की के अब वह भाग गई है। अगर तुमको रास्ते में कहीं नज़र पड़ जाए...!'

'तो मैं उसे ट्रक में बिठाकर तुम्हारे घर पहुंचा दूं ? हैं ?' महादेव ने सर हिला के पूछा।

नम्बरदार ने उम्मीद-भरे स्वर में कहा, 'हां।'

'अबे, उल्लू के चर्खे—' महादेव गरज से बोला, 'अगर वह लौंडिया मुझे मिल जाए रास्ते में, तो मैं उसे खुद भगा ले जाऊंगा। तेरे ऐसे बुड्ढे-खूसट के साथ उसकी ज़िन्दगी तबाह करने के लिए क्यों छोड़ जाऊंगा ?'

'ठीक तो कहता है ड्राइवर,' काकी अपना सर हिलाते हुए बोली।

तरना का बाप सहसा मुड़कर गुस्से से बोला, 'क्या ठीक कहता है ? अब मुझे वह खेत वापस करना पड़ेगा।'

इंस्पेक्टर ने उन्हें बीच में टोकते हुए महादेव से पूछा, 'पीछे ट्रक में क्या सामान लाद रखा है ?'

'हैं तो ऊन के बोरे, मगर मैंने हर बोरे में एक-एक लड़की भर रखी है। खोल के देख लो। बख्तियार, तिरपाल खोलकर इंस्पेक्टर साहब को माल दिखा दो, मैं दुकान पर जाकर चाय पीता हूं।' महादेव मस्त हाथो की तरह झूमता हुआ चला गया। भीतर, ट्रक के बिलकुल भीतर तरना और जंगली अपने चारों तरफ ऊन के बोरे ठूंस-ठूंसकर दुबककर ऊन में घुसकर छिपकर बैठ गए। वे इतने घूटे बैठे थे, बल्कि ऊन में लेटे थे कि सांस भी भी बड़ी मुश्किल से आती थी। बख्तियार ने तिरपाल अलग की और इंस्पेक्टर साहब से कहने लगा, 'देख लो हुज़ूर।'

पुलिस इंस्पेक्टर और सिपाही ट्रक के ऊपर चढ़ गए। किनारों के दो-चार ऊन के गट्ठे उन्होंने अलग करके देखे। सबसे आखिर के ऊन के गट्ठों और बोरों को भी इधर-उधर करके देखा। कहीं कुछ नज़र न आया। बोरियां एक-दूसरे पर रखी थीं। नज़र क्या आता !

'हूं...' पुलिस इन्स्पेक्टर बड़ी बेदिली से बोला।

इतने में एक हवलदार लोहे की एक लम्बी, पतली और नुकीली सलाख उठा लाया। आम तौर से इस सलाख को अनाज के बोरों, घास या ऊन के गट्ठों में डालके देखा जाता है कि उनमें कोई दूसरी चीज़ तो नहीं ले जाई जा रही है।

'हां ! यह ठीक है।' बख्तियार खुशी से चिल्लाकर बोला, 'अंदर लड़की होगी तो कबाब के टुकड़े की तरह टंगी हुई बाहर निकल आएगी।'

'तुम चुप रहो।' पुलिस इन्स्पेक्टर ने डांटा।

'महादेव की बात और थी। मगर यह छोकरा क्लीनर, इसकी क्या औकात है कि हमारे सामने यों गुस्ताखी करे !' बख्तियार चुप हो गया। सलाख अन्दर घुसती चली गई।

तरना और जंगली दोनों एक-दूसरे के साथ लगे हुए दुबके पड़े थे। सलाख ऊन के बोरों को छेदकर, उनके नज़दीक पहुंची। शुक्र है, यह सलाख उनके सामने से आई

थी। अगर पीछे से आती तो दोनों के आर-पार हो जाती, यह तेज़ लोहे की सलाख ! तरना डरकर जंगली से लग गई। सलाख धीरे-धीरे टटोलती हुई, घूमती हुई, उनके नज़दीक आ रही थी और वे दोनों उससे परे हट जाने की कोशिश करते हुए दुबके जा रहे थे और जिधर वे देखते, सलाख का सिरा उधर ही घूम जाता। जैसे सलाख के आंखें हों और वह उन्हें देख-देखकर कह रही हो, 'मैंने तुम्हें देख लिया है, अब तुम मुझसे बचकर कहां जा सकते हो !' सलाख बिलकूल पास आ गई। वह डरी हुई लड़की के सीने के बिलकूल पास आ गई। लड़की ने डर से अपनी आंखें बन्द कर लीं और अपने मुंह पर हाथ रख लिया। सलाख और नज़दीक आ गई।

जंगली ने लड़की को अपनी बांहों में लेकर उसे ज़ोर से अपनी ओर खींच लिया। अपने बदन का पूरा-पूरा ज़ोर लगाकर वह लड़की को अपने सीने से लगाए पीछे बोरों में घुस गया। उसके ज़ोर करने से बोरे की रुई एक-दो इंच दबी होगी, मगर यह फासला जान बचाने के लिए बहुत था। लहलहाती हुई सलाख उनके सामने से होकर गुज़र गई और तरना के सीने से दो इंच के फासले पर ऊन को चीरती हुई चली गई। थोड़ी देर के बाद वह सलाख नाकामयाब वापस जा रही थी। जंगली के दोनों हाथ तरना को पूरी तरह अपनी गोद में लिए थे और जंगली के चेहरे पर पसीने की बूंदें नमूदार हो चुकी थीं और वे दोनों फटी-फटी निगाहों से सलाख को वापस जाते हुए देख रहे थे।

हवलदार ने सलाख को बाहर निकालकर कहा, 'कुछ नहीं है। भीतर ऊन के सिवाय कुछ नहीं है।'

फिर उसने बहुत-सी गठरियों में सलाख डालकर घुमा-फिराकर देखा, बड़ी बेदिली और नाखुशी से और जब उसे कुछ हाथ न आया, तो वह अपने दोनों कन्धे हिलाकर, इन्स्पेक्टर के सामने खड़ा हो गया। पुलिस इन्स्पेक्टर ने बख्तियार से कहा, 'तिरपाल बांध लो।'

वह अपने संतरियों और हवलदार और नम्बरदार और तरना के बाप और तरना की काकी को अपने साथ लेकर पुलिस-स्टेशन की ओर चला गया।

जब ट्रक अकालकोट से निकला तो तरना अपनी बांहों में मुंह छिपाकर रोने लगी। जंगली को उसकी बेबसी पर बड़ा तरस आया। उसने हौले से अपना हाथ उसके कन्धे पर रखा, लेकिन तरना ने उसे तुरन्त झिटक दिया। जंगली ने घबराकर

फौरन अपना हाथ तरना के कन्धे से उठा लिया और बड़ी बेबसी से तरना की ओर देखने लगा, जो धीरे-धीरे सिसक रही थी।

धीरे-धीरे उसका सिसकना भी बन्द हो गया। फिर भी दबी-दबी आहें बरबस उसके सीने से निकल जातीं और जंगली का दिल पिघलने लगता। इस कमज़ोर और नाज़ुक लड़की के सामने वह अपने-आपको कितना बड़ा, मज़बूत और अक्लमंद आदमी समझने लगा था ! उसका जी चाहता था कि वह लड़की को इस मुसीबत से बचा ले। उसका मन चाहता था कि वह लड़की को अपनी मज़बूत बांहों में ले ले और उससे कहे, 'मेरे होते हुए तुम क्यों रोती हो ? मैं हूं तो तुम्हें चिन्ता किस बात की है ? मैं तो ज़िन्दगी-भर तुम्हारी हिफाज़त करूंगा। मगर इसके साथ ही साथ उसे खुद खयाल आया, जो आदमी अपने दो बैलों की हिफाज़त न कर सका, वह एक लड़की को कैसे हिफाज़त कर सकेगा ! इसलिए वह अपनी ख्वाहिश को दबाकर, कई घण्टों की खामोशी के बाद तरना से बोला—

'तुमने अच्छा नहीं किया, जो घर से भाग आईं। आखिर मां-बाप ही तो शादी करते हैं और जहां करते हैं, वहीं होती है। हमारे गांव में तो यही रीत है।'

'मेरी शादी के लिए क्या वही बुड्ढा रह गया था ?' तरना ने गुस्से से पूछा, 'क्या इसीलिए मेरे मां-बाप ने पांचवीं तक पढ़ाया था कि पढ़ालिखाकर एक बुड्ढे खूसट के साथ बांध दें ?'

'तुम पांच जमात तक पढ़ी हो ?' जंगली ने अचरज से पूछा।

'हां—पूरे पांच दर्जे,' तरना ने अपने हाथ की उंगलियां फैलाकर उसके सामने लहरा के कहा।

जंगली का चेहरा बुझ-सा गया। उसने धीरे-से कहा, 'हमारे गांव में तो कोई स्कूल नहीं हैं। हमारे गांव में तो पंडितजी के सिवा कोई पढ़ा-लिखा नहीं है।'

'अजब जंगली गांव है तुम्हारा ! हमारे गांव में तो मिडिल स्कूल बनने जा रहा है। अगर मेरा बाप नम्बरदार के हाथ मुझे बेच न देता, तो मैं आगे भी पढ़ती।'

जंगली बहुत ही आतंकित हुआ, बड़ी देर तक चुप रहा, फिर बोला—

‘तो तुम बम्बई चलो मेरे साथ। वहां तुमको किसी स्कूल में पढ़ाने का काम ज़रूर मिल जाएगा।’

‘जी हां, ज़रूर ही मिल जाएगा। ए बुद्ध, पांच दर्जे क्या होते हैं ? यहां बम्बई में तो लोग सोलह-सोलह दर्जे पास किए बैठे हैं। वहां मुझ गरीब प्राइमरी पास लड़की को कौन पूछेगा ? मैंने तो तय कर लिया है कि मैं चमनकोट में अपने फूफा के पास चली जाऊंगी। वह खुद वहां के स्कूल का मास्टर है। पढ़ा-लिखा है। मुझे ज़रूर शरण देगा और मैं उसके स्कूल में पढ़-लिख जाऊंगी। वह मिडिल स्कूल का हेडमास्टर है।’

‘मिडिल क्या होता है ?’

‘आठ दर्जा।’

‘इतना पढ़कर लोग क्या करते हैं ?’

‘घास खोदते हैं तुम्हारी तरह।’ तरना बड़ी नफरत से बोली। उसे जंगली पर बेहद गुस्सा आ रहा था। क्या ऊटपटांग सवाल पूछे चला जाता है।

‘अच्छा तुम आठ दर्जे पढ़कर क्या करोगी ?’ जंगली ने फिर पूछा।

तरना ने चिढ़कर कहा, ‘तुम मुझसे बात न करो।’ तरना ने मुंह फेर लिया। जंगली अचरज में पड़कर सोचने लगा—औरत तो ब्याह करने के लिए होती है, चाहे वह पांच दर्जा पढ़ जाए या आठ दर्जा। उसने आज तक कोई पढ़ी-लिखी लड़की नहीं देखी थी। मगर तरना उसे किसी तरह अपने गांव की दूसरी लड़कियों से अलग और भिन्न न मालूम हुई। उसी तरह रोती थी, बिगड़ती थी, मुस्कराती थी, आप ही आप हंसने लगती थी। उसकी सब अदाएं वैसी थीं, तो फिर ? ब्याह तो उसको करना पड़ेगा, किसी न किसी मर्द के साथ। अब अगर उस नम्बरदार के साथ कर लेती, तो क्या बुरा था ! सुख से अपने गांव में रहती। खैर, यह अब अपने गांव में न सही, चमनकोट में किसी न किसी से ब्याह करेगी। ऐसी सुन्दर लड़की से कौन ब्याह न करेगा ! औरत की भी कैसे मज़े की ज़िन्दगी है ! न खेती करनी पड़े, न हल चलाना पड़े, न बैल कुर्की हों, न घर नीलाम हो...जंगली ने बड़ी ईर्ष्या से तरना की ओर देखा। भगवान ने मुझे औरत नहीं बनाया, वरना मैं तो उस बुड्ढे नम्बरदार से ज़रूर ब्याह करके ठाठ करता। दूसरे शब्दों में ‘करती’। जंगली आप ही आप मुस्करा दिया। उसे मुस्कराते देखकर तरना बोली—

'क्यों मुस्कराए ?'

जंगली ने रूठकर कहा, 'बात मत करो मुझसे।' यह कहकर जंगली ने मुंह फेर लिया।

'उहं।' कहकर तरना उसकी तरफ पीठ करके बैठ गई। 'कौन बात करता है, तुमसे ? बात करे मेरी जूती।'

जंगली ने भी अपनी पीठ उसकी तरफ कर ली। दोनों के बीच में ऊन की बोरी थी। दोनों एक-दूसरे से अलग अपने सर उसपर टिकाकर लेट-से गए। ट्रक तेज़ी से पठानकोट की ओर भागता जा रहा था। रात के साये फैल चुके थे। चारों ओर घुप अंधेरा छा चुका था। अब न तरना जंगली का चेहरा देख सकती थी, न जंगली तरना का...!!

दोनों अपने-अपने विचारों में खोए हुए एक-दूसरे से इतने निकट होते हुए भी दूर। बैठे-बैठे दोनों को नींद-सी आने लगी। इस नींद की हालत में कभी एक का सर दूसरे से टकरा जाता और दोनों चौंककर अपने-आपको संभालते हुए परे हो जाते। कभी एक का हाथ दूसरे से बेखयाली में छू जाता और फिर जल्दी अलग हो जाता और इस नींद की हालत में कुछ क्षणों के लिए दिल और दिमाग में चिंगारियां-सी उड़ने लगतीं। फिर सब कुछ बुझ जाता और रात के रहस्यमय, अंधेरे और भयानक साये चारों ओर छा जाते। पता नहीं कब तक वे दोनों इस अधसोई-जागी दशा में पड़े सोए रहे। सहसा एक झटके से जंगली की आंख खुल गई। उसने बाहर निगाह दौड़ाई तो सामने रोशनियां-सी जलती नज़र आईं। आंखें मलके देखा तो एक बाज़ार था। मगर ज़्यादातर दुकानें बन्द हो चुकी थीं। एक बन्द दुकान के सामने बहुत-सासामान—गट्ठों, बोरियों और पेटियों में बन्द पड़ा था और दुकान के दोनों ओर आदमी के कद से तिगुने ऊंचे बोरों और लकड़ी की पेटियों के ढेर लगे थे। एक मैलां-कुचैला, कमज़ोर-सा बाबू दो पेटियों को ऊपर-तले रखकर, उनपर अपना रजिस्टर खोले बैठा था। एक तरफ कलम-दावात थी, दूसरी तरफ लैम्प की झिलमिलाती हुई रोशनी थी और उस बाबू के नज़दीक महादेव और बख्तियार के झुके हुए चेहरे नज़र आ रहे थे, जो उसे कुछ कागज़ात दिखा रहे थे।

'ठीक है, ठीक है।' वह बाबू चिढ़कर बोला, 'तुमको नौ बजे आना था। तुम ग्यारह बजे आए हो। शाह चाननमल तो दुकान बन्द करके चला गया है। मुझे

तुम्हारा इन्तज़ार करने को बोल गया है। जैसे मेरे घर में बाल-बच्चे तो हैं नहीं! कौन सुनता है इस दुनिया में गरीबों की! साठ रुपये तनख्वाह देते हैं, चौबीस घंटे गुलामी कराते हैं।'

महादेव बोला, 'बाबू, अपनी बकवास बन्द करो और अपना सामान उतरवा लो।'

'बाबू?' अच्छा तो यह है—बाबू! जंगली ने कई बार अपने गांव में बाबू का नाम सुना था। लोग बड़े गर्व और अभिमान से बाबू की चर्चा करते थे। खुद रास्ते में तरना ने उससे कहा कि अगर वह ब्याह करेगी, तो किसी बाबू से करेगी।

अरे यह है बाबू—गन्दा, मैला, कमज़ोर, सिर झुकाए हुए, मैले-मैले दांत, हाथ की नसें उभरी हुई, माथे पर सौ बल पर पड़े हुए, टेंटुआ बाहर निकला हुआ, आवाज़ कड़वी-कसैली, धत् तेरी की 'यह है बाबू', इससे लरना ब्याह करेगी? तरना बड़े मज़े से सो रही थी। जंगली ने उसे जगा दिया। तरना हड़बड़ा के उठ बैठी। 'क्या है?' उसने बड़बड़ा के पूछा।

'बाबू।'

'बाब...कौन बाबू?'

'जिससे तुम ब्याह करोगी। हा...हा...हा,' जंगली ने धीरे से बाहर की रोशनी में चमकते हुए मटियाले बाबू के चेहरे की ओर इशारा किया और मुंह पर हाथ रखकर हंसने लगा।

तरना ने बाहर देखा। फिर घबराकर बोली, 'अरे यह तो पठानकोट का अड्डा है। तुमने मुझे पहले नहीं जगाया!'

'अच्छा, यह भी मेरा कसूर है?' जंगली ने नाराज़ होकर पूछा। उसे लड़की की बातों से खिझलाहट-सी अनुभव होने लगी थी। क्या सभी लड़कियां इसी तरह होती हैं? बेतुकी बातें करने वाली? तरना ने जंगली के सवाल का कोई जवाब न दिया। वह अपनी महसूस करने की ताकत इकट्ठी करके बाहर देखने लगी। मैला बाबू महादेव से कह रहा था—

'तुम्हें यह ऊन के गट्ठे अमृतसर ले जाना होगा। हमारे पास कोई ट्रक खाली नहीं है। कोई ड्राइवर फालतू नहीं है। तुम्हींको जाना पड़ेगा।'

महादेव बोला, 'मैं दो रातों का जागा हुआ हूं।'

'मजबूरी है।' क्लर्क बेहद खुश होकर बोला और पहली बार उसके सड़े हुए चेहरे पर मुस्कराहट आई। बाबू को दूसरों को दुःख देते हुए बहुत खुशी मालूम होती थी। वह विजयी स्वर में बोला—

'आज रात को ही जाना होगा। शाह का हुक्म है।'

'शाह की ऐसी की तैसी—' महादेव शाह को एक मोटी-सी गाली देते हुए बोला। मगर उसने बाबू के हाथ से पैसा ले लिया। पेट्रोल के पैसे ले लिए, अपना और बख्तियार का खर्चा ले लिया। फिर वह बड़े मज़े से और इत्मीनान से बख्तियार के कन्धे पर हाथ रखकर बोला—

'तुम शाह से बोल देना, मैं यहां से सुबह चार बजे से पहले किसी सूरत में नहीं निकल सकता। चल भाई बख्तियार, किसी ढाबे पर रोटी खाएं।'

बख्तियार और महादेव दोनों बाबू को अड्डे पर छोड़कर चले गए। थोड़ी देर के बाद बाबू ने रजिस्टर बन्द कर दिया। फूंक मारकर लालटेन बुझा दी। रजिस्टर को लपेट के पेटी में रखा। पेटी के ऊपर दो और पेटियां औंधी रख दीं और अपनी मैली पतलून में हाथ डाले वहां से चला गया।

बाबू के जाने के बाद चारों तरफ सन्नाटा हो गया। थोड़ी देर तक इधर-उधर की आवाज़ें सुनने के बाद जंगली और तरना दोनों ट्रक से बाहर निकले। तरना इधर-उधर देखकर एक अंधेरी गली की ओर जाती हुई बोली—

'तुम यहीं ठहरो, मैं अभी आती हूं।'

तरना बहुत देर के बाद गली से वापस बाहर आई। तब भी जंगली दुकान की दीवार से लगा खड़ा पेशाब कर रहा था।

वे दोनों अंधेरी गलियों और सुनसान बाज़ारों में घूमते एक-दूसरे का हाथ थामे इक्का-दुक्का राहगीरों की निगाहों से बचते चले जा रहे थे। घरों के दरवाज़े बन्द थे। दुकानों पर ताले पड़े थे। कहीं-कहीं पान की दुकानों पर शौकीन-मिज़ाज ग्राहकों की भीड़ थी, जिनके लिए जब रात होती है, तब दिन चढ़ता है—ऐसी दुकानों से फूलों की महक आती थी और इत्र की खुशबू और ऊंची आवाज़ में खुले हुए कहकहे। और तरना जंगली का हाथ पकड़े, बचती-बचाती आगे चली जा रही थी। एक जगह जाके वह रुक गई। यहां छत्र जैसे तीन-चार ढाबे थे, जिनमें लोग—और लोगों में भी अधिकांश ड्राइवर और क्लीनर जैसे लोग—रोटी खा रहे थे। उन ढाबों

के सामने पीपल का एक बड़ा पेड़ था। ढाबों से आनेवाली रोशनी छन-छनके पेड़ के नीचे रोशनी और सायों की शतरंजी-सी बिछा रही थी। उसी शतरंजी पर एक खानाबदोश मर्द बैठा था। धीमे-धीमे सुरों में हारमोनियम बजा रहा था। उसके नज़दीक एक लम्बी छरहरी औरत कानों में चांदी की बड़ी-बड़ी बालियां पहने अपने पांव में घुघरू बांध रही थी।

तरना ने जब उस खानाबदोश औरत की बालियां देखीं, तो उसे तुरन्त कुछ याद आ गया। उसने सामने ढाबों की ओर देखा जहां गरमगरम तंदूरों से सौंधी-सौंधी रोटियों की खुशबू आ रही थी। तरना ने अपने कान की दो बालियां उतारते हुए कहा—

'जाओ, ढाबेवाले को चांदी की यह दो बालियां देकर उससे रोटी ले आओ।'

उसकी आवाज़ खानाबदोश औरत ने भी सुन ली। उन दोनों ने गौर से जंगली और तरना की ओर देखा।

खानाबदोश औरत ने तरना की ओर गौर से देखते हुए कहा, 'तुम दोनों बहुत भूखे मालूम होते हो ?'

'हां।' तरना बोली।

'नाचना जानती हो ?' खानाबदोश ने पूछा।

'नहीं।' तरना बड़ी घृणा से बोली।

जंगली ने मुस्करा के कहा, 'मैं बंजली बहुत अच्छी तरह बजा लेता हूं।'

'बजाकर दिखाओ।'

जंगली ने बंजली अपने कमरबन्द से निकाली। खानाबदोश हारमोनियम बजाने लगा।थोड़ी देर तक तो चुपके से वहधुन सुनता रहा। और खानाबदोश औरत, मर्द और तरना उसे अचरज से देखते रहे। आखिर जंगली ने बंजली अपने होंठों से लगाई।

बंजली की पहली तान ही पर ढाबे में बैठे हुए लोगों के कान खड़े हो गए। हारमोनियम की आवाज़ तेज़ हुई। बंजली ज़ोर से गूंजने लगी। खानाबदोश औरत ने अपने घुंघरू छनछनाए। वह एक अदा से उठ खड़ी हुई और बांहों को सांप की तरह लहराते हुए उसने अपना नाच शुरू कर दिया।

थोड़ी देर में वहां भीड़ लग गई। लोगों के ठठ के ठठ खड़े थे। लोगों की

निगाहें खानाबदोश औरत की लचकती हुई कमर और भाव बताती हुई आंखों से फिसलकर खानाबदोश मर्द के पास बैठी हुई अध खुले होंठों, बड़ी-बड़ी आंखोंवाली तरना पर जाकर रुक जाती थीं।

नाच खत्म होने से पहले खानाबदोश मर्द ने अपनी काली टोपी। अपने सर से उतारी और तरना के हाथों में देकर कहा—

'यह टोपी लोगों में फैलाओ, लोग तुम्हें पैसे देंगे; लेकिन यह फूला हुआ मुंह लेकर लोगों के पास मत जाना, मुस्कराते हुए जाना।'

तरना ने ऐसा ही किया और उसकी मुस्कराहट ऐसी भरपूर थी कि थोड़ी देर में उस काली टोपी में बहुत-से पैसे भर गए। पैसे, इकन्नियां और दुवन्नियां और चवन्नियां... और मनचलों ने उसकी ओर देखकर आह भरके आंख मींचकर 'हाय जानी' कहकर दो रुपये भी डाल दिए। तरना को गुस्सा तो बहुत आया, मगर वह सबर करके मुस्कराती रही और सारे मजमे में घूमकर काली टोपी वापस ले आई, जो अब आधी से ज़्यादा सिक्कों से भर चुकी थी। बार-बार उसकी निगाह मजमे से छिछिलती हुई सुनहरी रोटियोंवाले ढाबों पर चली जाती। उफ्फोह, कितनी ज़ोर की भूख उसे लगी थी!

'अरे गोबी, यह नया माल कहां से उठा लाया ?'

गोबी बोला, 'हुज़ूर, यह नाच अभी नहीं जानती। यह मेरी बीवी की बहन है। नई-नई गांव से आई है। इसे नाच सिखाऊंगा। अगले महीने आपको दिखलाऊंगा।'

'अरे अगले महीने, खुदा जाने हम कहां होंगे। अरे ज़रा-सा इसका थिरकना ही दिखा दे। इसे नाचने की क्या ज़रूरत है! बस छम-छम करती हुई, हमारी दुकान पर से गुज़र जाए।'

सीटियों और आवाज़ों का शोर बढ़ता गया। मजमा इन चारों के पास आता गया। गोबी ने घबराकर हारमोनियम बन्द कर दिया। इतने में दूर से पुलिस की सीटी की आवाज़ सुनाई दी। गोबी की जान में जान आई, क्योंकि उस मजमे में बहुत-से आवारा और बदमाश भी थे—शराब पिए हुए गुंडे और गोबी को ऐसा महसूस हुआ था कि अगर कुछ देर और पुलिस न आती तो उसकी बीवी और उस नई लड़की को भी उठाकर ले जाते। पुलिस की सीटी सुनते ही मजमा तितर-बितर होना शुरू हुआ। गोबी तुरन्त हारमोनियम उठाकर अपनी बीवी का हाथ पकड़कर तरना और जंगली की ओर इशारा करके बोला—

‘भागो !’

वे चारों बगटुट अंधेरे की ओर भागे। आगे-आगे खानाबदोश और उसकी बीवी, पीछे-पीछे तरना और जंगली।

जब सीटियों और कदमों की आवाज़ें बहुत दूर रह गईं, तो खानाबदोश और उसकी बीवी रुक गए और इधर-उधर देखने लगे।

वे गलियों से बाहर निकल आए थे। यहां एक ढलवान मैदान था जिसके किनारे पर तीन-चार छप्पर खड़े थे और उनमें दीये जल रहे। थे। चारों तरफ गहरा सन्नाटा था।

‘वे लोग पीछे रह गए, अब यहां न आएंगे।’ गोबी ने इत्मीनान की सांस लेकर कहा।

‘हम लोग भागे क्यों ?’ जंगली ने पूछा।

‘पुलिस आ रही थी।’

‘पुलिस क्या करती ?’

‘इजाज़त लिए बिना इस तरह की जगहों में नाचना और गाना मना है।’

‘क्यों मना है ?’ जंगली ने पूछा, ‘हमारे गांव में तो जब चाहूं बंजली बजा सकता हूं।’

‘वह गांव है, यह शहर है।’ खानाबदोश औरत बोली। वह बड़ी ललचाई निगाहों से जंगली के मज़बूत जिस्म को देख रही थी और तरना देख रही थी कि वह किन निगाहों से जंगली को देख रही है। गोबी बोला, ‘चलो मेरे झोंपड़े में। मैं तुम्हें खाना खिलाता हूं।’

‘तुम्हारा झोंपड़ा कहां है ?’

‘वह क्या सामने है !’

झोंपड़े में उन्होंने मकई की रोटी और कद्दू की भाजी डटकर खाई। जब दोनों तृप्त हो गए, तो गोबी ने काली टोपी उठाकर सारे पैसे ज़मीन पर बिखेर दिए और उन्हें बड़ी सावधानी से गिना। पांच रुपये नौ आने की कमाई हुई थी।

गोबी ने दो रुपये उठाकर तरना को दिए।

‘ये तुम दोनों के हैं।’

गोबी की बीवी लगातार जंगली को तके जा रही थी—बोली, ‘तुम बंजली बहुत अच्छी बजा लेते हो।’ अगर हमारे साथ रहो, तो हम लोग बहुत कमा सकते हैं।’ गोबी तरना से कहने लगा, ‘मैं एक महीने में तुम्हें नाच सिखा दूंगा। जहां

जाएंगे, लूट खाएंग। बस यहीं हमारे पास रह जाओ तुम दोनों।'

जंगली को यह काम बहुत पसन्द आया। वह 'हां' करने ही वाला था कि तरना ज़ोर से चिल्ला पड़ी, 'पांच जमात पढ़कर अब मैं गली-गली नाचूंगी ? हरगिज़ नहीं। यह तो कंजरों का काम है।'

'पेट सब कुछ करवा देता है।'

'मुआ पेट न हुआ, बेइज़्ज़ती की पोट हो गया !' तरना गुस्से से बोली।

'इसमें बेइज़्ज़ती की क्या बात है !' गोबी की बीवी झल्लाकर बोली, 'मैं भी भाग्य देखने के लिए, हाथ की रेखा बताने के लिए बड़े-बड़े घरों में जाती हूं। मैं भी सब हाल जानती हूं। ऊंचे घरों का—पढ़ी-लिखी लड़कियों का—पेट के लिए ही तो औरत ब्याह करती है और मर्द की गुलामी सहती है, चाहे पांच जमात पढ़ी हो या बीस जमात। आखिर को तो वह ब्याह करेगी, घर संभालेगी, बच्चे जनेगी। अगर बच्चे जनना बुरा काम नहीं है, तो नाचना क्योंकर बुरा हो गया ?'

'ये रखे हैं तुम्हारे दो रुपये।' तरना ने ज़ोर से रुपये धरती पर पटक दिए और छप्पर से यह कहती हुई बाहर निकल आई—

'मुझे यह काम पसन्द नहीं, बस !' फिर वह जंगली की ओर आग बरसाती हुई नज़र से देखती हुई बोली, 'तुमको रहना है तो यहां रह जाओ, मैं अकेली ही चली जाऊंगी।'

जंगली का जी तो बहुत चाहता था कि यहां रह जाए, मगर उसके पग भी छप्पर के बाहर हो गए। गोबी ने अफसोस से सर हिलाकर जंगली से कहा, 'ये ले जाओ दो रुपये, तुम्हारे काम आएंगे। मगर मैं फिर तुमसे कहता हूं, बड़ी कमज़ात लड़की है यह—तुम मेरे साथ रहते, तो मैं एक महीने में इसे सीधा कर देता। तुमसे यह ज़िन्दगी-भर नहीं ठीक होने की।'

जंगली ने कोई जवाब नहीं दिया। वह तरना के पीछे-पीछे भागा, जो अब तेज़-तेज़ कदमों से चल रही थी।

फिर वही अंधेरी गलियां, वही सुनसान बाज़ार, वही अड्डा, वही सड़क।

ट्रक के नज़दीक जाकर तरना रुकी और पलटकर बोली, 'मेरे पीछे-पीछे क्यों आ रहे हो ? चले जाओ न अपनी उस खानाबदोश के पास—बहुत पसन्द

है न तुमको।'

'कौन ? वह बुढ़िया ? बेतहाशा जंगली के मुंह से निकला और उसके मुंह से ये शब्द निकलते ही, जैसे तरना का सारा गुस्सा जाता रहा। एकदम नरम और मुलायम स्वर में बोली—

'मैं तुम्हारे भले के लिए ही कह रही थी। खानाबदोशों में पड़कर तुम भी किसी काम के न रहते। यह भी कोई ज़िन्दगी है ! न घर, न घाट, न ठौर न ठिकाना। अब बम्बई जाओगे, तो आदमी बन जाओगे। चलो मुझे ट्रक पर चढ़ा दो।'

इधर-उधर देखकर जंगली ने बड़ी सावधानी से तिरपाल का एक कोना खोला। फिर तरना को अपनी दोनों बांहों से उठाकर ऊपर पहुंचा दिया। तरना तिरपाल का कोना उठाकर भीतर गायब हो गई। तरना के बाद जंगली भी उचकके आ रहा और भीतर आते ही लकड़ी की पेटियों से टकराया और उसके मुंह से दर्द की हल्की-सी चीख निकल गई।

'देख के, तरना धीरे से बोली, 'लकड़ी की पेटियां हैं। हमारे जाने के बाद भरी गई हैं।

'इन पेटियों में क्या है ?'

'अब मुझे क्या मालूम और मालूम करने की ज़रूरत भी क्या है ? जल्दी से अन्दर चले जाओ।' तरना रुई के गट्ठों में घुस गई। जंगली भी उसके पीछे-पीछे चला गया।

ऊन के बोरे बड़ी सावधानी से इधर-उधर करने के बाद वे लोग फिर अपनी पुरानी जगह पर आ बैठे। अब के जो आए, तो दोनों को ऐसा लगा, जैसे अपने घर में वापस आ गए हों। दोनों पेट के भरे थे और थके हुए थे। पलक मारते ही अपनी-अपनी जगह पर सो गए।

सवेरे ट्रक कब चला, पठानकोट से कब निकला, कब अमृतसर जानेवाली सड़क पर आया, उन्हें कुछ मालूम न हुआ। जब बे उठे तो सूरज आधे आसमान पर था। सड़क पर धूप फैली हुई थी, और उनके पेट में चूहे दौड़ रहे थे और इस तेज़ी से दौड़ रहे थे, जिस तेज़ी से सड़क पर ट्रक दौड़ता हुआ जा रहा था।

जंगली ने चाकू खोला और एक पेटी को तोड़कर उसकी तलाशी ली। उस पेटी में अखरोट भरे हुए थे। दूसरी पेटी में बादाम थे। एक पेटी में खूबानियों के सूखे

फल थे। एक में किशमिश थीं और ये सब पेटियां इसी तरह के सूखे फलों से भरी हुई थीं। तीन-चार पेटियां तोड़कर जंगली ने बहुत-से अखरोट, बादाम, किशमिश और खूबानियां निकाल लीं और उन्हें लेकर भीतर आ गया।

पहला अखरोट उसने अपनी दोनों हथेलियों में दबाकर अपनी ओर से बड़ी सावधानी से तोड़ा। फिर भी 'कड़क' की आवाज़-सी पैदा हुई और जंगली डर गया और तरना का रंग फीका पड़ गया और कुछ पल दोनों खामोश रहे। मगर बख्तियार गा रहा था और उसके गीत की लय और ट्रक की घूं-घूं में उस अखरोट की आवाज़ समुद्र में बूंद की तरह लुप्त हो गई। पहला अखरोट तोड़ने के बाद जंगली निडर हो गया। अब वह हथेली से अखरोट तोड़ता और गरी निकालकर हथेली आगे बढ़ा देता। तरना हथेली पर से आधी गरियां उठा लेती, आधी उसके लिए रहने देती। इसी तरह जंगली दांतों से बादाम तोड़ता और तरना को खिलाता रहा। अखरोट और बादाम के बाद खुबानियों और किशमिश की बारी आई। मज़े-भज़े से खाते हुए, दोनों का मूड अच्छा होता गया। तरना ने बड़े नटखट स्वर में कहा—

''तुम्हारे तो मज़े हो गए, मज़े से खाते-पीते जाओगे बम्बई !'

'तुम भी चलो न मेरे साथ।' जंगली ने बड़ी नरमी से कहा, 'देखो किस मज़े से सफर कट रहा है।'

'उं हूं ! मैं तो चमनकोट उतर जाऊंगी। अपने फूफा के पास और मिडिल तक पढ़ूंगी। फिर सोलह जमात पढ़कर बम्बई आऊंगी।'

'फिर तुम बड़ी बाबुआनी हो जाओगी। फिर तुम मुझसे कहां मिलोगी !' जंगली ने बड़े संताप से कहा।

'राजू, तुम बहुत अच्छे लड़के हो, बहुत शरीफ।'

जंगली उसकी ओर बड़े अचरज से देखने लगा। जिस तरह तरना ने उसे 'राजू' कहा, वह उसे बहुत अच्छा लगा। उसे ऐसा महसूस हुआ, जैसे बहार की सारी डालियां उसके दिल के झरने पर झुक गईं और बंजली के गीत फूल बन-बनकर टप-टप उसके मन की लहरों पर हिलकोरे लेने लगे। उसका मुखड़ा उल्लास से लाल हो गया। मगर एकाएक तरना ने हौले से हंसकर गुस्ताखी-भरे स्वर में कहा, 'मगर तुम बुद्धू हो।'

तरना धीरे से हंसी और फिर अपनी हंसी को दबाने के लिए उसने अपना हाथ अपने मुंह पर रख लिया और जंगली का जी चाहा कि वह अपने हाथ से उसका हाथ हटा दे और अपने होंठ उसके गुस्ताख होंठों पर रख दे।

जंगली बेतहाशा आगे बढ़ा। एकाएक एक धचके से ट्रक खड़ा हो गया और जंगली तरना की ओर बढ़ने की बजाय ऊन के एक बोरे पर जा गिरा।

बड़ी मुश्किल से तरना ने अपनी हंसी रोकी। मगर उसकी आंखें जैसे हंसी के झरने में कंवल के खिले हुए फूलों की तरह नाच रही थीं।

महादेव ने एक झरने के निकट ट्रक रोक लिया था क्योंकि उसे ज़ोरों की प्यास लगी थी। झरने के पास एक सूखे पेड़ का तना था, जिसकी जड़ें ज़मीन से बाहर निकलकर किसी सवाली के फैले हुए हाथ की उंगलियों की तरह जीवन की भिक्षा मांग रही थीं। कुछ जड़े झरने से बाहर वाले पानी में डूबकर तरो-ताज़ा हो गई थी और उनके ठूंठ के पास हरी-हरी पत्तियां फूट आई थीं। महादेव और बख्तियार दोनों पानी पीकर उस ठूंठ पर बैठकर रोटी खाने लगे।

प्यास तो तरना और जंगली को भी लगी हुई थी, मगर वे महादेव और बख्तियार की मौजूदगी में झरने पर कैसे जा सकते थे! तरना ने अपने पतले-पतले होंठों पर ज़बान फेरते हुए कहा, 'बड़ी प्यास लगी है।'

'प्यास तो मुझे भी लगी है।' जंगली झरने के किनारे महादेव और बख्तियार को बैठे हुए देखकर बोला।

ठंडे निर्मल जल का झरना तरल-रल-तरल-रल की खुशी-भरी आवाज़ पैदा करते हुए, साफ-सुथरे धोए-धोए नीले पत्थरों पर हिलोर रहा था।

पानी इतने पास, और इतनी दूर!

जंगली ने पूछा, 'अगर हम इस ट्रक से निकलकर झरने से पानी पी लें, तो वे लोग क्या कहेंगे?'

'कुछ नहीं, तरना बोली, 'मुझे तो वे लोग अपने साथ ले जाएंगे, तुम्हें यहीं छोड़ देंगे।'

महादेव और बख्तियार खाना खाकर, तनिक सुस्ताने के लिए लकड़ी के तने से टेक लगाकर ज़रा लेट गए। तब झरने की ओर उनकी पीठ थी और उनकी निगाह

के सामने उनका ट्रक था। ट्रक को सदा अपनी आंख में रखना चाहिए—यह सफर का पहला उसूल है। महादेव ने बख्तियार से पूछा, 'तुम्हें कोई ऐसी लड़की मिली, जो तुम्हारे काबू में न आई हो।'

बख्तियार ने जवाब में अपनी जेब को टटोला। उसमें से एक चाकू निकाला। यह एक कमानीदार चाकू था, जिसका मूठ बैल की सींग का था। बख्तियार ने कमानी को दबाया, तुरन्त मूठ से एक तेज़ धार वाला फल खुल गया। 'लड़की इंकार करे तो उसके सीने पर रख दो।' महादेव के सारे शरीर में झुरझुरी-सी आई। फिर वह बेइख्तियार हंस दिया।

'खाली चाकू ही रखते हो या इस्तेमाल भी करते हो ?' बख्तियार ने उसे अपने हाथ का ज़ख्म दिखाया, 'इस इलाके में मुझसे बेहतर चाकूमार तुम्हें कहीं नहीं मिलेगा। बख्तियार को सारी दुनिया जानती है। ड्राइवर लोग इसीलिए मुझे अपना क्लीनर बनाने के लिए उतावले रहते हैं। बचना से मेरे कमाल पूछना।'

महादेव ने बख्तियार की पीठ थपथपाई और कहा, 'किसी दिन जेल जाओगे बेटा, किसी दिन मौत भी आएगी।' बख्तियार बोला, 'जेल और मौत से बेवकूफ डरते हैं।' एकाएक महादेव को तिरपाल में कोई चीज़ हिलती हुई मालूम हुई।

'वह देखो।'

'क्या ?' बख़्तियार ने जल्दी से पूछा।

महादेव ने ट्रक के पीछे की ओर देखते हुए उसे खामोश रहने का इशारा किया। फिर धीरे से बोला, 'इस तिरपाल के भीतर ट्रक के पीछे कोई चीज़ हिली थी।' कुछ क्षणों तक महादेव और बख़्तियार दोनों टकटकी बांधे ट्रक के पीछे की ओर देखते रहे। तिरपाल स्थिर, मौन ट्रक के ऊपर तनी थी।

'तुम्हारा वहम है।' बख्तियार ने फुसफुसाकर कहा।

'वह देखो...वह देखो,' एकाएक महादेव ने तिरपाल की ओर इशारा करते हुए कहा।

अब के बख्तियार को भी दिखाई दे गया। तिरपाल के भीतर तनिक-सी हरकत थी, जैसे कोई बहुत हौले से कुछ टटोल रहा हो। 'वही लड़की,' महादेव बोला, 'या कोई चोर !' बख्तियार चाकू अपने हाथ में लेकर उठा। दोनों धीरे से तनिक झुकते हुए, चौकन्ने होकर बेआवाज़ कदमों से ट्रक की ओर बढ़ने लगे। तिरपाल के

भीतर हरकत कभी होती थी, कभी बन्द हो जाती थी। धीरे-से बहुत ही सावधानी से बख्तियार ने तिरपाल को उलट दिया। दूसरे हाथ में उसके चाकू का फल सीधा तना हुआ था। तिरपाल के उठते ही चोर ने सिर उठा के बख्तियार की ओर देखा और बड़े इत्मीनान से कहा, 'मियाऊं।'

यह एक जंगली बिल्ली थी और जाने कहां से ट्रक के भीतर कूद पड़ी थी। महादेव और बख्तियार दोनों हंस पड़े। दोनों ने एक ही साथ 'श' करके बिल्ली को ट्रक से बाहर निकाल दिया और फिर तिरपाल बांधते हुए, एक-दूसरे से कहने लगे—

'अगर इस समय वह लड़की होती, तो मज़ा आ जाता।'

'कम्बख्त, जाने किस खुशनसीब की लारी पर सवार हो गई।'

'जंगलों में भटक रही होगी।'

बख्तियार ने पलटकर लकड़ी के सूखे तने की ओर देखा और महादेव से बोला, 'इसे ले चलें। दर्रे के अड्डे पर जो लकड़ियों का टाल है, वहां बेच देंगे। इतने बड़े तने के पांच-सात रुपये तो मिल ही जाएंगे। एक मीठे मालटे की बोतल... ।'

मीठे मालटे का नाम सुनते ही महादेव बेइख्तियार सूखे तने की ओर दौड़ा। दोनों हाथों से घेरा डाल उसने तने को एक ओर से उठा लिया। दूसरी ओर से बख्तियार ने खींचा और उसे ट्रक में डाल दिया। मगर वह इतना लम्बा था कि तीन-चार गज़ ट्रक से बाहर निकला पड़ा था। 'ठीक है, अब नहीं गिरेगा।' बख्तियार ने उसे अच्छी तरह से लटकाकर कहा। उसके बाद जो ट्रक वहां से चला, तो सीधा चमनकोट पर आके रुका।

जब बख्तियार और महादेव ढाबे में चाय पीने के लिए चले गए और ट्रक अकेला रह गया, तो लड़की हौले से ट्रक के पीछे उतरी। जंगली ने उसको सहारा दिया और फिर उसकी सुनहरी फूलवाली जूतियां थमाईं। तरना ने वह जूतियां एक-दूसरे से मिलाकर झाड़ीं, फिर अपने पांव में पहन लिया। और जब तरना उससे विदा होकर चली गई, तो जंगली के मन में उन्हीं सुनहरी फूलों की याद थी, जो तरना के पांव पर खिले हुए, कहीं दूर, जंगली से बहुत दूर जा रहे थे, जैसे झील के पानी के ऊपर कंवल के दो फूल हवा के झोंके से टूटकर दूर, बहुत दूर बहते चले जाएं...

और...उसका जी बेहद उदास हो गया और उसकी आंखों में आंसू चुभने लगे। तरना ने आखिरी बार एक जंगली पगडंडी पर चलते हुए, मुड़कर उसकी ओर देखा और फिर जंगल में गायब हो गई।

अगर वह एक बार भी मुझे अपने साथ चलने को कहती, तो मैं ज़रूर उसके साथ चला जाता। मगर उसने एक बार भी तो नहीं कहा।

जंगली ने अपने आंसू झटक दिए और घुटनों के बल चलता हुआ वापस अपनी खोह में आ गया। खोह, जिसके चारों ओर ऊन ही ऊन थी। अब यही ठीक है कि दुबके पड़े रहो। कुछ पल में वे लोग चाय पीकर वापस आ जाएंगे और ट्रक यहां से चल देगा। अब उसका भी जी चाहता था कि ट्रक यहां से जल्दी चल दे। अब तो एक पल भी उसका जी यहां रहने को न चाहता था—यह चमनकोट, जहां तरना सदा के लिए रहेगी। जंगली ने अपना सर एक बोरी पर पटक दिया और बड़ी उदासीनता से अपनी आंखें बन्द कर लीं।

महादेव और बख्तियार चाय पीकर लौटे। महादेव ने इंजन खोला फटाफट की बेसुरी आवाज़ों के बाद एकाएक इंजन खामोश हो गया। महादेव ने फिर इंजन स्टार्ट किया। इंजन बहुत ही कमज़ोरी से स्टार्ट हुआ। फिर एकदम बन्द हो गया।

महादेव और बख्तियार दोनों उतरकर इंजन देखने लगे। देर तक देखते रहे। फिर उन्होंने बहुत-से औज़ार निकाले और उनसे इंजन को उलट-पुलट करते रहे। कुछ अर्से के बाद उन्होंने एक काली-सी लोहे की चीज़ इंजन से बाहर निकाली। महादेव ने उसे बख्तियार को दिखाके कहा, 'यह टूट गया है। अब इसे कैसे ठीक करें, मेरी समझ में तो आता नहीं। कोई दूसरा ट्रक या लारी यहां से गुज़रे और उसमें कोई मैकेनिक हो तो शायद हमारी मदद करे, वरना बड़ी मुसीबत होगी।'

'तो चलो ढाबे पर चलकर बैठें और ढाबे वाले को एक मुर्गी का आर्डर दें। अगर रात कहीं काटनी पड़ गई तो भूखा न रहा जाएगा। मिस्टर!'

महादेव और बख्तियार ढाबे की ओर चले गए।

जंगली का दम घुटा जाता था। जब तक वह लड़की थी, दम क्यों न घुटता था। अब उसे ये ऊन जैसे चारों ओर से काटने दौड़ती थी। जंगली के लिए सांस लेना कठिन हो गया। वह उस दम घोंटने वाली जगह से बाहर निकला और चौकन्नेपन

से चारों ओर देखता हुआ पास के जंगल में छलांग लगाकर गायब हो गया।

अब जंगल उसके चारों ओर था—उसका प्यारा जंगल, क्योंकि वह इस जंगल को छोड़कर चला जा रहा था—ये देवदार के पेड़, ये चीड़ के साएं-साएं करते हुए पेड़, ये सरो की तनावर डाल पर लचकती हुई जंगली अंगूर की बेलें, इस जंगल के पत्ते-पत्ते से कैसे गहरे प्यार की महकार आती थी ! यहां कितना सन्नाटा है, कितनी गहरी खामोशी है, कैसी कोमल-कोमल-सी शांति है ! उस चारों ओर मलाई की सी नरम-नरम पत्तियों से लिपटा हुआ। उसने एक झरने पर जा के पानी पिया और फिर पास की घास पर टांगें फैलाकर लेट गया। यह हरी-हरी नरम दूब का बिस्तर, किस कदर नींद की दावत देता है ! यह पूरा जंगल और उसका सुहाना जाना-पहचाना दृश्य उसे अपने पास बुलाता है। ऐसे में अगर तरना उसके साथ हो, वे उस झरने के किनारे एक छोटा-सा झोंपड़ा बनाकर रहें...और वह विचारों की दुनिया में तरना को उस झोंपड़े के बाहर दरवाजें पर हिरन की खाल पहने हुए देखने लगा। तरना के बाल खुले हुए थे और उसकी कमर तक आ रहे थे और वह उस झोंपड़े के दरवाजें पर खड़ी उसकी राह देख रही थी। वह अपने कंधे पर शिकार किए हुए हिरन को लादकर उसकी ओर बढ़ रहा था और तरना की निगाहों में कितना प्यार था ! वह उसकी मुसकान थी, जो अंधेरे में भी बिजली बनकर चमक जाती थी और चारों ओर वातावरण को अपनी मुस्कान से जगमग कर देती थी और घास पर पीले-पीले फूल खिले हुए थे, जिनकी भीनी-भीनी महक उसके नथनों में आ रही थी। सिर्फ एक महक नहीं, हज़ार खुशबुएं उसके नथनों में भागी चली आ रही थीं। जंगल की अनगिनत खुशबुएं। उनमें से वह हरएक को पहचानता था। यह जंगल पुदीने की महक, अगर की महक, गरजां की महक, नीलाधारी की महक, जीगन की बू, सब खुशबुएं इकट्ठी भी, अलग-अलग भी। एकाएक उसके कानों में तरना के रुप हले कहकहे की आवाज़ सुनाई दी और उसने घबराकर आंखें खोल दी।

नहीं—कोई भी न था। न वह झोंपड़ी थी, न तरना थी, न मृगछाला, न वह शिकार—चारों ओर जंगल सुनसान और मौन खड़ा था और दूर ऊपर पेड़ों की डालियों पर कोई मनहूस चिड़िया कहकहा लगा के उड़ गई थी।

जंगली घबराकर वहां से उठ बैठा।

तरना का फूफा फतहचन्द झल्लाया हुआ था। वह एक स्कूल-मास्टर था। उसका एक गूंगा लड़का था। बाईस बरस का, ठेठ जवान। मगर वह गूंगा था और अपने बाप की ही तरह कुरूप था। उसके जबड़े भीतर को धंसे हुए थे, सर घुटा हुआ था, जिसपर एक मोटी चोटी हर वक्त इधर-उधर झूलती रहती थी। फूफा फतहचन्द का खयाल था, जब उसका लड़का बड़ा होगा, तो बुढ़ापे में उसे कमाके खिलाएगा। वह उसे मैट्रिक तक तो ज़रूर पढ़ा देगा। फिर उसका बेटा किसी मिडिल स्कूल का हैडमास्टर बन जाएगा। अब वह उस गूंगे जवान का क्या करे, जो खेतों में हल चलाने के सिवा किसी काम का न था और फतहचन्द की अपनी खुद की इतनी ज़मीन न थी कि उसके परिवार का पेट खेतों से भरता, वरना वह स्कूल मास्टर क्यों होता ? अब ऊपर से यह तरना आ गई थी। जैसे भगवान ने उसके पिछले कर्मों का दण्ड देने के लिए उसे यहां भेज दिया था। तरना के बाप का टेलीग्राम उसके पास आ चुका था। ऐसी लड़की, जिसके पीछे पुलिस भागी-भागी फिर रही हो, उसे वह अपने घर में कितने दिन रख सकता है !

सचमुच झल्लाने की बात थी।

उसकी बीवी ने सलाह दी, 'तरना को रख लो। कुछ दिनों के बाद उसका ब्याह अपने लड़के से कर दें।'

'तो उसके बाप को साढ़े सात सौ रुपये कहां से देंगे ? तूने सुना नहीं तरना ने क्या कहा है ? सारी बिरादरी अपनी बैरी हो जाएगी।'

'अगर तूने तरना को हाथ से खो दिया, तो ज़िन्दगी भर पछताएगा। तेरे गूंगे लड़के के लिए कहां से लड़की आएगी ? बिरादरी से बाहर कोई देने से रहा और बिरादरी वाले देंगे नहीं।'

'यह महापाप है।'

'तो फिर ?'

फतहचन्द ने कड़वे स्वर में कहा, 'नहीं, मैं इस लड़की को अपने घर नहीं रख सकता।'

'तो फिर क्या करोगे ?'

'मैं जाकर पुलिस में खबर देता हूं।'

दरवाज़े के बाहर तनिक खटका-सा हुआ। दोनों मियां-बीवी चौंके। मास्टर ने

तुरन्त बाहर जाके देखा। दरवाज़े पर कोई न था। तरना बाहर आंगन में एक ओर चूल्हे पर रोटी सेंक रही थी।

मास्टर सिर झुकाए घर से बाहर निकल गया।

सांझ के समय जब सूरज चमनकोट की पश्चिमी चोटी के पीछे जा रहा था, एक लारीवाले ने, जो चमनकोट से गुज़रता हुआ पठानकोट जा रहा था, महादेव के ट्रक को ठीक कर दिया।

'कम से कम इतना तो कर दिया है कि तुम उसे अमृतसर तक तो आसानी से ले जा सकते हो।'

'अमृतसर पहुंच जाएं, तो फिर किसकी फिक्र है बश्शाओ।' बख्तियार ने सरदार सिख ड्राइवर से हंसकर कहा।

महादेव ने गाड़ी स्टार्ट की। गाड़ी देर तक स्टार्ट होती रही।

'अब चलाओ भी, पेट्रोल क्यों मुफ्त फूंकते हो महादेव जी।' बख्तियार ने बेसब्री से कहा।

'तनिक ठहरो।' महादेव ने राज़-भरे स्वर में कहा। ज़रा देख तो लूं सब ठीक है न।' थोड़ी देर बाद महादेव तनिक-सा मुस्कराया और बोला, 'अब सब ठीक है।'

ट्रक पहले तो धीरे-धीरे चला फिर उसने स्पीड पकड़ी। जब ट्रक ने स्पीड पकड़ ली, तो बक्तियार ने महादेव के चेहरे की ओर देखा। महादेव का चेहरा खुशी से चमक रहा था। 'मीठे माल्टे की बोतल याद आती है क्या ?' बख्तियार ने पूछा। महादेव फिर उसी राज़भरी मुस्कराहट से खिलते हुए बोला, 'नहीं—कामे दी बन्द बोतल।'

जब ट्रक धीरे-धीरे चला तो एकाएक जंगली को एक धक्का-सा लगा। उसने घबराकर पलटकर देखा, उसके सामने तरना खड़ी थी।

'तुम !'

तरना कुछ नहीं बोली। खामोशी से उसके पास आकर बैठ गई।

'तुम वापस आ गईं तरना !'

तरना कुछ नहीं बोली। वह टूटी हुई बेल की तरह उसके सामने गिर पड़ी और ऊन के बोरे पर सिर टेककर रोने लगी, जैसे उसका कांच का सा नरम दिल टूटकर किरची-किरची हो गया हो। वह रोए चली जा रही थी।

जंगली को उसपर बड़ा तरस आया। उसने अपना हाथ तरना के हाथ पर रख दिया और धीरे-धीरे अपना हाथ उसकी बांह पर फेरने लगा। एकाएक तरना ने उसका हाथ झटक दिया और आग बरसाती हुई नज़र से उसकी ओर देखते हुए बोली, 'मुझे मत छुओ। तुम मर्द, सबके सब बड़े ज़ालिम होते हो। क्या बाप, क्या चाचा, क्या फूफा, क्या तुम—सबके सब औरत के जानलेवा हो।'

जंगली घबराके पीछे हट गया, जैसे उसकी पीठ पर किसीने कोड़ा मार दिया हो। वह तो ऐसा न था, फिर तरना उसे ऐसा क्यों समझ रही थी !—वह चकित दृष्टि से तरना की ओर देखने लगा।

महादेव बराबर मुस्कराए जा रहा था।

'अब क्या बात है ?' बख्तियार उसकी रहस्यमय मुस्कान से चिढ़कर बोला।

'एक लड़की है।' महादेव धीरे से बोला।

'कहां ?' बक्तियार की आंखें फटी की फटी रह गईं। 'मुझे तो इस सुनसान सड़क पर कुछ नज़र नहीं आता।'

'वह ट्रक के पीछे भागते-भागते आ रही थी।'

'कब ?'

'जब मैंने इंजन स्टार्ट किया था।'

'फिर ?'

'फिर मैंने धीरे से ट्रक आगे बढ़ा दिया, धीरे-धीरे वह लड़की ट्रक को पकड़ना चाहती थी। मैं उसे साइट के इस शीशे से देख रहा था।' महादेव ने एक कोने में लगे शीशे की ओर इशारा किया।

'फिर ?' बक्तियार के मुंह से बड़ी मुश्किल से निकला। उसकी करीब-करीब घिग्घी बंध गई थी।

'फिर वह दौड़ते-दौड़ते ट्रक के बिल्कुल नज़दीक आई और गायब हो गई।'

'गायब हो गई ?'

'हां ! अब वह शीशे में नज़र नहीं आती।'

'तो क्या छलावा थी ? पछल पानी थी, जो यों गायब हो गई ?'

'पछल पानी तो न थी। बड़ी सुन्दर लड़की थी।'

'तो क्या सड़क उसे खा गई ?'

'नहीं, मेरे खयाल से वह ट्रक पर चढ़ गई है और अब वह ट्रक के अन्दर होगी।'

महादेव ने बड़ी खुशी से ट्रक को ब्रेक लगाते हुए कहा।

सूरज डूब चुका था और सांझ की अंधियारी चारों ओर फैली थी।

महादेव ने ट्रक की बत्तियां जली रहने दीं और अब वे दोनों—जंगली और तरना उस रोशनी की तिकोन में साथ-साथ खड़े थे—डरे भयभीत—और उन दोनों के सामने महादेव और बख्तियार मुस्करा रहे थे।

'अब क्या करना चाहिए ?' बख्तियार ने महादेव से पूछा।

'मेरे खयाल में पहले एक जबड़े पर देना चाहिए।' यह कहते हुए महादेव ने जंगली के जबड़े पर एक घूंसा मारा। जंगली त्योराकर गिरा, फिर उठा और बख्तियार ने जंगली के उठते ही उसके पेट में एक लात जमाई। जंगली चकराकर फिर गिरा। फिर उठा और उठते ही अपने कमरबन्द से अपना चाकू निकाल लिया।

तरना ने भागने की कोशिश की, मगर महादेव ने उसे एक हाथ से पकड़ लिया और उसके लोहिया हाथ की पकड़ इतनी मज़बूत थी कि तरना दर्द से बिलबिला उठी।

बख्तियार ने भी अपना चाकू निकाल लिया। जंगली बोला, 'तुम दो हो, मैं एक हूं।'

महादेव ने मुस्करा के कहा, 'घबराओ नहीं, तुमसे एक ही लड़ेगा।'

जंगली ने पूछा, 'उड़कन कि दुड्कन ?'

इस पहाड़ी इलाके में दो तरह की लड़ाई लड़ी जाती है, एक तो उड़कन, जिसमें चाकूबाज़ सामने से वार करते हैं और जो चाकूबाज़ सबसे पहले अपने विरोधी का लहू निकाल दे वही जीत जाता है।

दूसरा तरीका दुड़कन का है। इसमें उस समय तक लड़ाई का फैसला नहीं होता, जब तक एक चाकूबाज़ दूसरे की पीठ पर अपने चाकू से खून न निकाल दे, चाहे वह सामने से कितनी ही बार क्यों न अपने विरोधी को घायल कर चुका हो।

'दुड़कन,' बख्तियार दांत पीसकर बोला, 'और जो जीतेगा, लड़की उसकी होगी।'

जंगली ने दो कदम आगे बढ़कर चाकू बिलकुल बख्तियार के सामने लहरा के कहा—'अच्छा तो आ जाओ !'

बख्तियार ने पलटकर वार किया। जंगली दांव बचा गया और हटा, क्योंकि बख्तियार का वार बहुत ही ज़ोरदार था। बख्तियार आगे बढ़ते हुए हंसा, अपना

सारा ध्यान जंगली की ओर लगाए हुए। उसने महादेव से कहा—

'देखना महादेव, इस पहाड़ी की गर्दन कैसे खीरे की तरह काटकर फेंक देता हूं।'

यह कहते हुए उसने चाकू दाईं ओर से घुमाकर बाईं ओर जंगली के खाली हाथ पर वार किया, मगर जंगली यह वार भी बचा ले गया और जब बख्तियार पीछे हट रहा था, तो उसने बख्तियार के चेहरे पर वार किया। मगर बख्तियार एकदम धरती पर बैठ गया और जब जंगली उसे पकड़ने के लिए झुका, तो एक मंजे हुए खिलाड़ी की तरह बख्तियार पटखियां खाता हुआ एक ओर लुढ़क गया और इसके पहले कि जंगली उसके पास पहुंचता, उठ खड़ा हुआ और बिजली की सी तेज़ी से उसने जंगली पर वार किया और चाकू की तेज़ धार का सिरा जंगली की बांह से छिछिलता हुआ गुज़र गया और लहू की धार टप-टप खड़ी हुई लड़की के पांव पर जा गिरी और लड़की डरकर और पीछे हट गई। मगर महादेव ने अपनी पकड़ ढीली नहीं की, बल्कि ज्यों-ज्यों लड़ाई बढ़ती जा रही थी, उसकी पकड़ लड़की पर मज़बूत होती जा रही थी।

बख्तियार का दूसरा वार जंगली के कंधे पर पड़ा और उसकी पट्टू की कमीज़ काटता हुआ, उसके कंधे से लहू निकालता हुआ चला गया। घाव गहरा होता, अगर जंगली के कंधे पर पट्टू के मोटे ऊनी कपड़े की कमीज़ न होती। फिर जंगली को महसूस हुआ जैसे गरम-गरम लहू उसकी कमीज़ के भीतर ही बह रहा है और वह गुस्से से बिलकुल दीवाना हो गया। दांत पीसकर, आंखें अधखुली किए हुए उसने बड़ी चतुराई से बख्तियार पर वार किया। बख्तियार ने दो-तीन वार खाली दिए, मगर एकाएक उसका दाहिना हाथ जंगली के बाएं हाथ में आ गया। तड़पकर बिजली की सी तेज़ी से बख्तियार ने जंगली का दाहिना हाथ अपने बाएं हाथ से पकड़ लिया। अब दोनों अपना दायां हाथ विरोधी से छुड़ाने की कोशिश में एक-दूसरे से गुत्थमगुत्था थे और दोनों की आंखें लहू से लाल हो गईं और सांस की धौंकनी तेज़तर होती गई। दोनों एक-दूसरे से गुत्थमगुत्था होते हुए, धरती पर लोट-पोट हो गए। दूसरे क्षण में बख्तियार जंगली की पीठ पर था। उसने एक बर्बराना खुशी की चीख से अपना चाकू उठाया। तेज़ धार वाला, सफेद सीपसा, फैलाए हुए फल का चाकू, सड़क की रोशनी में चमका और पहले इसके कि वह जंगली की पीठ में गड़

जाए, जंगली ने नीचे ही नीचे से इस ज़ोर की पटखनी खाई, कि अब बख्तियार नीचे था और उसकी गर्दन जंगली के घुटनों में थी। जंगली ने अपना चाकू उठाया और तेज़ी से बख्तियार की पीठ को ऊपर से छिछिलते हुए चीर दिया। लहू की धार बख्तियार की पीठ से फूट पड़ी। जंगली छलांग लगाकर परे हो गया। परे होते हुए उसने बख्तियार का चाकू उठा लिया, जो उससे तनिक दूरी पर गिर पड़ा था।

जब बख्तियार उठा तो उसने धीरे-से अपना हाथ पीठ पर फेरा। उसका हाथ लहू-लुहान हो गया; मगर खैर थी कि घाव गहरा न था, सिर्फ चमड़ी को काटता हुआ गुज़र गया था। मंजे हुए चाकूबाज़ जान से नहीं मारते। सिर्फ घायल करके छोड़ देते हैं। जंगली ने बख्तियार का चाकू हवा में बख्तियार की ओर फेंक दिया। बख्तियार ने उसे अपने बायें हाथ में दबोचकर, उसकी कमानी दबाई और चाकू को जेब में डालकर सिर झुकाकर खड़ा हो गया।

'लड़की तुम्हारी है।' बख्तियार निराशा से बोला।

'कैसे तुम्हारी है !' महादेव गरजकर बोला।

बख्तियार महादेव के पास चला गया, 'नहीं, महादेव ! इस पहाड़ी ने दुड़कन जीत ली। लड़की इसकी है।'

'मैं इसे कच्चा खा जाऊंगा।' महादेव लड़की पर पकड़ मज़बूत करते हुए बोला। बख्तियार गर्दन झुकाए महादेव के पास गया और अपने दोनों लहू से तरबतर हाथ उसे दिखाते हुए बोला, 'यह देखो।' फिर वह घूम गया और अपनी पीठ महादेव को दिखाकर बोला—

'यह देखो, खून की धारियां। मैं दुड़कन में हार गया। लड़की उसीकी है।'

'मैं लड़की नहीं दूंगा।' महादेव गरजकर बोला।

'अगर तुम लड़की नहीं दोगे, तो...तो...' बख्तियार पीछे हटकर दांत पीसकर बोला, 'तो...तो...' बख्तियार ने फिर अपना चाकू निकाल लिया, 'तो हम दोनों तुम्हारा कीमा बनाकर रख देंगे। जीत जीत है, हार हार है, महादेव ! क्या तुम यह भी नहीं समझते ?'

जंगली एक कदम आगे बढ़कर बख्तियार के साथ जा मिला। दोनों के हाथों में चाकू चमक रहे थे।

महादेव पहले तो गुस्से से दोनों को देखता रहा, फिर एकाएक उसका गुस्सा

खत्म हो गया। उसने लड़की को छोड़ दिया। खिसियानी मुस्कराहट से मुस्कराकर बोला, 'जाओ पहाड़ी, तुम जीते हम हारे। जाओ, जाकर पीछे ट्रक में बैठ जाओ।'

देर तक ट्रक चलता रहा। महादेव और बख्तियार दोनों आगे खामोश बैठे रहे। एकाएक बख्तियार ने गाना शुरू कर दिया—

बल्टी ने गड्डी ने बचूं लट लटके
गोरा रंग ते सीलीपर काले
काले-काले नी बल्टी

ट्रक के भीतर लड़की सिसक रही थी और रोते हुए कपड़े फाड़कर जंगली की बांहों पर बांध रही थी और उसके आंसू जंगली की बांह पर गिर रहे थे। जंगली को ऐसा महसूस हो रहा था, जैसे आंसू फूल बनकर उसकी बांह पर गिर रहे हों, बल्कि मरहम।

बख्तियार ने अपनी तान ऊंची की—

बल्टी ओ तेरे जी लगदे
जीड़े चुटियां रुमाल राल-वाले-वाले
बल्टी...

तरना ने रोते-रोते अपना सिर जंगली की घायल बांह पर रख दिया।

बख्तियार की आवाज़, जैसे पहाड़ी जंगलों को चीरती हुई आसमानों से इंसानों की ख्वाहिशों का जवाब पूछ रही थी।

बाल्टी नी ताभे दी ए बन्द बूतले
तीनों पीन के नसीबां वाले
वाले...वाले...बल्टी...

तरना ने सिसक-सिसककर कहा, 'राजू-राजू!'

राजू ने धीरे से तारना का सिर ऊपर उठाया। अपनी बांह से तरना को अपने निकट खींचा। खींचकर अपने सीने से लगा लिया। उसके आंसुओं से भीगे हुए चेहरे को बार-बार चूमने लगा। उसके होंठों को, उसकी गर्दन के खम को बार-बार चूमने लगा। जहां-जहां तरना का जी चाहता था कि वह उसे चूमे, वहां-वहां बेइख्तियार राजू के होंठ पहुंच जाते थे और तरना का सारा शरीर समर्पण की सिसकियों में कांप रहा था।

ट्रक दूर चला गया! बख्तियार की आवाज़ जंगल के गहरे सायों में डूब गई।

अमृतसर पहुंचकर उन्होंने कच्ची ऊन चाननशाह की मिल में उतार दी और ट्रक में दिल्ली के लिए ऊनी कपड़ा भर लिया। दिल्ली पहुंचते-पहुंचते वे लोग अच्छे-खासे एक-दूसरे से बेतकल्लुफ हो गए। महादेव और बख्तियार को इन दोनों पहाड़ियों से एक तरह की हमदर्दी हो गई। अगर उनका बस चलता, तो वे इन दोनों कमअकलों को बम्बई तक पहुंचाकर दम लेते। मगर चाननशाह की फर्म ने उन्हें दिल्ली से आगरा जाने का हुक्म दिया और आगरा से ट्रक को वापस दिल्ली आ जाना था, इसलिए ज़्यादा से ज़्यादा वे उन्हें आगरा तक ले जा सकते थे।

आगरा पहुंचकर महादेव ने उन्हें राजामंडी के स्टेशन के पास उतार दिया और बख्तियार ने उन्हें रेलवे स्टेशन दिखाते हुए कहा, ट्रकों में मारे-मारे फिरोगे तो कभी बम्बई न पहुंच सकोगे। यहां से गाड़ी सीधी बम्बई जाती है। किसी तरह बाबू की नज़र बचाकर स्टेशन के भीतर चले जाओ और जब बम्बई की गाड़ी आए तो चुपके से भीतर घुस जाओ। अगर रात की गाड़ी में बैठ गए तो मज़े में रहोगे। रात को अक्सर कोई टिकट चेक करने नहीं आता।'

तरना और राजू ने इन दोनों का बहुत-बहुत शुक्रिया अदा किया।

बख्तियार ने महादेव का हाथ पकड़कर कहा, 'चलो अब चलें महादेव !' मगर महादेव वहीं खड़ा रहा। पहले तो उसने अपने सर को खुजाया, फिर अपने चेहरे की बढ़ी हुई शेव पर उलटा हाथ फेरा। आखिर उसने सिर झुकाकर अपनी जेब से पांच रुपये का नोट निकाला और उसे तरना के हाथ में रखकर बोला—

'ये रास्ते के लिए हैं।'

'काहे के लिए हैं ?' राजू ताज्जुब में पड़कर बोला।

महादेव ने कहा, 'बिना टिकट तो किसी न किसी तरह चले जाओगे, पर बिना खाना खाए कैसे बम्बई पहुंचोगे ?'

तरना की आंखें भीग गईं। पहले इसके कि वह कुछ जवाब देती, महादेव बख्तियार को लेकर ट्रक के भीतर चला गया।

कुछ लमहों में ट्रक घूमकर उनकी नज़रों से गायब हो गया। तरना ने पांच रुपये का नोट राजू को देकर कहा—

'लो इसे तुम रख लो।'

'नहीं, इसे तुम ही रख लो,' राजू तनिक गुस्से में बोला।

राजू के स्वर में जो तनिक-सा गुस्सा उभर आया था, उससे तरना को बड़ी खुशी-सी महसूस हुई। उसने मुस्कराकर नोट को अपने पास रख लिया और बोली—

'चलो चलें।'

'क्या गाड़ी आ गई ?' राजू ने अचरज से पूछा।

'नहीं, गाड़ी तो रात को आएगी। इस वक्त मैं तुम्हें बहुत अच्छी चीज़ दिखाने ले जा रही हूं।'

'ऊं हूं,' राजू सिर हिलाकर बोला, 'दिखाने की बात मत करो, खाने की बात करो। मुझे बड़ी भूख लगी है।'

'जब देखो, तुम्हें तो भूख ही लगी रहती है।' तरना सिटपिटाकर अपना पांव धरती पर पटककर बोली, 'अगर महादेव हमें पैसे न दे जाता, तो तुम क्या करते ?'

'भूखा रहता,' राजू ने बड़ी सादगी से कहा, 'मगर अब कैसे भूखा रहूं।'

तरना हंस पड़ी। बोली—

'तुम अब चालाक होते जा रहे हो। अच्छा चलो, पहले खाना खाएंगे, फिर वह चीज़ देखने चलेंगे।'

खाना खाकर देर तक आगरा की गलियों में घूमते रास्ते पूछते और रास्ता भूलते, वे दोनों शहर से बाहर निकल आए। शहर से बाहर निकलकर राजू ने इत्मीनान की सांस ली, 'शहर के भीतर मेरा दम घुटने लगा था।'

राजू के लिए किसी शहर को देखने का यह पहला मौका था। पठानकोट में, अमृतसर में, दिल्ली में कहीं पर उसे शहर को भीतर से और नज़दीक से देखने का मौका नहीं मिला था।

'तुम्हें शहर कैसा लगा ?' तरना ने पूछा।

'शहर भीतर से गंदा होता है और बदबूदार होता है।'

'और ?'

''और लोगों के चेहरे घबराए हुए होते हैं।'

'और ?'

'और लोग इस तरह चलते हैं, जैसे किसी मुसीबत से पीछा छुड़ाने के लिए कहीं भाग रहे हों। मगर ये लोग इस तरह क्यों चलते हैं ? उन्हें कहां जाना है ?'

'मुझे नहीं मालूम।' तरना एकाएक गम्भीर होकर बोली, 'मुझे सिर्फ यह मालूम है कि हमें इस समय कहां जाना है।'

'कहां ?'

'ताजमहल।'

'ताजमहल ? क्या है यह !'

'वहां दो कबरें हैं।'

'वहां दो कबरें हैं ? मगर हम ज़िन्दा कबरों में जा के क्या करेंगे ? मेरा मतलब है देखकर क्या करेंगे ? कबरों पर तो मुसलमान जाते हैं।'

'सिर्फ मुसलमान ही नहीं जाते। इन कबरों को देखने के लिए सारी दुनिया के लोग आते हैं।'

'सारी दुनिया के लोग ? दो कबरों को देखने के लिए !' राजू खिलखिला के हंस पड़ा, 'तरना, तुम मुझे बेवकूफ बनाती हो।'

'नहीं राजू ! सच कहती हूं, तुम खुद चलकर अपनी आंखों से देख लो।'

राजू कुछ देर खामोशी से तरना के साथ चलता रहा। उसके माथे पर सोच की शिकनें उभर आई थीं। बहुत देर के बाद बोला—

'तुम्हें कैसे मालूम है कि इन कबरों को देखने के लिए सारी दुनिया से लोग आते हैं ?'

'मैंने अपनी पांचवीं जमात की इतिहास की किताब में पढ़ा था और उसमें ताजमहल की तस्वीर भी देखी थी।'

'इतिहास क्या होता है ?'

'इतिहास, इतिहास—'तरना सोचकर बोली, 'जब इन्सान कोई बहुत बड़ी बात करते हैं, तो वह इतिहास हो जाता है।'

राजू चुप हो गया। देर तक खामोशी से तरना के साथ चलता रहा। आखिर बोला, 'यानी अगर मैं बम्बई से दो बैलों की जोड़ी के लिए पैसे ले आया, तो यह इतिहास होगा ?'

तरना खिलखिला के हंस पड़ी। राजू का हाथ अपने हाथ में लेकर उसे झुलाते हुए बोली, 'राजू, राजू ! तुम तो इतिहास बनाने वाले भी होते जा रहे हो।'

अब वह ताजमहल के सामने थे। ताजमहल का दरवाज़ा बन्द था। शाम

की सुरमई धूल चारों ओर फैल रही थी और बड़े दरवाज़े का चौकीदार, एक ओर मुसल्ला बिछाए नमाज़ पढ़ रहा था और जमुना की लहरों की मोहक ठंडक को अपने आंचल में समेटे हुए, खेतों की हवा उस बुड्ढे चौकीदार की सफेद दाढ़ी को धीरे-धीरे हिला रही थी।

राजू और तरना एक कोने में खामोश खड़े रहे, उसे देखते रहे। जब वह बूढ़ा नमाज़ पढ़ चुका, तो झिझकते-झिझकते उसके पास आ गए। तरना ने कहा, 'यह दरवाज़ा बन्द क्यों है ?'

'यह दरवाज़ा अभी बन्द किया है। अब यह रात को खुलेगा, जब चांद निकलेगा।'

'चांद कब निकलेगा ?' राजू ने पूछा।

'कोई तीन घण्टे बाद।' चौकीदार ने जवाब दिया।

'तब तक तो हमारी गाड़ी निकल जाएगी।' राजू ने कहा। फिर वह तरना की ओर मुखातिब हुआ, 'चलो, वापस चलें।'

'नहीं—हम ताजमहल देखकर जाएंगे।' तरना बड़ी सख्ती से बोली। फिर वह एक पग आगे बढ़कर बड़ी आजिज़ी से बोली—

'बाबा, हम बड़ी दूर से आए हैं। पठानकोट से भी बहुत दूर पहाड़ी इलाके से ताजमहल देखने आए हैं और रात को हमारी गाड़ी बम्बई जाती है। अगर आज हमने ताज न देखा, तो ज़िन्दगी में हम इसे कभी न देख सकेंगे।'

'कौन जाने !'

चौकीदर ने इनकार में सर हिला दिया, 'हुक्म नहीं है।'

'बाबा,' तरना फिर बडी मिन्नत से बोली और चौकीदार का दामन पकड़ लिया—'हमें ताज दिखा दो—भगवान के लिए।'

'अंह–अब छोड़ो भी।' राजू ने तनिक कड़ाई से तरना से कहा। उसे तरना का इस तरह चौकीदार से लिपटकर चापलूसी करना ज़रा न पसन्द आया था। बोला—

'अब इसमें है क्या—दो कबरें ही तो हैं। नहीं देखीं तो नहीं सही। चलो, आओ, वापस चलें। राजू ने तरना का हाथ पकड़कर अपनी ओर घसीटा।

सफेद बालों वाले चौकीदार को एकाएक गुस्सा आ गया, वह बोला, 'दो कबरें हैं—दो कबरें हैं ? अच्छा, अब तुम्हें दिखाना ही पड़ेगा। चलो बेटी।'

बूढ़ा चौकीदार गुस्से से कुंजियों के गुच्छे संभालते हुए आगे बढ़ गया। धीरे से उसने दरवाज़े के किवाड़ खोले। तरना और राजू दोनों दरवाज़े की चौखट पर खड़े थे।

धीरे-धीरे दरवाज़े के किवाड़ खुलते गए। एकाएक राजू को ऐसा महसूस हुआ, जैसे उसके दिमाग में खिड़कियां-सी खुल रही हों और एक नई अचरज-भरी दुनिया अपने जादुई मंडपों बुर्ज़ियों, महराबों और मीनारों को लिए हुए, उसकी नज़र के सामने खुलती जा रही हो। इस दुनिया के अचरज-भरे अनजानेपन के साथ उसे गहरे अपनेपन का भी आभास हुआ जैसे उसने इस दृश्य को इससे पहले भी देखा था। शायद अपने कल्पित विचारों में, जंगल की पहाड़ी में खोए हुए अपने दिनों के सपनों में, उड़ते हुए सफेद-सफेद बादलों के टुकड़ों में, कहीं पर उसे इस सुन्दरता, इस अमर रूप की एक झलक-सी महसूस हुई मालूम होती थी। जभी तो वह उसे देखने में गर्क हो गया और तरना का हाथ लेकर धीरे-धीरे आगे बढ़ने लगा। मगर उसे उस समय तरना के हाथ का आभास न था। दुनिया की किसी चीज़ का आभास न था। उसके चारों ओर जादू-भरा सफेद रंग और अवर्णनीय, न समझ में आने वाली सुन्दरता फैली हुई थी। जैसे उसके चारों ओर रोशनी की चादर हो और वह पिघली हुई चांदनी के फव्वारे में चल रहा हो। जैसे उसके चारों ओर मोतियों की लड़यां पिरोई गई हों और वह उनकी झिलमिल-झिलमिल करती हुई, हल्के रंग की रोशनी में तैर रहा हो। एकाएक वह फूलों की सी कोमल जाली के पास जाकर ठिठक गया और उससे पीठ लगाकर खड़ा हो गया। जैसे वह इस बेपनाह खूबसूरती का सामना करने से मजबूर हो।

उसने लम्बी-लम्बी सांस लेकर तरना से पूछा, 'क्या इसे किसी आदमी ने बनाया है ?'

तरना बोली, 'एक नहीं, हज़ारों आदमियों ने। तुम क्या समझते थे ?'

'मुझे ऐसा मालूम होता है, जैसे ताजमहल किसीने नहीं बनाया है। जैसे आप ही आप यह धरती से एक फूल की तरह उग आया है।'

तरना ने नई नज़रों से राजू की ओर देखा। फिर रुककर बोली, 'आओ, इस मीनार पर चढ़ें।'

मिलगुजे अंधेरे में सीढ़ियों पर चढ़ते-चढ़ते राजू ने पूछा, 'इस राजा को बहुत मुहब्बत होगी अपनी रानी से ?'

तरना ने उसका कोई जवाब नहीं दिया। बेकार सवाल था, बेकार जवाब होता। मीनार की बाकी सीढ़ियों पर वे खामोशी से चढ़ गए। ऊपर पहुंचकर राजू ने गुस्ताख स्वर में कहा, 'मैं तुम्हारे लिए एक ऐसा ही ताजमहल बना दूं ?'

तरना चंचल निगाहों से उसकी ओर देखकर बोली—

'बैलों के खरीदने का इरादा तुमने छोड़ दिया है क्या ?'

राजू ने हाथ के इशारे से लापरवाही से दोनों बैलों को दिमाग से जैसे हटा दिया। चारों ओर देखकर बोला, 'उफ-उफ, यह तो मेरे जंगल से भी ज़्यादा सुन्दर है !'

एकाएक वह सब कुछ भूल गया। उसने अपने दिमाग में ताजमहल को जंगल के बीच में देखा। अपने जाने-पहचाने जंगल में।

जंगल चारों ओर से काई की तरह फट गया था और उसकी जमुर्रदी खूबसूरती में ताज सफेद चेहरे की तरह चमक रहा था। वह एक तने से लगा, जैसे धुंध के टुकड़ों में खोया हुआ यह दृश्य देख रहा था। धीरे से उसने अपने कमरबन्द से बंजली निकाली और चुपके से उसने अपने होंठों से लगा दिया और अपनी आंखें बन्द कर लीं।

वह दूर से आया हुआ गीत, 'जंगलों, झरनों, आबशारों का पाला हुआ गीत, वह नीले आकाश, उड़ते हुएपरिन्दों और लचकतीहुई डालियों का पाला-पोसा गीत, डोलती हुई घाटियों, झूमती हुई नदियों, नाचती हुई पायलों का परिचित गीत तरना के रोम-रोम को कंपकंपाता चला गया और तरना को ऐसा महसूस हुआ कि जब बादल झुकते हैं, तो झुककर मंडप बना जाते हैं। जब धुंध ऊपर उठती है, तो उठकर मीनार की तरह जम जाती है। जब चांदनी सेब के फूलों में खिलती है, तो मोतियों की शफ्फाफ जालियों में बदल जाती है और गीत है कि चारों ओर फैलता जा रहा है।

अचानक बंजली की आवाज़ बन्द हो गई, सिर्फ गीत की गूंज बाकी रह गई। फिर गूंज की कल्पना बाकी रह गई। फिर कल्पना की नन्ही क्षितिज-रेखा एक कोमल नदी की तरह रहस्यपूर्ण हलके अंधेर साए में खो गई। तरना ने एक गहरी आह भरी।

राजू बोला, 'ये गीत तुम्हारे लिए थे।'

तरना की आंखों में आंसू थे। उसने धीरे से अपनी आंखें बन्द कर लीं और बिलकुल राजू के नज़दीक चली गई और बोली, 'जब तुम बंजली सुना रहे थे, मैंने

अपनी आंखें बन्द कर ली थीं और मैंने अपने सपनों में देखा, जैसे तुम मेरे लिए एक ताजमहल बना रहे हो।'

तरना ने अपनी आंखें खोल दीं और अचानक मीनार पर चमकता हुआ चांद तरना की आंखों में उतर आया और राजू उस चांद को देखने के लिए बिल्कुल उसके चेहरे पर झुक गया और तरना ने घबरा के कहा—

'गाड़ी छूट जाएगी।'

'छूट जाने दो।' राजू ने अपने होंठ तरना के होंठों पर धर दिए।

उनके चारों ओर जैसे महराब, मीनार, गुंबद ऊंचे होते गए। ताकचों, जालियों आदि से जैसे रोशनी के झरने फूट-फूटकर बहने लगे।

लम्बी-लम्बी सांस लेकर ताज के हुस्न में डूबी हुई मदमस्त चांदनी प्यार की मिठास उनके होंठों में घोलती गई।

वे दोनों मालगाड़ी के डिब्बे में बैठे हुए, अधखुले दरवाज़े से बाहर के बदलते हुए दृश्य को बड़ी दिलचस्पी से देख रहे थे। रेलगाड़ी में उन दोनों का यह पहला सफर था। कितने खुशकिस्मत थे ये दोनों, कि पूरे डिब्बे में उनके अलावा और कोई आदमी नहीं था। सिर्फ एक कोने में भैंस बंधी थी। बाकी चारों तरफ डिब्बे में नीचे से ऊपर तक भैंसों के खाने वाला चारा रखा था।

इधर खुले दरवाजें से ठंडी-ठंडी हवा के झोंके आते थे, मगर इस डिब्बे के भीतर सूखे चारे ने और जुगाली करती हुई भैंस की सांस ने अजीब नरम-गरम-सी सूरत पैदा कर दी थी, जो उन दोनों को बहुत अच्छी मालूम हो रही थी। हवा के झोंकों से जब तरना के बाल उड़कर उसके गालों पर आ जाते, तो राजू उन्हें अपने हाथों से परे हटा देता और तरना उसे परे हटाने देती थी। जब राजू की उंगलियां एक पल के लिए तरना के गालों को छु जातीं, तो तरना के लहू की हरकत तेज़ होने लगती। प्यार करने वाले हाथों में कैसा जादू होता है! और वह बेइख्तियार राजू का हाथ पकड़कर अपने गालों से लगा लेती और मस्ती में डूबी हुई आंखों से राजू की ओर ताकने लगती। राजू का जी बंजली बजाने को चाहने लगा।

'हुश्श...'तरना अपने होंठों पर उंगली रखकर बोली, 'भैंसों वाले सुन लेंगे।'

'मगर वे तो साथ वाले डिब्बे में नहीं हैं।' राजू ने बताया।

इस मालगाड़ी में बहुत-सी भैसों बम्बई जा रही थीं। उनके साथ भैंसों वाले भी थे, जो दो-दो, तीन-तीन की टोलियों में इन भैंसों के साथ जा रहे थे। इन लोगों ने मालगाड़ी के डिब्बों की छतों से अपने झोलदार बिस्तर लटका रखे थे। नीचे भैंसें बंधी थीं और झोलदार बिस्तर पर ऊपर उनके रखवाले पड़े थे। भैंसों के चारों ओर भूसे, घास, चरी-चारा लदा था। सूखी घास की सौंधी-सौंधी खुशबू, चलती हुई गाड़ी के बाहर खेतों में फूली हुई सरसों की खुशबू, भैंसों के गोबर और पेशाब की बू, बल्कि एक ऐसी जानी-पहचानी बिसांद-सी पैदा कर रही थी जिसे महसूस करके भैंसों वाले ग्वालों का मन आल्हा गाने को चाहता है। और राजू का दिल बंजली बजाने को। यह बू, जो किसी भी शहरी को रूमाल मुंह पर रखने के लिए मजबूर कर देती, उन सीधे-सादे किसानों के दिल में अजीब तरंग-सी पैदा करती थी। पशुशाला के वातावरण में जो गोबर की बू और कच्चे दूध का मिला-जुला नशा होता है वही नशा इस समय राजू महसूस कर रहा था और फिर उस पशुशाला में तरना ऐसी सुन्दर लड़की उसके साथ बैठी थी। आखिर वह क्यों बंजली नहीं बजा सकता था! पीछे डिब्बे में कोई भैंस न थी। वह डिब्बा तो ताले से बन्द था। आगे का डिब्बा छत के बगैर था और उसमें एक सुन्दर कार खड़ी थी, जिसकी छत गहरे नीले रंग की थी, निचला हिस्सा दूधिया आसमानी रंग का था।

उस गाड़ी की आंखें चांदी की थीं और उनपर शीशे लगे थे। बड़ी खूबसूरत गाड़ी थी। उस डिब्बे के आगे फिर भैंसों वाली गाड़ी थी, जिसमें तीन ग्वाले थे।

'क्या बंजली की आवाज़ वहां जा सकती है?' राजू ने शररत-भारे स्वर में पूछा।

'बेवकूफ मत बनो,' तरना ने झुंझला के कहा।

वे दोनों बहुत ही खुश थे कि उन्हें यह मालगाड़ी मिल गई थी। जब वे ताजमहल से लौटे, तो रात का तीसरा पहर बीत रहा था और गाड़ी जा चुकी थी। फिर स्टेशन के भीतर उन्हें किसीने घुसने नहीं दिया था। उनके लिबास की गरीबी से, चाल की झिझक से, उड़ी-उड़ी निगाहों की ललचाहट से खर्राटे टिकट-चेकर ने उन्हें दरवाज़े ही से वापस कर दिया था और फिर वे दोनों चक्कर काट-काट के यार्ड के बाहर जाकर दूर से पलटकर दूसरी ओर से स्टेशन के सामने आ गए, जहां

यह मालगाड़ी खड़ी थी और मातादीन और राघो दो भैंसवाल खड़े थे, एक-दूसरे से बातें कर रहे थे। मातादीन बीमार था और उसने अपनी भैंस राघो को सौंपते हुए कहा कि वह उसे हिफ़ाज़त से बम्बई पहुंचा दे—मातादीन के बेटे के पास, जिसका गोरे गांव में दस भैंसों का तबेला था और जो बम्बई में पन्द्रह साल से दूध बेचने का धन्धा करता था और राघो ने वायदा कर लिया था। मातादीन ने खांसते हुए कहा, 'रात को मेरी भैंस के डिब्बे में ही सोना।'

'हां, चिन्ता मत करो, राघो ने हंसते हुए कहा और अपने सामने के दो टूटे हुए दांत दिखाते हुए, मातादीन के कन्धे पर ज़ोर से हाथ मारकर कहा, 'अगर ज़रूरत पड़ी तो मैं तुम्हारी भैंस के साथ भी सो जाऊंगा।'

'हा...हा...हा !' मातादीन ज़ोर से हंसने लगा। मगर उसे दमा था, इसलिए जल्दी ही खांसते-खांसते दुहरा हो गया और उसका छोटा बेटा उसे यार्ड से बाहर ले गया।

मगर राघो की अपनी तीन भैंसे इसी मालगाड़ी से जा रही थीं इसलिए वह सारा दिन मातादीन की भैंस के डिब्बे में कैसे रह सकता था ! यों वह दिन में दो-तीन बार जहां कहीं भी मालगाड़ी रुकती, आकर भैंस को चारा वगैरह डाल जाता और फिर अपने डिब्बे में चला जाता, यहां उसके दो और साथी मौजूद थे।

इसलिए तरना और राजू को यह डिब्बा बहुत ही अच्छा मिल गया था। हालांकि वे दोनों बड़ी कठिनाई से उन लोगों की नज़रों से बचकर उस डिब्बे में घुसे थे, फिर भी यार्ड में घूमनेवाले दो-तीन आदमियों ने उन्हें देख लिया था मगर उस वक्त उनका फटा-पुराना देहाती लिबास उनके काम आया और यार्ड के उन आदमियों ने भी उन्हें ग्वाले ही समझा और अब यह पूरा डिब्बा उनकी मिल्कियत था।

बम्बई तक दिन में सिर्फ दो-तीन बार जब राघो भैंस को देखने आता था, बस उसी समय कुछ मिनटों के लिए उन्हें घास के भीतर छिपना पड़ता था, वरना दिन-भर वे गाड़ी के दरवाज़े में बैठे, रेलगाड़ी के बाहर का नज़ारा किया करते थे। रात को जब गाड़ी एक धुंधलेमटियाले तिकोनी लालटेनों वाले स्टेशन पर रुकी तो राजू और तरना जल्दी से उस डिब्बे से उतर आए और जब राघो सोने के लिए उनके डिब्बे में चढ़ गया तो राजू और तरना साथवाले खुले डिब्बे में जा बैठे, जहां वह खूबसूरत

गाड़ी हलकी-हलकी रोशनी में दमक रही थी और एक कोनों में वे दोनों दुबककर बैठ गए। जब गाड़ी स्टेशन से बाहर बहुत आगे निकल गई, तो दोनों अपनी जगह से उठे और गाड़ी के करीब गए और गाड़ी की चमकदार सतह पर हाथ फेरकर उसके मुलायम, फिसलते हुए हुस्न का अन्दाज़ा करने लगे।

राजू ने हंसकर कहा, 'यह गाड़ी बिलकुल तुम्हारे बालों की तरह चिकनी है !'

'छी !' तरना ने शर्म से लाल होके कहा।

राजू ने तरना का हाथ पकड़ कर कहा, 'चलो इस गाड़ी के अन्दर चलकर बैठें।'

'नहीं, कोई देख लेगा।' तरना ने डरके कहा।

'कौन देखता है ?' राजू दिलेरी से बोला।

राजू ने दरवाज़े का हैंडिल घुमाया। दरवाज़ा नहीं खुला। उसने दूसरा हैंडिल घुमाया। तरना ने तीसरा और चौथा हैंडिल घुमाया।

'गाड़ी तो अन्दर से बन्द है।' तरना मायूसी से बोली।

रात की ठंडक बढ़ती जा रही थी। हवा तेज़ चलने लगी थी। दूर आसमान की नीली छतरी पर तारे सर्दी से ठिठुरे हुए कबूतरों की तरह दुबके बैठे थे। तरना के सारे बदन में एक झुरझुरी-सी आई। वह भी दुबककर राजू के पास बैठ गई। यानी साढ़े सात सौ रुपये बैठ गए। धान का खेत बैठ गया। राजू डिब्बे की लोहे की दीवार से टेक लगाए बैठा था। तरना ने धीरे से अपने-आपको राजू के सीने पर गिरा दिया था और एक लम्बी सांस लेकर बड़े संतुष्ट स्वर में बोली—

'यह खुले आसमान वाली बिखरे-बिखरे तारों वाली रात बहुत अच्छी है।'

'ओम् !' राजू धीरे से बोला।

'क्या सोचते हो, राजू ?'

'खटखटा-खट' करती हुई गाड़ी एक चाल से चली जा रही थी और उस ताल पर उन दोनों के जिस्म एक-दूसरे से गडमड होते हुए डोल रहे थे और तरना के बहुत-से बाल राजू के चेहरे पर काली घटा की तरह उमड़ आए थे। राजू ने अपना चेहरा उन बालों में छिपा लिया और फुसफुसाते हुए बोला—

'तरना, मैंने सोच लिया है।'

'क्या सोच लिया है ?' तरना उनींदे स्वर में बोली।

'मैं बम्बई जाकर तुम्हारे लिए इतनी बड़ी कार खरीदूंगा कि...'

'तुम तो दो बैल खरीद रहे थे !'

'नहीं।'

'और मेरे लिए ताजमहल बना रहे थे !'

'नहीं...अब तुम्हारे लिए एक कार खरीदूंगा। इससे भी बड़ी... इससे भी लम्बी।'

'कितनी लम्बी ?'

'इस मालगाड़ी से भी लम्बी।'

'इससे भी लम्बी...यहां से वहां तक !'

राजू ने ज़मीन से आसमान तक अपने बायें हाथ से इशारा किया। तरना ने अपनी निगाह से कार की लम्बाई का अन्दाज़ा लगाया और उसके चेहरे पर एक ऐसी धीरे-धीरे खिलनेवाली मुस्कराहट आई, जो राजू की खयाली गाड़ी से भी ज़्यादा थी।

राजू धीरे-धीरे कह रहा था :

'और उस गाड़ी के आठ दरवाज़े होंगे और उस गाड़ी का कोई दरवाज़ा बन्द न होगा। तुम जब चाहोगी उसपर बैठ सकोगी और वह गाड़ी ज़मीन पर चलेगी, आसमान पर भी उड़ सकेगी, बड़े-बड़े जहाज़ों की तरह उसके भी पर होंगे। हम दोनों उस गाड़ी में बैठकर उड़कर वापस अपने जंगल में चले जाएंगे। मैं तुमको अपना जंगल दिखाऊंगा। वह जंगल बड़ा खुबसूरत है, जहां से मैं लकड़ियां काटा करता था। उस जंगल का मैं अकेला राजा हूं। वहां दिन में कोई नहीं जाता। उस जंगल में बड़े सुन्दर झरने हैं ढलवानों पर फूल खिलते हैं और लाल बेरों पर मधुमक्खियां भनभनाती हैं और घनी बेलों के अंगूर तारों के गुच्छे की तरह लटकते हैं और सुनहरे-सुनहरे सेबों पर हरे-हरे तोते चहकते हैं।—तरना—रोज़ रात को वह जंगल मुझे अपने पास बुलाता है। तुम जब उस जंगल को देखोगी, मेरे गांव की महकती हुई हवा सूंघोगी, गांव से ऊपर ताज की तरह दमकती हुई बर्फ से ढकी चोटियों को देखोगी, तो कभी उस गांव को छोड़कर नहीं जाओगी—तरना—तरना—मुझे मेरे दो बैल मिल जाएं, फिर मैं तुम्हें तुरन्त अपने गांव ले जाऊंगा—चलोगी न ?—मेरे गांव में—तरना-बोलो तरना—!'

मगर तरना राजू के सीने से लगी-लगी सो गई थी। धीरे-धीरे बच्चों की तरह

उसकी सांस चल रही थी और वह उसके सीने से लगी-लगी इस कदर मासूम, प्यारी पाकीज़ा दिखाई दे रही थी कि जैसे इस तरह उसने अपने-आपको राजू के सीने के हवाले कर दिया था, जैसे वह उसके मोटे बालोंवाले खुरदुरे सीने पर न सो रही हो...। उसके कोमल, नरम-नरम नथने सांस के आने-जाने से धीरे-धीरे हिल रहे थे और हवा के झोंकों से उसकी लम्बी-लम्बी पलकें, गालों पर कांप-कांप जातीं। रातभर वह इसी तरह उसके सीने से लगी सोती रही और रातभर राजू उसे सीने से लगाए, कभी सोता, कभी जागता रहा, लेकिन एक बार भी वह अपनी जगह से नहीं हिला। उसी तरह फर्श पर पांव फैलाए, डिब्बे की दीवार से पीठ लगाए, बैठा रहा। तीसरे पहर उसकी आंख झपक-सी गई। एक पल के बाद जो आंख खुली तो सवेरा हो चुका था। सूरज की रोशनी तरना के बालों से छन-छन करके उसके चेहरे पर आ रही थी और तरना अपनी बड़ी-बड़ी आंखें खोले उसके सीने पर झुकी, उसकी ओर ताज्जुब और खुशी और गहरे प्यार से देख रही थी और राजू ने आंखें खोलकर धीरे से अपने हाथ की उंगली को तरना के होंठों पर फेरा और बोला—

'बिलकुल कार की तरह !'

तरना ने आगे झुककर अपने सारे बाल उसके चेहरे पर बिखेर दिए और अपने होंठों को उसके होंठों के नज़दीक ले जाते हुए बोली—

'क्या कार भी इनकी तरह मीठी होती है ?'

वे बहुत दूर उस चुम्बन की गहराइयों में खो गए और उनसे बहुत दूर ऊपर एक नीला आसमान था और उसमें एक अबाबील पर फैलाए हुए धीरे-धीरे उड़ रही थी।

मालगाड़ी के सफर ने राजू को काफी चालाक बना दिया था। गाड़ी से कब उतरना चाहिए, किस स्टेशन पर उतरना चाहिए, सस्ता खाना स्टेशन के अन्दर नहीं मिलता, स्टेशन के बाहर मिलता है। पानी का नल कहां पर होता है, पुलिस के लोग कहां पर चक्कर लगाते हैं, स्टेशन के किस तरफ उतरना चाहिए, बिना टिकट सफर करनेवालों के लिए ये बड़े मुश्किल और फन के सवाल हैं, जो सिर्फ निजी तजरुबे ही से पाए जा सकते हैं। शुरू-शुरू में राजू से गलतियां भी हुईं, मगर इसे इत्तिफाक कहिए या किस्मत कि वह कभी पकड़ा नहीं गया, या तो साफ बच गया या बाल-बाल बच गया।

बम्बई शहर अब नज़दीक आ रहा था। तरना को बड़े ज़ोर की प्यास लगी थी। रास्ते में उन्होंने मिट्टी की एक मटकी खरीद ली थी, मगर उसे भरने के लिए हर बार राजू को प्लेटफार्म पर जाना पड़ता था और बस यह काम बहुत मुश्किल होता था। एक तो उसका लिबास बहुत अजनबी था कि हर किसीकी निगाह उसपर पड़ती थी और लिबास फटा-पुराना भी था, इसलिए पुलिस वालों को उसे शक की नज़रों से देखना बहुत ही ज़रूरी हो गया था। इसलिए ज़्यादातर राजू रात के वक्त मटकी को पानी से भर लेता था और दिन में जहां तक हो सके, गाड़ी से कम निकलता था। रात को यों भी उन दोनों को अपना डिब्बा छोड़कर, कार वाले डिब्बे में जाना पड़ता था, क्योंकि उस वक्त राघो अपने पड़ोसी की भैंस की रखवाली के लिए डिब्बे के अन्दर सोने के लिए आ जाता था।'

'अब बम्बई चलकर पानी पिएंगे।' राजू ने सुझाव दिया, 'पिछले स्टेशन पर मैंने सुना था कि बम्बई यहां से कोई दो घंटे का सफर है।'

'हाय, मैं तो प्यास से मर जाऊंगी, उफ्फोह—राम यहां कितनी गर्मी है !'

गर्मी तो इतनी न थी। गर्मी का मौसम तो अभी शुरू ही न हुआ था। अभी तो बहार का मौसम था। मगर ऊंचे पहाड़ों के वासी दक्षिण भारत की बहार के मौसम में झुलसे जा रहे थे। तरना बार-बार अपने सूखे होंठों पर ज़ुबान फेरती हुई बड़ी उदासीनता से मिट्टी की खाली मटकी की ओर देखती।

राजू खुद भी प्यासा था, मगर अब गाड़ी कहीं रुके तो लपक के पानी लाए। एक स्टेशन गया—दूसरा गया—दोनों छोटे-छोटे थे और स्टेशन की बजाय छते हुए बरामदे मालूम होते थे। तीसरे स्टेशन को भी रेल पार कर गई। यह एक छोटा-सा स्टेशनथा। प्लेटफार्म पर कोई मुसाफिर दिखाई न देता था।

'वह रहा पानी का नल।' तरना ने दूर से देखकर कहा।

'क्या चलती गाड़ी से छलांग लगा दूं ?' राजू ने पूछा।

तरना 'ऊंह' कहकर चुप हो गई।

स्टेशन धीरे-धीरे पीछे चला गया। अचानक गाड़ी स्टेशन से बाहर निकलकर कोई पचास गज़ के फासले पर खड़ी हो गई। तरना खुशी से चिल्लाई, 'गाड़ी खड़ी हो गई।' राजू ने मुंह बाहर निकालकर देखा। स्टेशन काफी पीछे रह गया

था। मगर तरना प्यास से निढाल होती जा रही थी। मालगाड़ी तो जब खड़ी होती है, तो काफी देर के लिए खड़ी होती है। राजू ने गर्दन घुमाके गाड़ी के आगे-पीछे दोनों खोर देखा।

'पानी नहीं लाओगे ?' तरना ज़रा तुनककर बोली। राजू गाड़ी से नीचे उतर गया। तरना ने खाली मटकी उसके हाथों में थमाई। मटकी लेते ही राजू बगटुट प्लेटफार्म की ओर भागा। तेज़ी से भागते भागते वह स्टेशन के प्लेटफार्म पर आ गया और जल्दी से टूटी खोलकर पानी भरता जाता था और मुड़-मुड़कर मालगाड़ी की ओर देखता जाता था, जो बाहरी 'आउटर' सिग्नल के पास खड़ी बड़ी बेचैनी से सीटी बजा रही थी।

अचानक गाड़ी को सिग्नल मिल गया और गाड़ी चल दी।

मटकी अभी पानी से भर न पाई थी कि राजू उसे लेकर वापस भागने के लिए उठा और उठते ही एक मुसाफिर से टकरा गया। वह दूसरा मुसाफिर चेहरे-मोहरे से किसान मालूम होता था। दोनों प्लेटफार्म पर गिरे और मटकी फर्श पर गिरकर चकनाचूर हो गई और उन दोनों के कपड़े गीले हो गए। वह दूसरा मुसाफिर अपनी ज़बान में, जो राजू न जानता था, गालियां देने लगा। राजू उसकी गालियों की परवाह न करते हुए मालगाड़ी की ओर भागा, जो धीरे-धीरे सरकते हुए अब चाल बढ़ा रही थी। राजू ने भी दौड़ की चाल बढ़ा दी।

तरना घबराकर लगभग कमर तक गाड़ी के दरवाज़े से बाहर निकल पड़ी थी और ज़ोर-ज़ोर से हाथ हिलाकर राजू को गाड़ी पकड़ने का इशारा कर रही थी, हालांकि इस इशारे की कोई ज़रूरत न थी। राजू दौड़ता हुआ गाड़ी के आखिरी डिब्बे तक आ पहुंचा। उसने उछलकर पहला डिब्बा पार कर लिया, दूसरा भी और तीसरा भी। अब उसके और तरना के बीच, सिर्फ एक डिब्बा बाकी था। तरना ने एक हाथ से दरवाज़े को मज़बूती से पकड़ रखा था और दूसरा हाथ उसने राजू को पकड़ने के लिए बेसब्री से आगे बढ़ा दिया था। राजू भी अपना हाथ बेसब्री से आगे बढ़ाते हुए अपनी पूरी ताकत से आगे दौड़ रहा था। गाड़ी ने अपनी चाल तेज़ कर दी। अपने शरीर और आत्मा की पूरी ताकत लगाकर राजू आगे बढ़ गया। उसने तीसरा डिब्बा भी पार कर लिया और अब उसके हाथ और तरना के हाथ के बीच सिर्फ चन्द गज़ का फासला था। एकाएक एक-दूसरे की उंगलियां छू गईं। गाड़ी की

चाल और भी तेज़ हो गई थी। पहले कुछ इंच का फासला बढ़ा, फिर कुछ फुट का, फिर कुछ गज़ का, फिर गाड़ी शोर मचाती हुई कूकू करती हुई उसे पीछे छोड़ती दूर आगे निकल गई और राजू दौड़ता-दौड़ता बहुत पीछे रह गया।

अचानक राजू हांफता हुआ पटरियों के बीच रुक गया और माथे पर हाथ रखकर दूर जाती हुई गाड़ी की ओर बड़ी मायूसी से देखने लगा। तरना अभी तक उसे दरवाज़े से लगी खड़ी नज़र आ रही थी। एक बार तरना ने गाड़ी से छलांग लगाने की घबराहट-भरी कोशिश भी की थी, मगर दौड़ते हुए राजू ने मना कर दिया था और चिल्लाकर कहा था, 'घबराओ नहीं तरना, हम बम्बई में मिलेंगे। मैं तुमको ढूंढ़ लूंगा।' तरना नीचे छलांग मारते-मारते रुक गई। वह बेबस और मजबूर होकर डिब्बे के अधखुले दरवाज़े को पकड़कर खड़ी हो गई और बेबस निगाहों से उसे ताकती जा रही थी।

गाड़ी दूर एक धब्बे की तरह नज़र आ रही थी। फिर वह धब्बा भी गायब हो गया और राजू रेल की पटरी पर अकेला खड़ा रहा गया।

'बम्बई ?'

'बम्बई में वह कहां जाएगी ? तरना कहां पर उसका इंतज़ार करेगी ? कैसे मिलेगी ? बम्बई तो इतना बड़ा शहर है, कैसे वह ढूंढ़ सकेगा ?'

'अब उसे ढूंढ़ चराग़े-रुखे-जेबा लेकर।'

तीन

बस्ती-बस्ती फिरा मुसाफिर

बम्बई में गोरे गांव के स्टेशन पर पहुंचकर मालगाड़ी रुक गई और यार्ड के बिलकुल आखिरी सिरे पर पहुंचा दी गई, जहां घास के बड़े-बड़े गट्ठे खड़े थे और बहुत-से ग्वाले अपनी भैंसों के इंतज़ार में खड़े गाड़ी की राह ताक रहे थे। जब गाड़ी रुक गई, तो बहुत-से भैया लोग जमा होकर भैंसों को गाड़ी से नीचे उतारने लगे। तरना ने ज़रा-सा बाहर झांककर इधर-उधर देखा और मौका पाकर चुपके से छलांग मारकर अपने डिब्बे से बाहर निकल आई। अचानक राघो ने उसे अपने डिब्बे से निकलते हुए देख लिया। वह उसके पीछे भागा। तरना भी भागी। मगर राघो बहुत तेज़ दौड़ता था। उसने पीछा करके तरना को पकड़ लिया। तरना ने अपने-आपको छुड़ाने की बहुत कोशिश की, मगर राघो। के हाथ की पकड़ बहुत मज़बूत थी।

'छोड़ दो मुझे,' तरना अपना हाथ छुड़ाने लगी।

'बता मेरे डिब्बे में क्या कर रही थी ?'

तरना ने कोई जवाब नहीं दिया।

'चोर' कहकर राघो उसे एक ओर घसीटने लगा।

तरना चिल्ला के बोली, 'मुझे कहां ले जा रहे हो ?'

'तुझे पुलिस में दूंगा।'

मगर राघो उसे पुलिस चौकी नहीं ले गया। वह उसे बहुत-सी सड़कों पर घुमाता हुआ एक दो माले वाली चाल में ले गया जिसके सामने नारियल के लम्बे-लम्बे पेड़ थे और खुली ज़मीन में सुअर भाग रहे थे और बच्चे शोर मचा रहे थे। वह उसे ऊपर की मंज़िल में ले गया। सात नम्बर की खोली के सामने खड़े होकर उसने

दरवाज़ा खटखटाया। अन्दर से एक अधेड़ उमर की औरत बाहर निकली। उसके बाल रंगे हुए और कसे हुए थे। उसके होंठों पर लिपस्टिक थी और उसकी बड़ी-बड़ी आंखों में एक तजुर्बेकार और चालाकी-भरी चमक थी। वह बहुत मीठीथी और फिरंगियों का सा साया पहन रखा था।

'क्या है राघो ?' मोटी औरत ने तरना को घूरते हुए पूछा। राघो ने उसे आंख मारकर कहा, 'यह एक लड़की घर से भाग आई है। इसे हवालात ले जाना है, मगर बेचारी थकी-मांदी दिखाई देती है। नहाए-धोएगी, खाएगी, फिर इसे पुलिस चौकी ले जाऊंगा। विक्टर कहां है ?'

'ग्यारह नम्बर में ताश खेल रहा है।' मोटी औरत ने तरना की बांह पकड़कर कहा, 'घबरा नहीं, सब ठीक हो जाएगा। मेरे होते तुझे कोई हाथ नहीं लगा सकता। मैं तो तेरी मां की तरह हूं। चल, भीतर चल।'

मां का नाम सुनकर तरना सिसक पड़ी। मोटी औरत उसे थामकर अन्दर ले गई। राघो अन्दर नहीं आया। वह वहीं से पलटकर ग्यारह नम्बर में चला गया।

एक घंटे बाद विक्टर और राघो दोनों सात नम्बर खोली में आए। उस वक्त तक तरना नहा-धोकर, निखरकर, खाना खाकर एक लम्बे-से सोफे पर बैठी थी। कमरे में यीसू-मसीह और मरियम की रंगीन तस्वीरें लटकी थीं। एक कोने में कांच के एक छोटे-से डिब्बे में सलीब पर यीसू-मसीह की मूर्ति थी और उसके नीचे एक मोमबत्ती जल रही थी। दरवाज़े और खिड़कियों पर नीले रंगदार पर्दे पड़े थे। मोटी औरत एक नावेल लिए बैठी पढ़ रही थी।

नावेल पर एक अधनंगी औरत की तस्वीर थी, जिसका सीना करीब-करीब नंगा था। तरना ने घबराकर अपने सीने पर हाथ रख लिया। विक्टर ने कुछ पल घूरकर तरना को देखा। सिर से पांव तक उसको निहारा, फिर राघो को लेकर बाहर निकल आया।

'क्यों ?' राघो ने गर्व के स्वर में पूछा।

विक्टर ने कहा, 'पांच सौ का माल है।'

'जाओ-जाओ, हज़ार लूंगा—पूरा एक हज़ार—सारी बम्बई में घूम आओ, ऐसी लड़की नहीं मिलेगी।'

'बिलकुल गंवार दिखाई देती है। अच्छी शक्लोसूरत से क्या होता है। 'मैनर्स' भी तो चाहिए। छ: महीने तो उसे मार-पीटके सिखाना पड़ेगा। पांच सौ बहुत हैं।'

'चलो साढे आठ सौ रुपये दे दो, मामला खत्म करो।'

'नहीं पांच सौ दूंगा।'

'चल सात सौ दे दे।'

विक्टर बोला, 'पांच सौ अभी ले जाओ, सौ रुपया परसों दूंगा।'

'अच्छा लाओ, पांच सौ निकालो।'

'मम्मी ! मम्मी !!' विक्टर ने मोटी औरत को आवाज़ दी। मोटी औरत बाहर आई। विक्टर ने गोवानी ज़बान में उससे कुछ कहा। मोटी औरत अन्दर गई। थोड़ी देर के बाद जब बाहर आई तो उसने चमकते हुए पांच सौ के नोट विक्टर के हाथ में थमा दिए। विक्टर ने राघो को दिए और राघो उन्हें लेकर झट रफूचक्कर हो गया।

खोलियों की बार्क के आगे कंक्रीट का जंगला था। उस जंगले पर एक पन्द्रह-तेरह साल का लड़का रंगीन बुश्शर्ट और खाकी नेकर पहने सीटी बजा रहा था और कनखियों से उस सारे तमाशे को देख रहा था। विक्टर ने सीटी बजाकर उसे बुलाया।

'जॉन, एक टैक्सी लाओ।'

विक्टर ने जॉन के हाथ में एक रुपया थमा दिया।

जॉन रुपया लेकर भागता हुआ सीढ़ियों के नीचे उतर गया।

टैक्सी कोलाबे की ओर भागी जा रही थी। पूछने पर विक्टर ने भी तरना से यही बताया कि वह उसे पुलिस के हवाले करने जा रहा है। तरना भागती हुई टैक्सी में से तो निकल न सकती थी, लेकिन वह विक्टर के घर से निकलने से पहले दो-तीन बार भागने की कोशिश कर चुकी थी, पर उसे हर बार नाकामी हुई थी। अब उसने पुलिस के सामने भी झूठ बोलने पर अपने-आपको राज़ी कर लिया। अब नतो वह पुलिस को अपना सही नाम बताएगी, न अपने गांव का नाम, न अपने मां-बाप का नाम। वह सब कुछ गलत बताकर पुलिस से सिर्फ इतना कहेगी कि वह एक गरीब और बेसहारा लड़की है, जो बम्बई में रोज़गार की खोज में आई है। भला पुलिस उसे यों आने पर बम्बई से बाहर तो निकाल नहीं सकती। अच्छा है, यह आदमी उसे पुलिस-स्टेशन ले जा रहा है। एक बार पुलिस से आमना-सामना होने पर वह हमेशा के लिए ऐसे आदमियों की धमकी से बच जाएगी जो उसे हर कदम पर

पुलिस का डर दिखाते थे। और अब वह पठानकोट से काफी दूर आ चुकी थी। उसे इस बात का पूरा यकीन था कि उसके बाप को सपने में भी यह खयाल न होगा कि उसकी लड़की पहाड़ी गांव से भागकर इतनी दूर बम्बई की गलियों में पनाह लेगी। यहां पर बेशक वह उस बूढ़े नम्बरदार की हिसकारियों से बची रहेगी।

इसलिए जब विक्टर ने उसे बताया कि वह उसे पुलिस-स्टेशन ले जाना चाहता है, तो तरना ने उसे मंज़ूर कर लिया।

स्टैंड के पीछे की गलियों में होती हुई टैक्सी एक नई पांच-मंज़िली इमारत के सामने जाकर रुक गई। तरना ने पूछा, 'पुलिस-स्टेशन आ गया ?'

'हां—उतरो !'

तरना टैक्सी से बाहर निकल आई। विक्टर ने टैक्सी खड़ी रखी और तरना को लिफ्ट में पांचवीं मंज़िल पर ले गया। पांचवीं मंज़िल पर पहुंचकर उसने कोने वाले फ्लैट को घण्टी बजाई।

एक हट्ट-कट्टा पंजाबी नौजवान, जिसने सलवार और कमीज़ पहन रखी थी, जिसके बाल लम्बे-लम्बे थे और सामने के दांत सोने के थे, मुस्कराता हुआ बाहर निकला।

'मैडम अन्दर है ?'

'तुम कौन हो ?' पंजाबी जवान ने पूछा।

'मैडम से कहो, विक्टर आया है।'

दरवाज़ा फिर बन्द हो गया। थोड़ी देर बाद मैडम ने खुद दरवाज़े से बाहर झांका। विक्टर को पहचानकर मुस्कराई। तरना को देखकर और मुस्कराई और पूरा दरवाज़ा खोलकर बोली, 'आओ—आओ—अन्दर आ जाओ।'

तरना और विक्टर दोनों अन्दर गए। एक नीम-अंधेरी गुलाम-गर्दिश थी, जिसके दबीज़ गलीचे में पांव खुबे जाते थे। गुलाम-गर्दिश के एक ओर दीवार थी, दूसरी ओर प्लाईवुड के केबिन थे। केबिनों के भीतर से ज़नाने कहकहों, शराबी मेमों की आवाज़ आती थी। रोशनियां मद्धिम थीं। एक केबिन से एक लड़की अधनंगी अपना ब्लाउज और साया हाथ में लेकर बाहर भागी और चीखी। और तब एक मज़बूत स्याह हाथ ने उसे भीतर खींच लिया। तरना ने सिर्फ उसके नंगे सीने देखे थे और धक से रह गई थी।

'यह...यह पुलिस-स्टेशन है ?'

विक्टर ने कहा, 'हां यह औरतों का पुलिस-स्टेशन है।'

'ओ-ओ...औरतों का भी पुलिस-स्टेशन होता है ! हमारे गांव में तो मर्द-औरतों का एक ही पुलिस-स्टेशन होता है।'

'यह बम्बई है।' विक्टर ने बड़े घमण्ड से कहा।

मैडम ने तरना को दो अधेड़ उमर वाली औरतों के हवाले कर दिया। उनके कान में कुछ कहकर और खुद विक्टर को लेकर अपने आफिस में चली गई।

मैडम ने बुरा-सा मुंह बनाकर कहा, 'तुम इसे माल कहते हो ?' विक्टर बोला, 'ऐसा माल तो तुम्हारे चकले में कहीं न होगा। एक लड़की भी ऐसी निकालो जो उसके पांव धोकर पी सके तो मैं एक पैसा न लूंगा।' मैडम बोली, 'तुम जानते हो शहर के बड़े-बड़े लोग मेरे पास आते हैं—पढ़े-लिखे, रईस, आफिसर, हाई क्लास के...यह गंवारन उन्हें क्या अच्छी लग सकेगी !'...'मैडम, तुम तो इसे सिखा लोगी। तुम्हारे लिए कौन-सा काम मुश्किल है ? मगर इस लड़की को तो देखो, कितनी हसीन है—चांद का टुकड़ा; कैसी भोली, शरीफ, मासूम और...और ग्लेक्सो के पाउडर की तरह, हाथ से छुई नहीं गई। यीसू-मसीह की कसम ले लो।'

'बेईमान...' मैडम हंसकर बोली, 'साढ़े सात सौ रुपये दूंगी।'

'बारह सौ रुपये में तो मैंने खरीदी है।' विक्टर इनकार में सर हिलाकर बोला, 'तुम्हें साढ़े सात सौ में कैसे दे दूंगा ?'

'साढ़े सात सौ भी ज़्यादा हैं।'

'मैडम, जहां तुमने उसके बाल पर्म कराए, होंठों पर लिपस्टिक लगाई और नये फैशन का गाउन पहनाया, अंग्रेज़ी में यस-नो सिखा दिया, यही लड़की साढ़े सात सौ दो दिन में कमाएगी। क्या दो दिन की कमाई में यह सौदा बुरा है ?'

'अच्छा नौ सौ ले जाओ।'

'नहीं मैडम, यीसू-मसीह की कसम, मरियम की कसम, बाई गॉड, मैंने इसे पूरे एक हज़ार में खरीदा है। बारह सौ ज़्यादा नहीं मांग रहा हूं तुमसे। तुमसे तो अपना पुराना धन्धा चलाना है। तुम ही बताओ, आज तक मेरे माल की शिकायत आई है ?'

मैडम ने ग्यारह सौ रुपये निकालकर विक्टर के हाथ में थमा दिए। विक्टर सीटी बजाता हुआ, कमरे से बाहर निकल गया। तरना से भी मिलने की ज़रूरत उसने न समझी।

जब विक्टर बाहर निकल गया, तो मैडम ने मित्तल सेठ को फोन किया। 'हैलो...कौन है ? ओह, सी-सी' मैडम का नाम जाने क्या था, मगर अपने हल्के में सब उसे सी-सी कहते थे। 'हां ! सचमुच ? उसे लेकर जल्दी आ जाओ।' मित्तल ने फोन पर कहा। फिर उसने धीरे से व्हिस्की का एक घूंट भरा, गिलास के पेंदे से मेज़ की कांच पर पानी के दायरे बनाता हुआ बोला, 'नहीं...नहीं...ऐसे कामों के लिए मुझे हमेशा फुर्सत रहती है।' उसने दो दायरे बनाकर उसे तीसरे दायरे में मिला दिया।

'नहीं-नहीं, यहीं आ जाओ। रोज़ी यहां नहीं है। वह मुझसे झगड़कर चली गई है। मैं यों ही अब पढ़ी-लिखी लड़कियों से तंग आ चुका हूं। बातें ज़्यादा करती हैं और जिस्म पुलपुला होता है। सीना सूखा और तपेदिक वाला होता है। किताबें ज़्यादा पढ़ती हैं। काम की बात कम करती हैं—हा-हा-हा—सी-सी, मैं इन्तज़ार कर रहा हूं।'

मित्तल सेठ कोई बूढ़ा सेठ न था। जवान सेठ था और हाई क्लास सर्किल में ऊंची सोसायटी में और ऊबाश औरतों में अपनी मर्दानी ताकत के लिए मशहूर था। खुदा जाने यह बात सच थी या झूठ, उसने मर्दों को जलाने के लिए या औरतों को आतंकित करने के लिए यह बात गढ़ी थी, मगर यह किस्सा उसके बारे में बहुत मशहूर था। यों देखने में वह बिलकुल ऐसा नहीं लगता था, दुबला-पतला,बेहद सूखा, लम्बा, सांवला रंग, ऊंचा चौड़ा माथा, बाल उड़े-उड़े-से, बड़े-बड़े सफेद दांत, टेढ़े-टेढ़े-से सीने और बांहों पर घने बाल थे। बाल तो उसकी पीठ पर भी थे और बाथरूम में जब वह शीशे के सामने कपड़े उतारकर अपने-आपको देखता, तो बिलकुल भुखमरा गोरिला दिखाई देता। मगर मित्तल बेहद अमीर आदमी था। दो तो उसकी कपड़े की मिलें थीं, टूटे-फूटे कबाड़, लोहे से उसके गोदाम भरे थे और हर महीने कबाड़ का एक जहाज़ भरकर जापान भेजता था। चर्च गेट के पास बम्बई का सबसे बड़ा डिपार्टमेंट स्टोर उसका था। शहर में तीन सिनेमाघर चलते थे और कोलाबा के चारों फैशनेबल कहवाखाने उसके थे। ये कहवाखाने मैडम सी-सी की निगरानी में चलते थे।

उसके अलावा मैरीनड्राइव पर पन्द्रह फ्लैट की पूरी बिल्डिंग का वह मालिक था। उसे मालूम नहीं था कि वह अपनी दौलत का क्या करे। यों वह बेहद खर्चीला था। उसकी पार्टियों में रात को व्हिस्की पानी की तरह बहती थी और नंगी औरतें मछली की तरह उनमें तैरती थीं। मित्तल के लिए दुनिया एक बहुत बड़ा मज़ाक थी। पैंतीस साल की उम्र में उसने दुनिया के सारे मज़े चख लिए थे और वह हर रात, किसी नये मज़े के लिए बेचैन रहता था। मगर इस दुनिया के मज़े तो सीमित हैं। खाना-पीना, चखना, सूंघना और सो जाना। उसके बाद कौन-सा मज़ा बाकी रहता है। उसके बाद गम का मज़ा बाकी रहता है। मगर एक अमीर आदमी को गम भी क्या हो सकता है ? ज़िन्दगी की बिसात का हर मुहरा उसका है और हर बाज़ी उसके हक में जाती है। हारने का मज़ा एक अमीर आदमी क्या जाने ?—

मैडम सी-सी जब तरना को लेकर मित्तल के फ्लैट में पहुंची, तो उसे इस बात में तो कोई शकन था कि मित्तल तरना को पसन्द करेगा। तरला को पसन्द करने के लिए मर्द की एक नज़र बहुत थी। ऐसी हसीन लड़की मैडम सी-सी ने भी अपनी ज़िन्दगी में कम देखी थी। इस लड़की की एक निगाह मित्तल के होश-हवास गायब करने के लिए बहुत थी।

मैडम के लिए मसला यह था कि वह इस लड़की को अपने कहावाखाने के लिए कैसे रिज़र्व कर ले।

यही मसला उस समय दोनों के सामने पेश हुआ। सी-सी बोली, 'लड़की बेहद खूबसूरत है, मासूम है, भोली है, ग्लेक्सो के मिल्क पाउडर की तरह, हाथ से छुई तक नहीं गई।'

सी-सी को विक्टर का जुमला बहुत पसन्द आया था।

'मुझे ग्लेक्सो बहुत पसन्द है।' मित्तल ने नाखून चबाते हुए सी-सी से कहा।

'मैं इसे नम्बर वन कहवाखाने के लिए रिज़र्व करना चाहती हूं।'

'यह लड़की मुझे पसन्द है। मित्तल गौर से अपने अंगूठे के नाखून को देखने लगा।

'बिज़निस को मत भूलो मित्तल !' मैडम सी-सी अपने सीनियर पार्टनर को समझाने लगी। 'बम्बई में अच्छे कहवाखाने से बढ़कर और खरा धन्धा कोई नहीं और तुमपर साबित कर दिया है। यह लड़की अगर कहवखाने में रह गई, तो

पहले साल हर रात पांच सौ से कम न लाएगी। दूसरे साल तीन सौ और तीसरे साल दो सौ और इसके बाद अगर संभालकर चलाई जाए, तो दस साल तक सौ रुपया रोज़ लाएगी, ज़रा गौर करो, तुम्हारे मैरीनड्राइव की बिल्डिग का माहवार किराया इतना नहीं होता होगा। तुम्हारे स्क्रीप-आयरन में इतना फायदा नहीं है और तुम्हारा डिपार्टमेंट स्टोर तो चार साल में भी इतना नहीं कमा सकता, जो यह लड़की पहले साल में तुम्हें कमाकर देगी। बिज़निस की बात करो, बिज़ निस को मत भूलो।'

'बिज़निस की तो हर रोज़ बात होती रहती है। इसे कितने में खरीदा ?'

'दो हज़ार में !' मैडम सी-सी जल्दी से बोली।

मित्तल ने जेब से चेकबुक निकाली और पांच हज़ार का एक चेक फाड़कर मैडम के हाथ में दे दिया और बोला, 'एक साल के बाद तुम इसे ले जा सकती हो। हो सकता है, छ: महीने बाद ही भेज दूं, तीन माह बाद ही भेज दूं, लेकिन सी-सी मुझे ऐसा मालूम होता है जैसे ज़िन्दगी-भर मैं इस लड़की को अपने पास रखना पसन्द करूंगा।'

'हां, इस लड़की के हुस्न में एक शोला लपकता है।' मैडम ने भी मान लिया।

'उसकी मासूमियत में एक चैलेंज है।'

'उसकी खूबसूरती में बर्फ के पहाड़ों की-सी पाकीज़गी है—' मैडम सपनों में खो गई। वह एक फ्रांसीसी औरत थी, अचानक वह सेन नदी की वादियों और पहाड़ों में खो गई। कभी वह भी एक लड़की थी, कभी उसने भी मुहब्बत की थी। गारसां उसका नाम था। गारसां...गारसां...। मेरे प्यारे सिपाही आज तुम कहां हो ? किसने तुमने शादी। की है ? कितने तुम्हारे बच्चे हैं ? क्या जोली तुम्हें याद नहीं आती है ? जोली, जो आज सी-सी बन चुकी है।

सी-सी मिटे हुए अरमानों के कहवाखाने में खो गई और उसकी आंखों में आंसू आ गए। हां, उसके हुस्न में बर्फ के पहाड़ों की सी पाकीज़गी है। मैडम अपने सपनों में खो गई। अचानक उसके जिस्म से बिज़निस की केंचुली उतर गई और कुछ ही लमहों में वह कहां से कहां पहुंच गई। वह एक फ्रांसीसी औरत थी। कभी वह एक फ्रांसीसी लड़की भी थी। सेन नदी की वादियों के तरोताज़ा और महके हुए सीन सनीमा के फीते की तरह उसकी आंखों में घूम गए—। वह एक सुन्दर

ब्लांड लड़की थी और किसी भोर की किरन से भी सफेद और रेशम के लच्छों से भी मुलायम उसके बाल थे, जो हवा के झोंकों से बार-बार उड़कर उसके मुंह पर आ जाते और गारसां, उसका प्रियतम चलते-चलते रुक जाता और उन बालों को उसके गालों से हटाकर, उसे अपने सीने से लगा लेता था और उसके होंठ चूम लेता था—वे जवानी के मासूम और मुहब्बत से भरपूर चुम्बन—उसकी और गारसां की शादी चन्द माह बाद होने वाली थी। वे दोनों अपने गांव के बाहर की घाटी के जंगलों में चीड़ के पेड़ों के साये में चल रहे थे। उनके चारों ओर जंगल था और बनफ्शे के ऊदे-ऊदे फूल थे और लेवण्डर की महक थी। हाय ! यह लेवण्डर की जान लेने वाली महक, आज भी उसके गारसां की याद दिलाती है।—गारसां मेरे प्यारे सिपाही, मेरे बेवफा, बेदर्द आज तुम कहां हो ? किससे तुमने शादी की है ? कितने तुम्हारे बच्चे हैं। क्या जोली कभी तुम्हें याद आती है ? जोली, जो आज सी-सी बन चुकी है। सी-सी मिटे हुए अरमानों के कहवाखाने में खोती गई और उसकी आंखों में आंसू आ गए।

अचानक मित्तल ने उसे जगा दिया।

'इसे बढ़िया कपड़े पहनाओ, कीमती सेण्ट लगाओ और शेम्पीयन पिलाओ। दो-तीन दिन पढ़ाओ।'

मैडम हौले से बोली—

'सेन की वादियों में अभी बर्फ है, इस बर्फ को पिघलने दो।'

'दिल की वादियों की बर्फ, सूरज से नहीं शेम्पीयन से पिघलती है। सी-सी।' मित्तल ज़ोर से हंसकर बोला।

सुबह होते ही बेडरूम में, कद्दे आदम शीशों में, हल्के गुलाबी रेशमी पर्दों में, गुलदानों में झुके हुए नरगिसी फूलों में, रेडियोग्राम की मद्धिम-मद्धिम संगीत के खुशबू फैलाने वाले धुएं में तरना की खूबसूरती निखर आई थी। वह और मित्तल आमने-सामने बैठे थे। दोनों के बीच में एक मेज़ थी। मेज़ पर खाने-पीने का सामान था और शेम्पीयन के दो गिलास थे।

मित्तल ने अपना गिलास उठाते हुए कहा, 'लो शरबत पियो।'

तरना ने शरबत पीकर कहा, 'अजीब-सा शरबत है। शरबत तो मीठा होता है और हमारे गांव में तो शरबत बहुत मीठा होता है।'

'यह शहर का शरबत है ।'

'शहर की हर बात निराली है । अब मुझे क्या मालूम था मेरे यहां आते ही तुम्हारे जैसा मेहरबान आदमी मिल जाएगा, जो हर तरह से मेरी मदद करने को तैयार हो जाएगा । राजू को जब इस बात का पता चलेगा, तो कितना खुश होगा ?'

'राजू ! राजू !—राजू कौन है ?' मित्तल ने अचानक चौंककर पूछा ।

तरना के चेहरे पर लाली दौड़ गई । शर्माकर उसने सिर झुका लिया ।

'कौन है ?' मित्तल ने तनिक बेचैनी से पूछा ।

तरना की बड़ी-बड़ी मासूम आंखें डबडबा आईं । बोली, 'जाने वह इस समय कहां होगा ?

'मगर कौन है राजू ?' मित्तल ने ज़रा कड़ाई और ज़ोर से पूछा है ।

तरना ने उसे सब किस्सा बताया ।

किस्सा सुनकर मित्तल ने बड़े दुलार से तरना का हाथ अपने हाथ में लिया और उसे दूसरे हाथ से थपथपाते हुए बोला, 'फिक्र न करो, कल ही मेरे लोग उसे ढूंढ़ना शुरू कर देंगे । मैं बम्बई के कोने-कोने में अपने आदमियों को फैला दूंगा । मेरे आदमी सारा शहर जानते हैं ।'

तरना ने एहसान-भरी नज़रों से मित्तल की ओर निहारा और बोली, 'तुम कितने अच्छे हो ! मेरा बाप भी तो इतना अच्छा नहीं था । उसने मुझे बुड्ढे नम्बरदार के हाथ साढ़े सात सौ रुपये में बेच दिया था ।'

जब तरना ने मित्तल का मुकाबला अपने बाप से किया, तो मित्तल को बहुत ही गुस्सा आया, मगर वह अपना गुस्सा पी गया । धीरे-धीरे मुस्कराता रहा और तरना का हाथ थपथपाता रहा, जब तक कि खुद ही तरना ने अपना हाथ उसके हाथ से न खींच लिया ।

'शरबत पिओ ।' मित्तल ने तरना के लिए शेम्पीयन का दूसरा गिलास भर दिया ।

'नहीं, मेरा सर घूम रहा है,' तरना धीरे से बोली, 'यह कैसा शर्बत है ?'

मित्तल ने कहा, 'इसे एक ही सांस में पी जाओ, सर ठीक हो जाएगा । यह शर्बत बहुत अच्छा है ।'

तरना एक ही सांस में गटागट शेम्पीयन का पूरा गिलास पी गई। खाली गिलास मेज़ पर रखती हुई बोली, 'तुम मुझे स्कूल में नौकरी दिलवा दोगे न ?'

'हमने वादा कर लिया है,' मित्तल ने उसे विश्वास दिलाते हुए कहा।

'मैं आगे...आगे मैं लड़ना...मेरा मतलब है—आगे पढ़ना चाहती हूं।' तरना की ज़ुबान तुतलाने लगी थी। अकस्मात् वह हसी और बोली, 'अरे मैंने पढ़ना को लड़ना केसे कह दिया है ?'

तरना की आंखों की पुतलियां फैलने लगीं। अब उसे एक की बजाय दो मित्तल नज़र आने लगे। वह हैरानी से अपनी आंखें मलने लगी। मित्तल ने अपनी कुर्सी छोड़ दी और उसके साथ बिस्तर पर जा बैठा और उसकी कमर में हाथ डालकर बोला, 'तरना जानी !'

तरना एक चीख मारकर उठी। उसने मेज़ से फौरन एक कांटा उठा लिया, 'खबरदार ! मेरे पास मत आना।'

'जंगली लड़की !' मित्तल उसपर झपटा। तरना ने बिजली की तेज़ी से कांटा उसकी गरदन के करीब कन्धे की हड्डी में भोंक दिया, फिर उसने फूलदान उठाकर मित्तल के सर पर देमारा। फिर जो उसके हाथ आया उसे उठाकर मित्तल को मारती चली गई। मित्तल ज़ोर से चीखने लगा। उसका शोर सुनकर दो नौकर अन्दर भागते हुए चले आए। तरना ने नौकरों की ओर देखा, दरवाज़े की ओर देखा और जब उसे कोई भागने की राह दिखाई न दी, तो वह बेझिझक सामने की खिड़की से कूद गई। 'ना—ना—' मित्तल भय और अचरज से चिल्लाया, मगर तरना खिड़की से छलांग लगा चुकी थी। कुछ लमहों के लिए वह हवा में बेसहारा-सी गिरती है। आखिर एक मकान के छज्जे पर जा गिरी। छज्जा लोहे का था, मगर उसके बोझ से दोनों ओर से टूट गया और तरना छज्जे के साथ फुटपाथ पर जा गिरी। उसे तनिक-सी भी चोट न आई थी। वह ऐसे जा गिरी थी, जैसे किसीने प्लेट में उठाकर धरती पर रख दिया हो। छज्जे के टूटने की आवाज़ सुनकर लोग उसकी ओर भागे, मगर तरना एक गली में घुस गई, जो पेट्रोल के पंप के पीछे जाती थी। वह आगा-पीछा न देखकर बहुत-सी गलियों और बाज़ारों में मुड़ती चली गई। आवाज़ें उसके पीछे आ रही थीं। आवाज़ें नरम हो गईं, फिर खत्म हो गईं। अचानक वह एक लम्बे, अधेड़ उमर के आदमी

से टकरा गई और उसे पकड़कर कहने लगी, 'मुझे बचाओ, मुझे बचाओ। बदमाश...मेरी इज़्ज़त लेने के लिए पीछे आ रहे हैं।' उस आदमी ने जल्दी से अपनी ओर घसीटा और उसे लेकर पास की एक बिल्डिंग में घुस गया। बहुत-से लोग आए और गली के आखिरी सिरे तक शोर मचाते हुए चले गए और तरना उस अधेड़ आदमी के साथ लगी चुपचाप डर से कांपती रही। अचानक सारी गली में सन्नाटा हो गया।

उस बूढ़े आदमी ने कांपती हुई तरना के सर पर हाथ फेरकर कहा, 'घबराओ नहीं बेटी, यहां तुझे कोई हाथ नहीं लगा सकता। मैं इस बिल्डिंग में ऊपर रहता हूँ। चल मेरे घर चल, वहां तुझे कोई हाथ नहीं लगा सकता।' सिसकते-सिसकते अपने आंसू पोंछते हुए तरना उस आदमी के साथ अंधेरी सीढ़ियों पर चढ़ने लगी।

गंगाधर वनिता आश्रम का मैनेजर था, जहां घर से निकाली हुई औरतें, घर से भागी हुई औरतें, झूठे प्रेमियों की बहकाई हुई औरतें, बेबस और लाचार, मगर शरीफ घराने की औरतें रखी जाती थीं। इनमें कुछ ऐसी औरतें भी थीं, जो अपनी बदचलनी से बदनाम होकर घर बसाने की फिक्र में थीं। वनिता आश्रम में इन औरतों को दोबारा घर के काम-काज की ओर लगाया जाता, उन्हें पढ़ने-लिखने की शिक्षा दी जाती, उन्हें सीना-पिरोना सिखाया जाता और साफ-सुथरे वातावरण में रखकर, साफ-सुथरी ज़िन्दगी बसर करने का नेक सुझाव दिया जाता था। ज़्यादातर वनिता आश्रम के मैनेजर बहुत बदनाम होते हैं। और कोई वनिता आश्रम बुरे भी होते हैं। मगर गंगाधर ऐसा न था। वह बेचारा असल में ईमानदारी, मेहनत और सचाई से अपना काम करता था। न सिर्फ अपना कर्तव्य बल्कि पूरे सौ टका सामाजिक सेवा समझकर उसको पूरा करता था।

लेकिन अब गंगाधर ने तरना को वनिता आश्रम की बजाय अपने घर में शरण दी, तो उसकी पत्नी माया के मन में उसके लिए शक और शुबहा दुगुना हो गया। माया ने दुनिया की बहुत-सी ठोकरें खाई थीं। किसी ज़माने में वह बड़ी खूबसूरत रही होगी, मगर ज़माने के ज़ुल्म ने उसकी हुस्न की तस्वीर मिटा डाली थी। अब वह बहुत ही मोटे जिस्म की और गठिया की मारी हुई थी और लगातार चिल्लाने से उसका गला बैठ गया था और चूंकि उसके कोई औलाद नहीं थी, इसलिए वह

गंगाधर को केवल एक बीवी ही की तरह नहीं, बल्कि एक मां और एक बहन की तरह भी चाहती थी। एक लुटी हुई औरत के अन्दर प्यार के जितने रूप हो सकते हैं, वह सब उसने गंगाधर पर न्योछावर कर दिए।

यह मुमकिन था कि अगर तरना जवान न होती, हसीन न होती, तो वह उसे इस ममता का एक हिस्सा दे देती; मगर तरना की मचलती हुई जवानी को देखकर माया का दिल अन्दर ही अन्दर कांप उठा था और वह करीब-करीब हर दिन तरना को वनिता आश्रम में भेज देने के लिए गंगाधर से लड़ाई मोल ले लिया करती।

'तुम इसे यहां क्यों रखे हुए हो ? वनिता आश्रम में क्यों नहीं दाखिल कर देते ?' वह पूछती।

'तरना बड़ी भोली बच्ची है,' गंगाधर उत्तर देता।

'वह बच्ची नहीं है, जवान औरत है।' माया चिल्ला पड़ती।

'मगर उसे ज़िन्दगी का कुछ मालूम नहीं है।' गंगाधर गुस्से में कहता, 'औरतों के बारे में मैं तुमसे ज़्यादा जानता हूं। इस बच्ची को वनिता आश्रम में रखकर, उसके भविष्य को खतरे में न डालूंगा। मैं हज़ार इसकी देख-भाल करूं, मगर फिर भी वनिता आश्रम में कुछ ऐसी औरतें हैं, जो इसे किसी समय भी बुरे रास्ते पर लगा सकती हैं। फिर वहां का जो माहौल है, एक कुंवारी लड़की के लिए ठीक नहीं है। तरह-तरह के सड़े-गले बुड्ढे शादी के ख्वाहिशमन्द वहां औरतों को देखने के लिए आते हैं। तुम सोचो तो,तरना पर उस माहौल का कितना बुरा असर पड़ेगा !'

'तुम तो ऐसी बातें करते हो, जैसे तरना तुम्हारी बेटी हो।'

'बेटी नहीं है, तो क्या हुआ ! बेटियों जैसी पाली तो जा सकती है।'

'तुम झूठ बोलते हो। मैं सब समझती हूं। तुम मुझे निकालकर यह घर इसे सौंपना चाहते हो। मैं मर जाऊंगी, पर कभी ऐसा न होने दूंगी।'

'पगली हुई हो बाबा...वह तो बच्ची है, उमर में मेरी बच्ची के बराबर है।'

'बच्ची...बच्ची...बच्ची की बच्ची। मैं इसे खूब समझती हूं। भगवान जाने कितने मर्दों को ठिकाने लगाकर यहां पहुंची है और तुम इसे बच्ची ही समझते हो।'

गंगाधर गुस्से से अपनी बांहें झटककर वहां से उठकर चल देता है।

गंगाधर के जाने के बाद माया का गुस्सा ज़्यादातर तरना पर उतरता। वह उससे कभी सीधे सुभाव बात ही नहीं करती थी। उसे हर वक्त काम में जुटाए रखती। जहां तक हो सके हर समय अपनी आंखों के सामने रखती थी। जब तक गंगाधर घर में रहता, वह उसकी एक-एक हरकत पर कड़ी नज़र रखती। उसे खाने को कम देती, बात-बात में बुराई निकालती, डांटती, झाड़ती, गालियां देती।

ये सब बहुत बुरी बातें थीं। मगर वह क्या करती! वह भी मजबूर थी। ज़िन्दगी-भर धक्के खाने के बाद उसे ये मिला था। क्या वह अपने बुढ़ापे की पूंजी को यों ही अपने हाथ से जाने देगी! माया हर ढंग से गंगाधर के कान भरती—जब भी तरना बाज़ार सौदा लेने के लिए जाती है, तो ज़्यादातर देर से आती है। दोपहर के बाद फ्लैट में काम करने वाली नौकरानी कुसुम से घंटों गप लड़ाती है। कभी-कभी दो-दो घंटे के लिए घर से गायब हो जाती है—कुछ बताए बगैर...इसे तुम अपनी बेटी बनाओगे?

एक दिन शाम को जब गंगाधर घर आया, तो माया ने उसे देखते ही चिल्लाके कहा, 'तुम्हारी लाड़ली तीन घंटे से बाज़ार गई हुई है, अभी तक नहीं लौटी।'

'उसे रास्ता भी मालूम नहीं है, भूल गई होगी कहीं।' गंगाधर ने कहा।

'अपने गांव से बम्बई कैसे चली आई? कहीं वह छिपकर तुमसे मिलने तो नहीं जाती, सच-सच बताओ गंगाधर!'

'क्या बात करती हो?' गंगाधर ने गुस्से से चिल्लाकर कहा।

'मर्दों की ज़ात ही हरामी होती है।' माया ने गुस्से से पागल होकर कहा, 'मैं सब जानती हूं, बेवफा—हरामी!'

'बकवास बन्द करो।' गंगाधर ने उसे ज़ोर का चांटा रसीद किया।

जब से माया इस घर में आई थी, गंगाधर ने उसे चांटा तो क्या, एक गाली तक न दी थी। ग्यारह साल हो गए थे उसे इस घर में रहते हुए, और आज उस मनहूस चुड़ैल के आते ही उसके मालिक की आंखें बदल गई थीं।

माया फूट-फूटकर रोने लगी। गंगाधर गुस्से से बाहर निकल गया। सीढ़ियों पर

उसे तरना मिली। गंगाधर ने ज़रा चुप-चुप होकर तरना से पूछा—

'इतनी देर कहां लगा दी ?'

तरना सिर झुकाकर खामोश रही।

'बोलो,' गंगाधर गरजकर बोला।

'जी—मैं राजू को ढूंढ़ने गई थी।'

'राजू कौन है ?'

'राजू मेरे साथ बम्बई आ रहा था। रास्ते में हम दोनों एक-दूसरे से अलग हो गए। अब मैं रोज़ उसे ढूंढ़ने के लिए जाती हूं, मगर वह मुझे कहीं नहीं मिलता।' तरना की आंखें आंसुओं से भर आईं।

'साठ लाख की आबादी में तुझे राजू कहां मिलेगा !' अचानक गंगाधर का स्वर नरम पड़ गया।

'तो मैं उसे कैसे ढूँढूं ? कहां से मिलेगा अब मुझे राजू ?' भला तरना के इस सवाल का गंगाधर क्या जवाब देता ! चुपके से सर झुकाए वहां से चला गया।

तरना जब सीढ़ियां चढ़कर ऊपर आई, तो दरवाज़े पर माया आग बरसाती हुई निगाह से उसे देख रही थी। माया ने गंगाधर को तरना से, सीढ़ियों पर बातें करते हुए देख लिया था। उसने तरना से पूछा, 'तू सीढ़ियों पर उनसे क्या बात कर रही थी ?' और फिर तरना के जवाब का इन्तज़ार किए बिना दरवाज़ा बन्द करके तरना को चोटी से पकड़ लिया और मार-मारकर अधमुई कर दिया। तरना ने अपने-आपको बचाने के लिए बड़ी कोशिशें कीं, मगर माया के हाथों में आज दस औरतों की ताकत थी। वह एक शेरनी की तरह बिफरी हुई थी। मार-पीटकर चोटी से घसीटकर उसने तरना को अपने घर से निकाल दिया।

तरना आज उदास थी और चली जा रही थी। वह अपने आंसू पोंछ रही थी और चली जा रही थी। वह बाज़ारों और सड़कों और चौराहों से गुज़रती जा रही थी। उसे कुछ मालूम न था कि वह किधर जा रही है। अगर किसीने उसपर आवाज़ कसी तो सुना नहीं। अगर कोई उसे कोहनी मारकर निकल गया तो उसने देखा नहीं। भीड़भड़क्के में, मजमों में, लोगों के शोर-गुल में से वह एक भटकती हुई रूह की तरह, इधर-उधर देखती हुई, राजू को गमगीन निगाहों से ढूंढ़ती हुई चली जा रही है।

शाम रात में बदल गई। बाज़ार में बिजली के कुमकुमे चमक उठे और औरतें खूबसूरत लिबास पहने निकल आईं। सिनेमाघरों के सामने लोगों की भीड़ को चीरती हुई वह चली जा रही थी। उसके चारों ओर ऊंची-ऊंची दीवारें थीं, कद्दे-आदम पोस्टर थे; दो-मंज़िला बसें थीं और ट्रामें थीं। टैक्सियों और मोटरों का शोर बढ़ता जा रहा था और उन सबसे बेलौस, पागलों की तरह तरना दौड़ती चली जा रही थी।

फिर ऊंची-ऊंची दीवारें पीछे रह गईं। फिर दो-मंज़िला बसें पीछे रह गईं। फिर मोटरों का शोर पीछे रह गया। फिर सड़क भी खत्म हो गई। अब उसके सामने नारियल के झुंड खड़े थे।

अचानक उसे बंजली की आवाज़ सुनाई दी और वह दौड़ते-दौड़ते रुक गई।

'राजू—'तरना ज़ोर से चिल्लाई।

दूर कहीं पर फिर बंजली की आवाज़ लहराई—दूर कहीं नारियल के झुंडों से परे। तरना आवाज़ के पीछे भागने लगी। नारियल के झुंड उसके आगे-पीछे थे। कच्चे रास्ते थे, छोटे-छोटे झोंपड़े थे। नीचे पानी था, सुअरों के गल्ले थे, बतखों की कतारें थीं और उन सबके बीच में से गुज़रती हुई, दौड़ती हुई, फलांगती हुई, राजू-राजू चिल्लाती हुई तरना चली जा रही थी, जैसे बंजली की तान रेशम की एक डोरी थी, जिससे बंधी हुई उसकी बेचैन रूह ख़िची हुई चली जा रही थी।

अचानक उसके सामने समुद्र आ गया।

समुद्र के सामने किनारे के एक टीले पर राजू था। राजू उसकी ओर पीठ किए समुद्र को बंजली सुना रहा था और बंजली की दर्द-भरी, अरमान-भरी आवाज़ समुद्र की लहरों पर फैलती जा रही थी।

'राजू!' तरना अपनी पूरी ताकत से चिल्लाई।

राजू ने मुड़कर उसकी ओर देखा।

तरना ने उसे देखकर दोनों हाथ फैलाए, उसकी ओर दौड़ी। राजू ने टीले से छलांग लगा दी और तरना की ओर भागा। भागते-भागते दोनों एक-दूसरे से मिलकर बांहों में बंध गए।

तरना सिसक-सिसककर रोने लगी।

समुद्र खुशी से हंसने लगा। अचानक समुद्र की एक ज़ोरदार उछाल आई और सूखी रेत पर तैरती हुई उनके पांवों को गीला कर गई और उनके पांवों में समुद्र की

सफेद-सफेद झाग के बुलबुले फूट-फूटकर कह रहे थे—

'समुद्र ने मुहब्बत करनेवालों को अपना सलाम भेजा है।'

वे दोनों घंटों समुद्र के टीले पर बैठे बातें करते रहे और समुद्र का पानी टीले से टकरा-टकराकर मदहोशी के आलम में झूम-झूमकर वापस होता रहा और टीले के पीछे नारियल के झुंड में चोबी दीवारों का बना हुआ रेस्तरां नाचनेवाले लोगों के लिए अंग्रेज़ी संगीत बजाता रहा और हवाएं महक-महककर तरना की ज़ुल्फें राजू के गालों पर बखेरती रहीं और वे दोनों घंटों टीले पर बैठे बातें करते रहे, मगर रात के लिए न वक्त रह गया था, न समुद्र, न टीला, न रेस्तरां, न महक, न संगीत।

आज सारी दुनिया में वे दोनों अकेले थे। आज वक्त का बहाव उनके लिए था और समुद्र का ज्वार-भाटा उनके लिए था और रेस्तरां में बजनेवाले पश्चिमी संगीत का हर गीत उनके लिए था। इस क्षण में सारा संसार उन्हींका था और यह संसार असलियत में अब तक मर गया होता अगर मुहब्बत का हर नया लम्हा इसे आकर तरोताज़ा और पल्लवित न कर देता।

बारह बजेके करीब गश्त लगानेवाले सिपाही ने उन्हें ख्वाबे-खर्गोश से जगाया।

'चलो अपने घर—' उसने कहा।

'क्यों ?' राजू ने पूछा।

'एक हसीन छोकरी को बगल में लिए बैठे हो और मुझसे पूछते हो क्यों ? अबे ! थोड़ी देर में इधर चाकू मारगुंडा लोग आएगा और तुमसे तुम्हारी छोकरी छीनकर ले जाएगा। भागो यहां से। इधर अकेला डेढ़ मील की गश्त लगाता हूं। मैं कहां तुम्हें बचाता फिरूंगा। जाओ अपने घर, बाकी का प्यार अपने घर पर कर लेना—हा-हा—कुछ कल के लिए भी बाकी रहने दो। हा-हा-हा—चलो भागो, जाओ अपने घर—'

संतरी अपने इस मज़ाक पर खुद मुस्करा दिया और हंसता हुआ वहां से चला गया। राजू और तरना दोनों टीले से उठकर खड़े हो गए।

'मगर हमारा घर है कहां ?' राजू ने बड़ी उदासी से पूछा।

तरना बोली, 'तुम इतने दिनों कहां सोते रहे ?'

'बम्बई सेंट्रल के बाजू में, पेट्रोल पम्प के सामने फुटपाथ है, वहां सोता था।

मगर अच्छी जगह नहीं है तुम्हारे लिए।'

'क्यों ?'

'वहां रंडियों के बहुत-से दलाल आकर रात-रात-भर खड़े रहते हैं।'

तरना चुप हो गई।

'हमारे गांव में तो कोई रंडी नहीं है।' तरना ज़रा रुकने के बाद बोली।

'हमारे गांव में भी नहीं है।' राजू ने जवाब दिया। फिर धीरे से बोला, 'रंडियां शहरों में होती हैं।'

तरना ने आह भरकर कहा, 'मगर आती गांव ही से हैं।'

वे दोनों कुछ देर मौन चलते रहे। फिर राजू ने कहा, 'चलो कहीं भी पड़ जाएंगे। बम्बई में तो आधी दुनिया फुटपाथ पर सोती है और बाकी आधी जो जागती है, वह इसी फुटपाथ पर बड़ा-बड़ा धन्धा करती है।'

'फुटपाथ पर ?'

'हां।'

'रात को ?'

'हां।'

'रात को क्या धन्धा होता है ?'

'चरस का, शराब का, जुए का, सट्टे का, औरतों का, घरों की पगड़ी का, खून का, कत्ल का, कौन-सा धंधा फुटपाथ पर नहीं होता ?'

राजू ज़ोर से हंसा। फिर उसने चमड़े की पेटी को ज़ोर से पतलून के गिर्द कस लिया।

तरना ने पहली बार राजू को एक नई नज़र से देखा और धीरे-धीरे बोली, 'इन दो महीनों में तुम बहुत बदल गए हो राजू !'

राजू हंसा, 'नहीं तरना, मैं नहीं बदला हूं। सिर्फ मेरे कपड़े बदल गए हैं। पहाड़िये का लिबास पहनकर यहां घूमता, तो मुझे कौन काम देता ! यहां तो सब लोग कमीज़-पतलून पहनते हैं। घर के नौकर तक भी यही पहनते हैं।'

'हां ! यह तो ठीक है।' तरना सर हिलाके बोली।

फिर कुछ देर दोनों खामोशी से चलते रहे। आखिर तरना बोली—

'मगर तुम यहां क्या काम करते हो ?'

राजू कुछ कहते-कहते रुक गया। फिर जल्दी से बोला—

'मैं—मैं बम्बई सेंट्रल पर कुलीगीरी का काम करता हूं।'

'यह पतलून पहनकर ?'

'नहीं पगली, यह तो मैं रात को पहनता हूं। दिन-भर धोती-कुर्ता पहनकर काम करता हूं। रात को कभी-कभी जब समुद्र के किनारे आ निकलता हूं, तो पतलून पहन लेता हूं।'

अचानक चलते-चलते तरना को कुछ याद आया। खुशी से ताली बजाकर बोली—

'मैं बताऊं हम लोग कहां चलें !'

'कहां ?'

'मेरी एक सहेली है कुसुम—वह साथ वाले फ्लैट में काम करती थी। वह अपने मां-बाप के साथ इस मुहल्ले के पास एक फुटपाथ पर सोती है। वह जगह मैं जानती हूं। कुसुम ने मुझसे कहा था, अगर तू कभी इस घर से निकाल दी गई, जबकि तू ज़रूर निकाल दी जाएगी, और जैसाकि अब मैं निकाल दी गई हूं, तो सीधी मेरे पास चली आना। अब वहीं चलेंगे।'

'तुम्हें रास्ता मालूम है ?'

'तुम मुझे कोलाबा ले चलो, फिर मैं तुम्हें आगे का रास्ता बता दूंगी।

इतने में वह सड़क पर आ पहुंचे थे। सामने बस का स्टाप नज़र आ रहा था। राजू ने घूमकर पीछे देखा। फिर तेज़ी से कदम उठाते हुए तरना से कहने लगा—

'आखिरी बस आ रही है, चलो भागकर इसे पकड़ लें, वरना सारा रास्ता पैदल काटना पड़ेगा। यह आखिरी बस है।'

वे तेज़ी से स्टाप की ओर दौड़े। राजू भागती हुई बस में उचककर सवार हो गया और दूसरे हाथ से उसने तरना को भी एक ही झटके में ऊपर खींच लिया। तरना उसकी अभ्यस्तता पर चकित रह गई। बोली, 'याद है उस दिन तुम वह चलती गाड़ी नहीं पकड़ सके थे। इन दो महीनों में तुमने कितना कुछ सीख लिया है—राजू !' तरना बड़े गर्व और घमंड से राजू की ओर देख रही थी। उसकी आंखों में खुशी की चमक थी।

कुसुम सांवले बदन की मज़बूत, हंसमुख मराठी लड़की थी, जो तीन घरों में

बर्तन मांजने का काम करती थी। दो घरों में उसकी मां काम करती थी। कुसुम का बाप लक्ष्मन पड़ोस के घरों में पुलिस की निगाह से बचकर ठर्रा पहुंचाने का धन्धा करता था। ठर्रा, रम, व्हिस्की, जिसे जिस माल की आवश्यकता हो, वह उसे पहुंचा देता था। उसका लड़का बाबू राव, जो कुसुम से छोटा था और मुश्किल से बारह-तेरह साल का होगा, वह जेब काटने का काम सीख रहा था। इसके अलावा वह स्ट्रेंड सिनेमा के पास खड़े होकर सिनेमा से निकलने वाले लोगों के लिए टैक्सी स्टैंड से टैक्सियां लाता था। बाबू राव से छोटा लड़का प्रभाकर सिर्फ छः साल का था, अभी वह इस काबिल नहीं था कि उससे कोई फायदेमन्द काम लिया जा सके। कुसुम का फुटपाथ बारहवीं गली में था, इस गली के दोनों तरफ शानदार फ्लैटों की बिल्डिंगें थीं। एक शेविंग सैलून था, एक बनिये की दुकान थी, एक दुकान भाजी-तरकारी वाले की थी। कुसुम भाजी-तरकारी वाली दुकान के सामने, जो बारहवीं गली के नुक्कड़ पर थी, अपने परिवार के साथ पुटपाथ पर सोती थी, जहां पर बिजली और टेलीफोन का आखिरी खम्भा था। म्यूनिसिपल कमेटी का हायडरफिट था। म्यूनिसिपल कमेटी के हायडरफिट से तेरहवीं गली शुरू हो जाती थी, जहां पर पब्लिक टेलीफोन था और एक लेटरबक्स था। और ये सब जगहें इतने पास थीं कि कुसुम को फुटपाथ पर लेटे-लेटे ही दिखाई देती थीं। कुसुम हंसकर तरना से कहा करती थी, 'मेरा घर सबसे अच्छी जगह पर है। वहां पर पोस्ट-आफिस है, टेलीफोन है, बनिये की दुकान है, भाजी-तरकारी वाले की दुकान है। कहीं और नहीं जाना पड़ता। बस ज़रा-सा हाथ बढ़ाने पर सारी चीज़ें मिल जाती हैं।'

फुटपाथ पर तरना को कुसुम ने अपनी बगल में जगह दी, बिलकुल बिजली के खम्भे के पास और राजू को भाजी बेचने वाले जमुनादास के पास बगल में जगह मिल गई। राजू के बाजू में कुसुम का बाप सोता था। उससे परे कुसुम की मां, उससे परे बाबू राव और बाबू राव से परे प्रभाकर, कोने पर कुसुम और तरना सोती थीं।

यह कंक्रीट का पक्का फुटपाथ था, जिसके अन्दर चारखाने बने हुए थे। हर चारखाने से पहले-पहले रंगदार कंक्रीट की ढेरियां उभरी हुई थीं। ये ढेरियां इसलिए बनाई गई थीं, ताकि चलने वालों के कदम कंक्रीट पर से न फिसलें; मगर सोते में यही उभरी हुई ढेरियां पीठ में कील की नोंक की तरह चुभती थीं और रात-भर सोने

के बाद हर पीठ पर फोटोग्राफी की प्लेट की तरह ज़ाहिर हो जाती थीं। असल में यह गलती इंजीनियरों की थी। उन्होंने फुटपाथ जूतों के लिए बनाए थे, इंसानों के लिए नहीं बनाए थे। फुटपाथ की दुनिया, ऊंची-ऊंची दो-मुंही बिल्डिंगों से बिलकुल अलग थी—जैसे धरती की दुनिया, आकाश की दुनिया से अलग होती है मगर फिर यह फुटपाथ इतना बुरा तो न था। राजू ने सोचा, साफ सुथरा कंक्रीट का फुटपाथ बंबई सेंट्रल के उस फुटपाथ से तो बहुत अच्छा था, जो पेट्रोल पम्प से ज़रा आगे रंडियों के बाज़ार के बिलकुल पास था—जहां राहगीरों के कदमों की मिट्टी थी, केले के छिलके थे, बासी डबल रोटी के टुकड़े थे, चिचोड़ी हुई हड्डियां थीं, जिनपर कुत्तों के झुंड के झुंड आकर झपटते थे और सार्वजनिक शांति में बाधा डालते हुए लड़ाई करते थे, रातों की नींद उड़ा देते थे और रात-भर दलाल, बच्चे-कच्चे, लड़कियां अंधेरी गलियों में लाकर सड़क पर, रिक्शे वाली टैक्सियों में बैठते हुए शराबी गाहकों को दिखाते थे। शराबियों के कहकहे, लड़कियों की चीखें, दलालों के भावताव।

मगर यहां कितनी खामोशी और अमन है ! एक कोने में कुछ नौकरीपेशा लोग बैठे जुआ खेल रहे हैं। पास के फ्लैट की खिड़की से नीले लैम्प शेड वाले टेबल-लैम्प की रोशनी खेलने वालों पर पड़ रही है। कुसुम का बाप बहुत ही अभ्यस्तता से पते लगा रहा है और बाज़ी जीत रहा है। किसी शरीफ क्लब का सा सीन है। एक अंधेरे कोने में एक छज्जे के नीचे बैंक वाले बाबू की आया को आठवीं बिल्डिंग का लिफ्टमैन घेरे हुए है। धीरे-धीरे बातें हो रही हैं—प्यार और मुहब्बत की। लिफ्टमैन चुपके से कागज़ में बंधा हुआ एक पैकेट आया को देता है, आया उसे जल्दी से अपने बैग में डाल लेती है। लिफ्टमैन ने आया के कंधे पर हाथ रख दिया है और उसे अंधेरे में धकेल देता है। आया हौले-हौले विरोध प्रकट कर रही है।

बनिये ने अपनी दुकान के आगे एक झांकी बिछा रखी है और उसपर सोने की तैयारी कर रहा है। रात को सोने से पहले वह हमेशा रामायण पढ़ा करता है। चौपाई पढ़के अपना खाता ठीक करता है और फिर खाते को सिरहाने रखके सो जाता है। रामायण और खाता दोनों हमेशा उसके सिरहाने रहते हैं। एक में इस दुनिया का हिसाब है, दूसरे में दूसरी दुनिया का।

सातवीं बिल्डिंग के तीसरे माले पर एक नया शादीशुदा जवान एंग्लो-इंडियन जोड़ा आके रहने लगा है। हर शनिवार को ये लोग बांदरा क्लब में डांस करने जाते हैं। हर बुधवार और शुक्रवार को एक वायलन बजाने वाला सूट पहनने वाला क्रिश्चियन भिखारी इस बिल्डिंग के नीचे आके वायलन बजाता है। दोनों मियां-बीवी बालकोनी में खड़े होकर डांस करते हैं। बालकोनी से परे उनके बेडरूम की दोनों खिड़कियां खुली हुई हैं, बिलकुल सिनेमा का सा सीन है।

और उन सबसे अलग बारहवीं गली के दूसरे सिरे पर रधिया माधव हट वाले की साइकलगाड़ी के पीछे होम्यो फार्मेसी के छते हुए बरामदे के खम्भे से टेक लगाए खड़ा है और सबको देख रहा है।

रधिया राजा है। वह एक निरंकुश सुल्तान है। इसमें उसका कोई कुसूर नहीं। भगवान ने उसे इस प्रजातन्त्र के ज़माने में राजाओं का स्वभाव क्यों दिया है। रधिया जन्म से हाकिम पैदा हुआ है। वह किसी तरह की गुस्ताखी बर्दाश्त नहीं कर सकता। वह जब अपने गांव में था, तो पटवारी का खून कर दिया था, क्योंकि एक ज़मीन के मामले में पटवारी ने अपनी जरीब इसके खिलाफ इस्तेमाल की थी। गांव से वह भागकर कानपुर चला आया और मिल-मालिकों का एजेण्ट बन गया। उसका काम हड़तालें नाकामयाब कराना था। जब वहां लोगों की नज़रें उसपर पड़ने लगीं तो वह बम्बई चला आया। आज वह राजा था। दसवीं, ग्यारहवीं, बारहवीं और तेरहवीं गली के फुटपाथ पर उसका राज था। उसकी रियासत के आगे दूसरी रियासतें थीं, दूसरे राजा थे, जिनसे कभी सुलह होती थी, कभी ठन जाती था। सुलहनामे लिखे जाते थे, कभी चाकू चल जाते थे। मगर जब कभी रिआया बगावत करती थी तो सभी राजा इकट्ठे हो जाते थे। प्रजातन्त्र ने इन्हें इतना ज़रूर सिखा दिया था।

रधिया का कद नाटा था—माथा छोटा, सिर घुटा हुआ, आंखें छोटी, नेवले की सी घनी भवें, चौड़े-चकले सीने पर मज़बूत तनी हुई गर्दन, गुस्से से फूलकर लगभग दुगुनी हो जाती। रगें जिल्द में तड़पने लगतीं। अपने इलाके में इससे अच्छा चाकूबाज़ कोई न था, अच्छा पहलवान कोई न था, तेज़ दौड़ने और छलांग लगाने में इसका कोई सानी न था।

रधिया इन्साफ का पुतला था। इसके होते हुए फुटपाथ पर सोने वालों का सामान कभी चुराया न जा सकता था। बाहर का कोई आदमी आकर गड़बड़ न कर सकता था। बाहर का कोई आदमी इन गलियों के फुटपाथ पर आकर न सो सकता था। फुटपाथ पर सोने के लिए, जो जिसकी जगह मुकर्रर थी, उसे कोई दूसरा छीन न सकता था।

और इन तमाम खिदमतों के बदले वह फुटपाथ पर सोने वालों से रात का सिर्फ एक नया पैसा चार्ज करता था। सिर्फ एक नया पैसा फी कस। रधिया अपनी रिआया पर ज़्यादा टैक्स लगाने के हक में न था।

चार गलियों के आठ फूटपाथ थे। आठ फुटपाथों पर सोने वालों की तादाद चार सौ अट्ठावन थी। रधिया का रेवेन्यू डिपार्टमेण्ट बहुत आलो दर्जे का था। कोई इसके टैक्स की चोरी न कर सकता था। वे करना चाहते भी नहीं थे। अब एक नये पैसे के बदले जिन्हें रात की पूरी नींद मिलती थी, गुंडों के शोर के बगैर जिनमें इनके सामान की रक्षा की जाती थी। शुरू-शुरू में इन लोगों ने रोक-टोक की थी। मगर शुरू-शुरू में तो हर राजा को रोक-टोक और बगावत का सामना करना पड़ता है। वे दरअसल रोक-टोक और बगावतें नहीं होतीं। रिआया यह देखना चाहती है कि यह आदमी जो राजा साहब होने का दावा करता है, हमपर राज करने के काबिल भी है कि नहीं। इसलिए शुरू-शुरू में फुटपाथ पर सोने वालों ने, बनिये ने, भाजी-तरकारी बेचने वाले ने, दूध वाले भैया ने, चाट बेचने वाले—सबने रधिया की मुखालफत की थी। मगर जब फुटपाथ के कोनों-अंतरों से सामान गायब होने लगा, बनिये की दूकान का ताला एक हफ्ते में चार बार टूट गया और एक सुबह को जब सब्ज़ी-भाजी वाला दुकान खोलने के लिए उठा तो उसे अपनी दुकान खाली नज़र आई और बैंगन, कद्दू, करेले, लौकी फुटपाथ पर लुढ़कते नज़र आए; एक दिन जब बाहर से आते हुए पाजी लौंडों ने चाट वाले की साइकिल गाड़ी उलटा दी और लिफ्टमैन की महबूबा आया को बीच बाज़ार में एक गुंडे ने पकड़कर चूम लिया तो रिया ने हथियार डाल दिए।

अब रिआया बाकायदा रधिया का टैक्स भरती थी, एक नया पैसा रात के सोने के लिए। बनिया दस रुपये माहवार इसके अलावा देता था। भाजी वाला पांच रुपये अलग से देता था। होम्यो फार्मेसी वाला बीस रुपये मासिक देता

था। दहीबड़े की चाटवाला चाट के अलावा एक रुपया रोज़ देता था। इनके अलावा चारों गलियों में जुए की सात टिकटरियां कायम हो चुकी थीं। हर टिकटरी में रधिया का एक अपना आदमी होता था जो रंघिया के लिए हार-जीत में गड़बड़ के अलावा सिर्फ खेलने की इजाज़त देने के लिए और पुलिस से हर समय आगाह करने के लिए कमीशन वसूल करता था। इसके अलावा रधिया के अपने जेबकतरे थे। साथ ही रधिया को यह भी मालूम था कि इन चारों गलियों में कौन-सी औरतें ऐसी हैं, जो देखने में शरीफ हैं लेकिन छिपकर कहीं धन्धा करती हैं। वहां पर भी रधिया का हिस्सा था और जब से प्रॉहिबेशन हुई थी, तब से शराब की आमद पर भी रधिया का पूरा कंट्रोल था। उसकी इजाज़त के बिना उसके इलाके में शराब की एक बोतल नहीं आ सकती थी। वह अपने इलाके का राजा था।

और राजाओं की एक ही कमज़ोरी उसमें थी औरत—'

और उसके राज में एक ही पागल था 'धर्मराज—'

धर्मराज बिल्कुल तो पागल न था। कभी-कभी तो बिलकुल सीधे अक्लमन्दों-सी बातें करता, कभी-कभी पोस्ट-आफिस के बाहर बैठकर अनपढ़ लोगों के लिए खत लिखता रहता और दिन-भर बड़ी खामोशी से अपना काम करता रहता, लेकिन ज़्यादातर उसपर एक अजीब-सी सनक सवार रहती और वह पागलों की सी हरकत करने लगता। पागलों की तरह खुद ही बातें करता, खुद ही उनका जवाब देता, खुद ही हंसता, खुद ही रोता, कभी-कभी तो वह फटे चीथड़ों में दिखाई देता, कभी कोट-पतलून में नज़र आता। ज़िन्दगी के बारे में उसका नज़रिया हर रोज़ बदलता रहता था। मिसाल के तौर पर यों कि एक दिन वह धोती-कुर्ता पहने बिजली के खम्भे से टेक लगाए नज़र आता और लोगों से कहता—

'आज मैं हिन्दू हूं, आज मैं जो कुछ सोचूंगा, जो कहूंगा वह बिल्कुल हिन्दू नज़रिया होगा।'

दूसरे दिन वह लुंगी और तुर्की टोपी पहने नज़र आता और कहता, 'आज मैं मुसलमान हूं। आज मैं जो बात कहूंगा, मुसलमानों के नज़रिये से कहूंगा।'

इस तरह कभी वह ईसाई बनता, कभी फिरंगी, कभी चीनी, कभी हब्शी, कभी बनिया, कभी सेठ, कभी मिल वाला, कभी मज़दूर—कभी दिन में दो-दो

बार अपने-आपको बदलता रहता था और दिन-भर वाही-तबाही बका करता था। लेकिन उसने आज तक किसीको दुःख न पहुंचाया था। वह खतरनाक किस्म का पागल न था, बहुत ही समझदार पागल था। मगर उसमें एक खास बात थी कि राजा का कोई हुक्म न मानता था। न वह रधिया को एक पैसा रात को सोने का देता था, न उसके सोने की कोई और जगह मुकर्रर थी और जब भी चाहता था, सो जाता था। रधिया ने उसे दो बार मारा-पीटा और धर्मराज खामोशी से पिटता रहा, मगर उसने कभी रधिया को एक पैसा तक न दिया और न ही उसका कोई हुक्म मानता था। लाचार रधिया ने उसे पागल समझकर आज़ाद छोड़ दिया।

इतिहास ने हमें सदा बताया है कि जहां-जहां कोई राजा हो गुज़रा है, वहां एक पागल भी पैदा होता है, जिसने कभी उसका कहना नहीं माना। इसमें कोई नई बात नहीं है। यह इंसान का पुराना इतिहास है।

अभी पौ फटी ही न थी कि कुसुम ने तरना को जगा दिया, 'चलो नहा लो, वरना बाद में रोशनी हो जाएगी।' अभी चारों ओर अंधेरा था। देवज़ाद बिल्डिगें स्याही रंग की धुंध में खामोश और स्थिर खड़ी थीं और बिल्डिगों के ऊपर आसमान पर भी सफेद सुबह नमूदार न हुई थी। तरना ने आंखें मलकर कहा—

'ओम्—अभी तो बड़ा अंधेरा है!'

कुसुम ने उससे फुसफुसाकर कहा—

'इस वक्त नहा लेना ठीक है। बड़ी-बूढ़ियां तो दिन में किसी वक्त भी नहीं सकती हैं, मगर हमारे लिए इसी वक्त नहा लेना वाजिब है—उठो।'

तरना आंखें मलते-मलते कुसुम के साथ हो ली। कुसुम उसे म्यूनिसिपल हेयडमेंट पर ले गई। उसने तरना को नल खोलना और बन्द करना सिखाया और उसपर नहाना भी सिखाया। पहले तो तरना कुसुम की एक मैली और फटी हुई साड़ी लेकर खड़ी हो गई और कुसुम उसकी आड़ में नहाती रही। फिर कुसुम ने तरना के लिए ऐसा ही किया और जब वे दोनों नहाकर वापस आ रही थीं, तो उन्हें फुटपाथ की दूसरी औरतें रास्ते में मिलीं। फुटपाथ की औरतों को घर में काम करनेवाली औरतों से भी जल्दी जागना पड़ता है। दिसा फरागत के लिए हर

बिल्डिंग की निचली मंजिल में नौकरपेशा लोगों के लिए लेबोट्री थी, मगर उसे केवल नौकर ही प्रयोग कर सकते थे। कुछ लोग कोलाबा और ताज के आसपास के सार्वजनिक पाखानों में जाते थे। ज़्यादातर दरिया के किनारे जाते थे। बम्बई वाले समुद्र को दरिया बोलते हैं। दरिया को शायद नदी कहेंगे, नदी को नाला बोलेंगे और नाले को क्या कहेंगे, शायद नाले ऐसे कम हैसियत पानी के वजूद ही से इन्कार कर देंगे।

ग्यारहवीं और बारहवीं गली के नुक्कड़ पर एक चाय वाला अपना समावार लेकर बैठा था। वह एक सफेद बालों वाला बुड्ढा आदमी था और चालीस साल से इसी नुक्कड़ पर चाय बेचता था। बूढ़े आदमी के साथ इसका पोता था। मुश्किल से दस साल की उमर होगी। बुड्ढे का बेटा कुछ साल हुए कोलाबे के गुण्डों के एक झगड़े में आकर मारा गया था। अब यह पोता ही इस बुड्ढे का हाथ बंटाता। तरना और कुसुम को देखकर लड़के ने प्लालियां बजाई।

बुड्ढे ने मुस्कराकर कुसुम से कहा, 'बुहनी हमेशा तुमसे ही होती है।'

कुसुम गर्व से बोली—'सबसे पहले मैं ही जो जागती हूं बाबा।'

'तू बड़ी भाग्यवान है।' बुड्डे ने उसे दुआओं के साथ चाय की प्याली देते हुए कहा, 'यह तेरे साथ कौन है ?'

'मेरी सहेली है, तरना—आज से यह भी मेरे संग चाय पिया करेगी।'

'पाव चाहिए, या बिस्कुट ?'

'एक बिस्कुट दे दो।'

पोते ने एक-एक बिस्कुट तरना और कुसुम को दे दिया। समावार से भाप उड़ रही थी। चाय की प्याली हाथ में गरम-गरम महसूस होती थी। कुरमुरे बिस्कुट को चाय में डुबोकर खाना अच्छा मालूम हो रहा था।

चाय की प्यालियां खत्म करके कुसुम ने बुड्ढे को पैसे दिए और जब वे दोनों चलने लगीं तो सहसा कुसुम कुछ देखकर ठिठककर खड़ी हो गई। इन दोनों ने अब तक न देखा था। जहां खड़ी होकर चाय पी रही थीं, उस बिल्डिंग की दीवारों के मिले हुए कोनों के अंधेरे में रधिया खड़ा था और जब वे दोनों चलने लगीं तो वह तनिक दो कदम कोने के गहरे अंधेरे से निकलकर आगे चला आया। कुसुम उसे

देखकर घबराकर ठिठक गई। रधिया तरन को घूरकर देख रहा था, मगर उसने तरना से कुछ कहा, न कुसुम से।

कुसुम की सांस तेज़-तेज़ चलने लगी। उसने तरना से कहा, 'तुम आओ, मैं अभी आती हूं।'

और यह कहकर कुसुम रधिया के साथ बिल्डिंग के खुले दरवाज़े के अंधेरे में गायब हो गई। तरना कुछ सोचती हुई आगे बढ़ गई और बिजली के खम्भे के पास आकर बैठ गई और अपने बाल खोलकर सुखाने लगी।

उसके गीले बालों की कुछ बूंदे सोते हुए राज़ पर पड़ीं। वह हड़बड़ाकर जागा, 'बारिश ! बारिश ! !'

तरना गुस्ताख निगाहों से उसकी ओर देखकर हंसी। 'हां, बारिश बड़े ज़ोर की बारिश आ रही है।' यह कहकर उसने अपने बाल बड़े ज़ोर से राजू के मुंह की ओर झटके और राजू के गाल, उसकी आंखें, भवें और होंठ पानी की बूंदों से गीले हो गए।

'आहा ! कैसी भीनी महकती हुई बारिश है। सुबह के वक्त उसकी फुहार में बड़े मज़े की नींद आती है !'

'ऊंह—उठो—निखट्टू काम पर नहीं जाओगे ?'

'कहां ?' राजू के मुंह से बेइख्तियार निकला।

'मुझे क्या मालूम—?' तरना ऊंची आवाज़ में बोली, 'तुम खुद ही कहते थे कि बम्बई सेंट्रल पर कुलीगिरी करता हूं।'

'ओह—सो तो करता हूं, तुमने मुझे ठीक याद दिलाया। मैं तो तुम्हें पाकर ही भूल चला था।' राजू ने उठकर अपने कपड़े झाड़े और अच्छी तरह से बैठ गया। उसके पास कुसुम का बाप भी अंगड़ाइयां और जभाइयां लेता हुआ जागने लगा था।' राजू ने उसके कान में कुछ कहा। लक्ष्मन बोला, 'चलो—मेरे साथ आओ, मैं जगह दिखाता हूं।'

बिल्डिंगों में अभी तक पूरा अंधेरा था, मगर फुटपाथ पर हौले-हौले ज़िन्दगी की हरकत शुरू हो चुकी थी। सामने के फुटपाथ के पीछे वाली बिल्डिंग के कंक्रीट के जंगलों से लगकर पगला धर्मराज कहीं से घासफूस और कागज़ उठा लाया था और अब उसने इसी ढेर को आग लगाई थी। इस आग की रोशनी में तरना

को उसका चेहरा बड़ा अजीब नज़र आया। धर्मराज ने एक बड़ी बोसीदा फेल्ट हैट पहन रखी थी। उसकी कमीज़ जगह-जगह से फटी हुई थी, मगर उसने अपनी कमीज़ के कालरों में एक स्याह बो उड़स रखी थी, जो बातें करते हुए बार-बार गिर जाती थी, मगर वह उसे फिर पहन लेता था।

यह बो इंसान की इज़्ज़त की तरह है। बार-बार गिरती रहती है। इंसान फिर उसे उठाकर पहनता रहता है। हा-हा-हा—इंसान की काली बो और उसकी काली इज़्ज़त।

धर्मराज वाली बिल्डिंग का लिफ्टमैन, जिसने जंगले के दरवाज़े में अपनी चारपाई बिछा रखी थी, अचानक आग के शोलों की रोशनी से जाग उठा और चारपाई पर सोते से उठकर गुस्से से कहने लगा, 'धर्मराज—तुम्हें मालूम है फुटपाथ पर आग जलाना मना है !'

'मगर आज सर्दी है।' धर्मराज बोला।

'मगर आग जलाना मना है।' लिफ्टमैन गुस्से से चिल्लाकर बोला, 'तुमने सुना नहीं ?'

'मैं तुम्हें ही सुन रहा हूं और सर्द हवा को भी सुन रहा हूं।' धर्मराज कंपकंपाते हुए बोला, 'आज पहाड़ों की बरफीली सर्द हवा इस फुटपाथ पर आई हुई मालूम होती है।'

'पगले धर्मराज,' लिफ्टमैन बेहद गुस्से से बोला, 'इस फुटपाथ पर पहाड़ों की हवा कहां से आएगी ? आग बुझा दो।'

'इस फुटपाथ के लिए यह बिल्डिंग ही पहाड़ है। क्या तुम कभी-कभी इस पहाड़ का बोझ अपने सीने पर महसूस नहीं करते ? लिफ्टमैन, लिफ्टमैन, मुझे आग बुझाने के लिए मत कहो; आग बढ़ाने के लिए कहो।'

'होह—इस पगले की बातें !' लिफ्टमैन अपनी चारपाई उठाकर जंगले के अन्दर ले गया।

'अभी तो बहुत रात है, कौन इस पगले से बहस करे।'

तरना अपने बालों में कंघी करते-करते एक पहाड़ी गीत गुनगुनाने लगी। गीत गाते-गाते उसकी आंखें सपने देखने लगीं। सहसा उसके कंधे को किसीने झटका दिया। उसके सर पर कुसुम खड़ी थी। उसका चेहरा कुम्हलाया हुआ था और उसके होंठ कांप रहे थे और उसकी बड़ी-बड़ी आंखों में आंसू थे।

'उठो—वह तुम्हें बुलाता है।'

'वह कौन ?'

'रधिया—जो अभी मुझे मिला था।'

'वह बुलाता है तो बुलाए, मेरे लिए जाना ज़रूरी क्यों है ?'

'तुम्हें जाना पड़ेगा।'

'क्यों जाना पड़ेगा ?'

'वह राजा है।'

'राजा ?'

'हां—हम सब फुटपाथ पर सोनेवाले उसे राजा कहते हैं। वह हमारा राजा है। उसने तुम्हें पसन्द कर लिया है।'

'फिर मैं क्या करूं ?'

'तुम्हें जाना पड़ेगा—जैसे मुझे एक दिन जाना पड़ा था।' कुसुम उसके साथ लगकर बैठ गई। उसने अपना सर बिजली के खम्भे से टिका दिया।

'औरत को तो एक दिन लुटना ही पड़ता है, पति के हाथों लुटे या किसी गुंडे के हाथों लुटे, जहां काम करती है वहां लुटे या किसीकी झूठी मुहब्बत के झांसे में लुटे।'

'तुम भी—कुसुम तुम भी—' तरना अचरज से कांपते हुए बोली।'

'राजा से झगड़ा करके कोई इस फुटपाथ पर नहीं रह सकता।'

'तो किसी और फुटपाथ पर चली जाओ।'

वहां भी कोई राजा होगा, जहां भी जाओ कोई राजा होगा। उसका नाम रधिया न होगा, कुछ और होगा।—मगर—होगा ज़रूर, मुझे तो दूसरे फुटपाथ पर रहने वालियां भी मिलती हैं। हर जगह एक राजा होता है, इसके बचाव की सूरत नहीं है।'

'ब्याह कर लो।'

'ब्याह करके भी क्या होगा ! रहना तो इसी फुटपाथ पर होगा। बम्बई में खोली की पगड़ी हज़ार रुपये है और किराया चौबीस रुपये। चौबीस रुपये मुझे दो घरों में काम करने के मिलते है। दो हज़ार रुपये मैं अपनी इज़्ज़त की हिफाज़त के लिए कहां से लाऊं ? इसलिए यही अच्छा है कि फुटपाथ पर सोया जाए। एक पैसा टैक्स का रधिया को दे दिया जाए और—और—और कभी दूसरा टैक्स भी !'

कुसुम ने अपना सिर अपने दोनों घुटनों में छिपा लिया और सिसकने लगी।

तरना बोली, 'मैं नहीं जाऊंगी।'

राजू ने कहा, 'तुम्हें जाने की ज़रूरत भी नहीं है। मैं खुद रधिया से मिलकर आता हूं।'

तरना ने चौंककर पीछे देखा, राज और लक्ष्मन वापस आ चुके थे। राजू ने अपने कमरबन्द से चाकू निकाल लिया। कुसुम ने तरना से कहा—'इसे रोको। रधिया इसे जान से मार देगा। वह इधर दूसरे नुक्कड़ पर होम्यो फार्मेसी के बरामदे में तुम्हारा इंतज़ार कर रहा है।'

लक्ष्मन ने उसे रोका भी, मगर राजू ने उसे बाज़ू के एक झटके से परे हटा दिया और रधिया से मिलने चला गया।

होम्यो फार्मेसी के बरामदे में जब रधिया ने राजू को चाकू निकाले आगे बढ़ते हुए देखा, तो उसने भी अपना चाकू निकाल लिया।

बात करना फज़ुल था। दोनों होम्यो फार्मेसी के बरामदे में चाकू लड़ाने लगे। रधिया के सारे बदन में हरकत और बेचैनी, तेज़ी और तुन्दी की एक धारा-सी दौड़ गई। मुद्दत से कोई उसके समक्ष न आया था। किसीने उसकी हुक्म-अदूली न की थी। आज रधिया बहुत ही खुश था। बड़ी मुद्दत के बाद आज उसे अपनी ताकत दिखाने का मौका मिला था।

राजू को रधिया की आंखें अंधेरे में अंगारों की तरह जलती हुई मालूम होती थीं। रधिया राजू के पास आते हुए बोला—

'कहां से आए हो ?'

'पठानकोट से !'

'ज़िन्दा जाने का इरादा है ?' रधिया ने बढ़कर वार करते हुए पूछा।

राजू ने वार खाली दिया।

रधिया एकदम पीछे हट गया। 'हूं—चाकूबाज़ी का हुनर थोड़ा-सा ज़रूर जानते हो, मगर बिलकुल ज़रा-सा।' रधिया ने बिजली की सी तेज़ी से लपककर फिर वार किया।

राजू ने दूसरा वार भी खाली दिया।

'हो ! बहुत अच्छे !! बहुत अच्छे !! हूं, दम है लौंडे में। यहां बम्बई में कब से हो ?'

'दो महीने से।'

'पहले कहां रहते थे ?'

'कमर माई के टोले में।'

रधिया वार करने के लिए इर्द गिर्द घूम रहा था, मगर राजू भी चौकन्ना था। दोनों की निगाहें एक-दूसरे पर जमी हुई थीं। दोनों एक-दूसरे के गिर्द घूमते जा रहे थे और बातें भी करते जा रहे थे।

'और मम्दू माई के टोले में।'

और एक सन्नाटे से उछलकर रधिया ने राजू पर वार किया। जिस्म से जिस्म टकराए और चाकू से चाकू। अंधेरे में चिनगारियां-सी फुट गईं। दोनों कन्धे से कन्धा और कोहनी से कोहनी और कलाई से कलाई भिड़ाए ज़ोर लगाते गए, मगर कोई अपनी जगह से नहीं हिला, लेकिन राजू अपने चाकू की धार खराब करना नहीं चाहता था। अचानक धीरे से सिसकती हुई आवाज़ की तरह खामोशी से वहां से सरक गया, जैसे हवा में पिघल गया हो।

'बहुत होशियार हो ! सचमुच !'

रधिया तारीफ करता हुआ बोला, 'मगर मैं आज तुम्हारा खून पीकर रहूंगा। बहुत दिनों से मैंने कोई कत्ल नहीं किया है।'

'मगर मैं लड़ना नहीं चाहता।' राजू हौले से बोला।

'क्यों ?'

'अगर मैं वहां मम्दू माई के टोले में था, तो यहां तुम्हारे टोले में भी रह सकता हूं।'

'क्या पगार लोगे ?'

'पांच रुपये रोज़, जो मम्दू भाई देता था।'

'बम्बई सेंट्रल रंडियो का इलाका है और गाड़ी से उतरने वाले भोले-भाले मुसाफिरों का रास्ता है। वहां कमाई बहुत होती है—आह—'

राजू ने एक भरपूर वार किया था, मगर रधिया ने ऐन वक्त पर पैंतरा बदल लिया और पलटकर वार किया। राजू अपने बार की तेज़ी और रधिया के पैंतरे की ठोकर से होम्यो फार्मेसी के दरवाज़े तक बेइख्तियार दौड़ता चला गया और दरवाज़े से जा टकराया। रधिया चीख मारकर उसपर उछला, मगर राजू के चाक पर उसका चाकू टकरा गया।

दोनों ज़ोर लगाते रहे। दोनों की सांस की चाल बढ़ती गई। रधिया दांत पीसकर बोला, 'मैं दो रुपये दूंगा।'

'नहीं,' राजू अपने पूरे बदन की ताकत लगाते हुए बोला।

'अच्छा तीन रुपये ?'

'मंज़ूर है।' राजू बोला—'मगर तरना को मालूम न होना चाहिए।

'तरना कौन है ?'

'वही लड़की, जिसको तुम बुला रहे थे। मैं उससे शादी करूंगा। इसलिए तीन रुपये रोज़ और तरना की इज़्ज़त की हिफाज़त—अगर तुमको यह सौदा मंज़ूर हो तो बोलो—आज से मैं तुम्हारा गुलाम हूं।'

'मंज़ूर है। तुम अच्छे चाकूबाज़ हो। मैं तुम्हारी मदद से दो गलियां और जीत सकता हूं।'

अचानक राजू का हाथ ढीला पड़ गया। राजू निहत्था उसके सामने खड़ा था। बम्बई के कायदे से उसे जान से मार देना चाहिए था, मगर उसे उस पहाड़ी लड़के की अदा पसन्द आई। रधिया ने मुस्कराकर अपना चाकू जेब में रख लिया।

'मुझको—रीगल सिनेमा के बाजू में जो चायखाना है, वहां पर तुम मुझको रोज़ दस बजे मिला करो—यह लो तीन रुपये।' रधिया ने राजू को तीन रुपये दिए। राजू ने जेब में डाल लिए और होम्यो फार्मेसी के बरामदे की सीढ़ियों से उतरकर बाहर फुटपाथ पर चला गया।

अचानक भोर हो गई।

धर्मराज ने अपनी स्याह बोसीदा बो उतारकर आग में फेंक दी।—'यह जाती है मेरी इज़्ज़त' फिर उसने अपनी फटी-पुरानी बोसीदा कमीज़ भी उतारकर आग में झोंक दी, 'यह गई मेरी ज़िन्दगी।'

आग के शोले ऊंचे हो गए।

धर्मराज आग के गिर्द अपना हैट नचाते हुए खुद भी नाचने लगा।

जब राजू फुटपाथ पर टहलता हुआ धर्मराज के पास से गुज़रा, उस समय तक धर्मराज की कमीज़ भी जल चुकी थी और आग बुझ चुकी थी और उसकी गरम-गरम राख के गिर्द धर्मराज एक जोगी की तरह आलती-पालती मारे बैठा था। उसके सिर पर वही अंग्रेज़ी फेल्ट हैट थी।

राजू को ज़िन्दा और भला-चंगा आते देखकर लक्ष्मन अचरज से बोला, 'राधिया ने तुम्हें छोड़ दिया ?'

'हां।'

'क्यों ?'

'दया आ गई।'

'दया ?'

'हां, वह बोला, जाओ तुम परदेसी हो, तुमको और तरना को कुछ न कहूंगा। मगर एक पैसा रात का टैक्स भरते रहना।'

मगर कुसुम को यकीन नहीं आया। वह अपने घुटनों से सिर उठाकर बोली, 'ताज्जुब है—ताज्जुब, मुझे तो यकीन नहीं आया।' राजू ने हंसकर कहा, 'यकीन नहीं आता, तो खुद रधिया से जाकर पूछ लो। अच्छा अब मैं काम पर जाता हूं तरना।'

'जाओ, जाओ,' तरना खुशी से बोली, 'देखो तो कितनी भोर हो चुकी है।'

कुसुम और उसकी मां भी काम पर जाने लगीं तो कुसुम की मां ने कहा, 'प्रभाकर सोया पड़ा है, जब यह जागे तो इसे चाय और तोस दिलवा देना—यह लो दुअन्नी !'

कुसुम बोली, 'मैं पूछूंगी, कहीं न कहीं तुम्हारे लिए काम ढूंढूंगी। दो-चार दिन में मिल जाएगा। बर्तन मांजने वालियों की तो हमेशा यहां मांग रहती है।'

तरना कुछ न बोली। दुअन्नी लेकर अपने पास रख ली।

प्रभाकर अभी सोया पड़ा था। सुबह की धूप का एक तिकोना शीशा उसके चेहरे के पास कांपने लगा। तरना ने अपने पल्लू का साया उसके सिर पर कर दिया।

छः बरस का बच्चा बड़े आराम से फुटपाथ पर सो रहा था। उसके नंगे पांव स्याह और सख्त थे। कितने ही घावों के उसपर निशान थे। घुटनों तक मैल की पर्तें चढ़ी हुई थीं। निकर फटी हुई थी। चेहरे पर होंठ एक अजीब भोलेपन से लटका हुआ था।

करीब एक बजे दोनों मां-बेटी बारी-बारी अपने काम से लौटीं। प्रभाकर चाय पीकर और सूखा टोस्ट खाकर गली के बच्चों के साथ शोर मचाता हुआ खेलने चला गया। गली की नुक्कड़ पर प्रभाकर को मास्टर जोन्ज़ मिल गया। मास्टर जोन्ज़ उसका हम उम्र लड़का था और एंग्लो-इण्डियन जोड़े की औलाद था। वह स्कूल जाता था और साफ-सुथरे कपड़े पहनता था और ये सभी बातें प्रभाकर को

उससे नफरत दिलाने के लिए बहुत थीं। मास्टर जोन्ज़ उस वक्त अकेला गली के फुटपाथ पर चलता हुआ अपना खाकी झोलानुमा बस्ता बगल में दबाए स्कूल से वापस आ रहा था क्योंकि आज शनिवार का दिन था। आज मास्टर जोन्ज़ को एक बजे ही छुट्टी मिल गई थी।

मास्टर जोन्ज़ ने ज्यों ही प्रभाकर को देखा, उसका चेहरा पीला पड़ गया, क्योंकि मास्टर जोन्ज़ बहुत दुबला-पतला था और एक बार प्रभाकर से पिट चुका था। उसपर उसका एंग्लो-इण्डियन बाप पिस्तौल लेकर प्रभाकर के बाप को डराने लगा था और प्रभाकर के बाप ने प्रभाकर को अच्छी तरह से पीटा था। तब से प्रभाकर ने मास्टर जोन्ज़ को कभी हाथ न लगाया था, लेकिन वह किसी न किसी ढंग से मास्टर जोन्ज़ पर साफ कर दिया करता था कि क्या हुआ अगर वह एक शानदार फ्लैट में रहता है, मगर उसे यह न भूलना चाहिए कि फुटपाथ के एक गरीब लौंडे से पिट चुका है।

इसलिए मास्टर जोन्ज़ को प्रभाकर ने देखा, तो उसकी बांछें खिल गईं और भास्टर जोन्ज़ का रंग उड़ गया और उसने अपनी आंखें नीचे झुका लीं। प्रभाकर बिलकुल फुटपाथ के बीच में चलता हुआ उसके सामने चला आ रहा था, जैसे चलते-चलते उससे टकरा ही जाएगा। बिलकुल पास आकर प्रभाकर ने मास्टर जोन्ज़ के सामने खड़े होकर उसे रोक लिया।

मास्टर जोन्ज़ के चेहरे पर एक फीकी, मरी-मरी-सी मुस्कराहट नमूदार हुई। उसने धीरे से कहा, 'गुड मार्निंग।' प्रभाकर ने अपने दोनों होंठ सिकोड़ के कहा, 'दुर ! दुर !!' और फिर हंसता हुआ, खुशी से नाचता हुआ आगे चला गया। मास्टर जोन्ज़ की आंखें डबडबा आईं।

हर रोज़ इसी तरह होता था और हर रोज़ वह अपनी मम्मी से कहता था, 'मम्मी ऐसी गली में चलकर रहो, जहां फुटपाथ न हो।' उसकी मम्मी अपने बच्चे की बेवकूफी पर हंसके कहती, 'ऐसा कैसे हो सकता है मेरे बच्चे ? जहां ऊंची बिल्डिंगों वाली गलियां होंगी, वहां नीचे फुटपाथ तो ज़रूर होंगे।'

कुसुम और कुसुम की मां ने कल रात का पका हुआ सालन, भाजी वाले की दूकान के पीछे एक कोने में गरम किया और मैले-कुचैले कपड़े को खोलकर उसीमें से रात की बासी रोटियां निकालीं और तरना को अपने साथ बिठाके खाने लगीं।

खाना खाके देगची और मिट्टी का चूल्हा और सोने के लिए पुराने चीथड़े उन्होंने लपेटकर, एक ओर भाजी वाले की दुकान के लकड़ी के तख्ते के नीचे रख दिए और कंक्रीट के जंगले की छांव में बैठकर तीनों औरतें सीना-पिरोना करने लगीं और बातें करने लगीं। कुसुम का ब्लाउज़ फटा हुआ था, मां अपनी पुरानी नौ गज़ी फटी हुई साड़ी सी रही थी। फुटपाथ पर धूप ज़ोर की चमक उठी थी। फुटपाथ इस सिरे से उस सिरे तक इस तरह साफ-साफ और उजला था, जैसे कभी किसीने बसेरा ही न किया हो।

कुसुम ब्लाउज़ के टांके लगाते हुए बोली, 'उधर तीसरी गली में एक 'रोज़' मिस साहबा रहती हैं, उनको एक बर्तन मांजने वाली की ज़रूरत है। अकेली रहती हैं, काम ज़्यादा न होगा। आज शाम को मैं तुम्हें वहां ले चलूंगी।'

मां ने पूछा, 'पगार क्या होगी ?'

'वही जो सबको मिलती है, बारह-पन्द्रह रुपये।'

तरना कुछ नहीं बोली।

शाम को जब कुसूम और कुसूम की मां बर्तन मांजने के काम से फुर्सत पाकर भाजी वाले की दूकान के पीछे खाना पका रही थीं, तरना भी उनके साथ मिल बैठी। ये लोग दिन में सिर्फ एक बार खाना पकाते थे और उसे दो वक्त खाते थे। मगर फुटपाथ पर रहने वाले बहुत-से लोग खाना पकाते ही नहीं थे। सस्ते किस्म के होटलों के खाने पर गुज़र-बसर करते थे।

'यह अजीब मुसीबत !' कुसुम की मां चिढ़कर बोली, 'दिन-भर दूसरे घरों में काम करो, रात को अपना खाना भी पकाओ।'

'कांता बड़ी किस्मत वाली है,' कुसुम बोली, 'उसे खाना पकाना नहीं पड़ता।'

'क्यों ?' तरना ने पूछा, 'वह खाना क्यों नहीं पकाती ?'

'उसका घर वाला खाना पकाता है।'

'घर वाला ? हाय राम—यह कैसे हो सकता है !'

'क्यों नहीं हो सकता है ? कान्ता मिल में जाती है, उसका घर वाला उसका खाना पकाता है।'

'उसका घर वाला क्यों कोई काम नहीं करता ?'

'करता था, उसी मिल में काम करता था, जिसमें अब कान्ता जाती है। मगर

एक एक्सीडेण्ट में मिल में उसकी दोनों टांगें कट गईं। सो अब वह अपनी बीवी का खाना पकाता है,' कुसुम चावल उबालते हुए बोली—'अपना भी और बनिये का भी। वह देखो बनिये की दुकान के बाज़ू में।' कुसुम ने उसे दिखाया। तरना भौचक्की रह गई।

तरला अभी उधर देख ही रही थी कि लक्ष्मन ने आकर दस आले अपनी बीवी की हथेली पर रख दिए। 'बस !' कुसुम की मां ज़रा रूठ के बोली।

'अभी देखता हूं। रात को क्या होता है।' लक्ष्मन यह कहकर चला गया। 'रात को क्या होता है ?' तरना ने कुसुम से पूछा। कुसुम बोली, 'रात को शराब की मांग बढ़ जाती है। मेरे बापू बिल्डिंगों में शराब पहुंचाते हैं।'

तरना ने सोच-सोचकर कहा 'यह तो बहुत बुरा धन्धा है।' 'कौन-सा' धन्धा अच्छा है ?' कुसुम आह भरकर बोली। इतने में बाबू राव भी चिल्लाता हुआ आ गया—'आई—आई रोटी तैयार है—?' बाबू राव अपनी मां को आई कहता था। आई बोली, 'अभी खाना नहीं पका।' बाबू राव बोला, 'मुझे तो बड़ी भूख लगी है।' आई ने गुस्से से कहा, 'तो मेरा सिर खा ले। कुछ लाया कि खाली हाथ आया ?' बाबू राव ने अपने पाजामे की जेब में हाथ डाला और एक रुपया आई के हाथ पर रख दिया। 'बस ?' आई बोली।

बाबू राव बोला, 'कल इतवार है, कल कमाई ज़्यादा होगी। कल मैं सुबह ही स्ट्रेंड सनीमा चला जाऊंगा।'

'अच्छा अभी अपना काम कर, एक घंटा बाद तुम्हें खाना मिलेगा।'

बाबू राव चला गया तो तरना ने कुसुम से पूछा, 'बाबू राव क्या काम करता है ?'

कुसुम चुप रही। उसकी मां बोली, 'उधर स्ट्रेंड सनीमा के बाज़ू में खड़ा रहता है। साहब लोग को टैक्सी लाके देता है और साहब लोग दो आने इनाम के देते हैं।'

'बाबू राव पढ़ता नहीं हैं ?' तरना ने पूछा, 'मैंने अपने गांव में सुना था कि शहर के लड़के सोलह जमात तक पढ़ते हैं।' आई बोली, 'पढ़ने वाले पढ़ते होंगे। वे बिल्डिंगों में रहते हैं। जैसे जोन्ज़ साहब का बेटा पढ़ता है। हम गरीब लोग के बेटे कैसे पढ़ सकते हैं ? दो बखत (वक्त) पेट भर रोटी तो मिलती नहीं।'

तरना वहां से उठकर बिजली के खम्भे के पास आ बैठी और राजू का इन्तज़ार करने लगी। राजू अभी तक क्यों नहीं आया ? सब लोग आ गए। फुटपाथ के रहने वाले धीरे-धीरे अपने बिस्तरों के पास मंडरा रहे हैं। राजू क्यों नहीं आया ? इतने में उसे अपने घुटनों पर किसीके नन्हे हाथों का दबाव महसूस हुआ। तरना ने पलट के देखा, प्रभाकर था। उसकी आंखें आंसुओं से टबटबाई हुई थीं।

'क्या है, प्रभाकर ?'

प्रभाकर ने सिसकते हुए कहा, 'आई मारती है।'

'क्यों मारती है ?'

'मैं बोला, कहानी सुनाओ, तो आई मुझको मारती है। आई कहानी नहीं सुनाती है।' 'आई कहानी नहीं सुनाती ?' प्रभाकर की डबडबाई आंखों और फैले-फैले गीले होंठों को देखकर तरना को बेइख्तियार प्यार आ गया। उसने प्रभाकर को अपनी गोद में बैठा लिया और प्यार करके बोली, 'रो मत—मैं तुम्हें एक कहानी सुनाती हूं।' प्रभाकर के चेहरे पर खुशी की एक लहर-सी दौड़ गई।

'भालू और गीदड़ की कहानी ?' उसने पूछा।

'हां ! भालू और गीदड़ ही नहीं, बल्कि शेर और हाथी की कहानी।'

'आ हा हा' प्रभाकर उसकी गोद में मचलकर बैठ गया और अपनी दोनों बाहें उसके गले में डालकर बोला, 'जल्दी सुनाओ !'

'सुनो—' तरना बोली !

'एक—एक दफा की बात है, बम्बई से बहुत दूर ऊंचे-ऊंचे पहाड़ों के घने जंगलों में एक बहुत बड़ा भालू रहता था।...' कहानी सुनाते-सुनाते एकाएक तरना बम्बई से बहुत दूर चली गई। वह वहां चली गई जहां उसका गांव था। गांव, जो नदी-किनारे बसा था। नदी, जिसके पार जंगल था। जंगल, जहां तुंग और देवदार और चीड़ के बड़े-बड़े पेड़ थे और जंगली नाख और बटुंग के पेड़ थे और दिलफरेब झरने के पास किनारे पर सेब की महकती हुई शाखों से फूल गिर रहे थे और पग-पग पर चौंकती हुई, सुन्दर आंखों वाली हिरनी, झरने के किनारे गर्दन झुकाए, एक घूंट पानी पीती थी और दूसरे पल में गर्दन तिरछी कर अपने गर्वीले बारहसिंघे को शरमाकर देखती थी जो बिलकुल उसके पास, उसकी हिफाज़त के लिए खड़ा था।

कहानी सुनाते-सुनाते वह खुद उन सुन्दर दृश्यों में खो गई और जब वह कहानी खत्म करके चौंकी, तो एकाएक उसे महसूस हुआ, जैसे वह और प्रभाकर दोनों अकेले नहीं हैं। उनके इर्द गिर्द दस-बारह और बच्चे हैं जो अपनी मासूम आंखें खोले बड़े अचरज से उसकी कहानी सुन रहे हैं। एक लड़के ने अचंभे से पूछा, 'वह झरना कहां और कैसा होता है ?' दूसरे ने पूछा, 'अंगूर की बेल कैसी होती है ?' तीसरा बोला, 'वह पहाड़ क्या सूरज महल की बिल्डिंग से भी ऊंचा होता है ?' सूरज-महल की बिल्डिंग, बारहवीं गली में, सबसे ऊंची बिल्डिंग थी। सात भाले की बिल्डिंग थी। बारहवीं गली के फुटपाथ पर रहने वालों को उस बिल्डिंग पर नाज़ था। जोकि वे उस बिल्डिंग में नहीं रहते थे तो क्या हुआ, उसके फुटपाथ पर तो सोते थे।

तरना ने कहा, 'अगर तुम स्कूल जाया करो, तो तुमको ये सब बातें खुद से मालूम हो जाएंगी।'

'हम लोग स्कूल नहीं जा सकते।'

'क्यों नहीं जा सकते ?'

'हम लोग फुटपाथ वाले हैं।'

'तो क्या हुआ ?'

'मेरी मां कहती थी कि स्कूल में सिर्फ बिल्डिंगों वाले बच्चे जा सकते हैं।'

तरना चुप हो गई। चुपचाप-सिर झुकाए कुछ सोचती रही। इतने में कुसुम की मां चिल्लाई, 'अरे, प्रभाकर ! खाना नहीं खाएगा ? तरना ! तरना !!'

प्रभाकर तरना की गोद से उतर भागा।

तरना बोली, 'राजू अभी तक नहीं आया !'

'तू खा ले, राजू के लिए रख दिया जाएगा।'

'नहीं !' तरना सख्ती से बोली।

'अरी पगली, राजू तो आखिरी गाड़ी देखकर आएगा। तो क्या जब तक भूखी बैठी रहेगी ?'

'नहीं, मुझे भूख नहीं है।'

कुसुम की मां हंसकर सर हिलाकर बोली, 'पगली, यह बम्बई है। ये सब बातें यहां नहीं चलतीं। मैं भी जब गांव से आई थी, तो बिलकुल तेरी तरह बेवकूफ थी। रात के बारह-बारह बजे तक भूखी रहती थी। मगर बम्बई में ये सब कुछ नहीं

चलता। घरवाले को काम पर जाना होता है। घरवाली कहीं दूसरी जगह काम पर जाती है। दोनों को जिस वक्त मौका मिलता है, खाना खा लेते हैं। इधर कोई किसी दूसरे का इन्तज़ार नहीं करता—नहीं कर सकता। भूखा मर जाएगा।—चल उठ पगली ! और अभी तो तेरा ब्याह भी नहीं हुआ। अभी से तू किधर घरवाली बन बैठी ! राजू को बोल, तेरे लिए तीन साड़ियां ले आए, एक सोने की अंगूठी, एक सोने की नथ, एक मंगल-सूत्र हार, जैसे मेरे गले में है, ऐसा। फिर मैं उसकी शादी तुझसे कर दूंगी। ऐसे अपनी बेटी को किसीके हाथ में कैसे थमा दूंगी !'

कुसुम की मां की बातों में बड़ा प्यार था। तरना उसके साथ उठकर खाना खाने के लिए चली गई।

रात के ग्यारह बजे राजू लौटा। थका-हारा। तरना को उसने दो रुपये दिए और बिजली के खम्भे से सर टेककर लेट गया। तरना उसके पांव दबाने लगी। पांव दबाते-दबाते तरना ने पूछा, 'देर में क्यों आए ?'

'दिन में कमाई नहीं हुई थी। आखिरी गाड़ी देखकर आया हूं।' तरना चुप हो गई। एक पांव दबाकर जब दूसरा दबाने लगी तो उस पांव पर घाव के निशान देखकर भयभीत हो गई।

'यह कैसे हुआ ?'

'सामान उठाते-उठाते लोहे का एक ट्रंक पांव पर गिर गया था। डाक्टर से पट्टी कराने में एक रुपया खर्च हो गया, वरना तुमको तीन रुपये देता।' राजू जल्दी से बात बदलते हुए बोला, 'खाना तो खिलाओ !'

खाना खाकर राजू और तरना फुटपाथ से ज़रा परे, फुटपाथ से ज़रा उतरकर नुक्कड़ की दीवार से लगे अकेले जा बैठे।

'राजू, तुम्हें बम्बई पसन्द आई ?'

'बहुत—और तुम्हें ?'

'मुझ बम्बई पसन्द भी है—और नहीं भी।'

'वह कैसे ?'

'मुझे ये बिजली के खंभे पसन्द हैं। रात होते ही खुद-ब-खुद चांदनी आ जाती है। ज़रा बटन दबाया और रोशनी मौजूद है। नल घुमाओं और पानी हाज़िर है। दो मील दूर झरने पर नहीं जाना पड़ता...घर कितने पक्के और साफ-सुथरे हैं ! अगर

ये सब चीज़ें मुझे मेरे गांव में मिल जाएं, तो मेरा गांव दुनिया का सबसे सुन्दर गांव बन जाए।'

'मगर गांव में कैसे बिजली आ सकती है ?'

'आ सकती है। मैंने किताबों में पढ़ा है कि यूरोप के गांवों में बिजली भी होती है।'

'किताब-किताब-किताब ! जब देखो किताब, जब सुनो किताब ! मुझे तेरी किताबों से नफरत है।' राजू ने एकदम गुस्से से भड़क के कहा। तरना एकदम गुस्से से लाल हो गई। बोली, 'और मुझे तेरी जंगली बातों से नफरत है।'

'हां-हां ! मैं तो जंगली हूं और सदा जंगली ही रहूंगा। फिर ?'

तरना ने अंगारे-भरी नज़र से जंगली की ओर देखा और मुंह फेरकर बैठ गई।

'फिर ?' जंगली ने चैलेंज करते हुए उससे पूछा।

'फिर कुछ नहीं।' तरना ने उसकी ओर मुड़े के बगैर जवाब दिया।

'इधर मेरी तरफ देखकर बात करो।'

'नहीं करती।'

'नहीं करती ?' जंगली ने एक हाथ से तरना की दोनों बांहें पकड़कर और दूसरे हाथ को उसकी कमर में डालकर अपनी ओर खींचते हुए कहा।

नहीं-नहीं—'

जंगली ने ज़ोर से खींचकर उसे सीने से लगा लिया। तरना ज़ोर लगाकर अपने-आपको छुड़ाने की कोशिश करती रही। मगर जंगली बेहद गुस्से में था और जंगली जानवरों की तरह ताकत लगा रहा था। उसकी सांस तेज़ी से चल रही थी और उसने ऐसी मज़बूती से तरना को अपने सीने से लगा लिया था, जैसे अपने मन के भीतर बन्द कर लेगा। तरना का चेहरा लाल हो गया था, मगर वह गुस्से से मुंह मोड़े हांफ रही थी। जंगली ने एक हाथ से उसकी ठुड्डी को अपनी ओर किया और उसके होंठों की ओर झुकते हुए बोला—

'अब भी नहीं ?'

'नहीं—नहीं—हाय तुम मर जाओ।'

मगर वह इसके आगे कुछ न कह सकी क्योंकि जंगली ने अपने होंठ तरना के होंठों से मिला दिए थे और वह जंगली की बांहों में दबी हुई, भिंची हुई, भंवर में

घूमते हुए तिनके की तरह मज़बूत और बेबस होती चली गई। आत्मा के रोएं-रोएं पर मस्ती के गहरे बादल छाने लगे। उसकी आंखें आप ही आप बन्द होने लगीं और वह उन बांहों में डूबती चली गई। बहुत देर के बाद जब उसकी आंखें खुलीं, तो उसे ऐसा महसूस हुआ, जैसे जंगली ने उसे एक फूल की तरह अपने सीने से उठाकर उसकी ओर देखकर एक लम्बी सांस लेकर कहा—

'हाय, मैं मर जाऊं।'

उसके बाद फिर उसने अपना सिर जंगली के सीने पर रख दिया और खुशी से रोने लगी।

वक्त सरकता जा रहा था, मगर वे दोनों इसी तरह एक-दूसरे की बांहों में लिपटे दीवार से लगे बैठे थे और तरना उससे कह रही थी—

'तू समझता क्यों नहीं ? मैं तुझसे रूठी थोड़ी ही हूं। मैं तो तुझसे सिर्फ इतना ही कहती हूं कि बम्बई में कुलीगीरी करके अपने फर्ज़ को मत भूल जा। कुलीगीरी के पैसों से तो कभी तू बम्बई से वापस नहीं जा सकता।'

'कहां जाने को कहती हो ?' राजू अचरज से पूछने लगा।

तरना चकित होकर उसे देखने लगी।

'अभी से भूल गए अपना वादा !—मैं बम्बई जाऊंगा, दो बैल खरीदने के लिए पैसा जमा करूंगा—वापस अपने गांव आकर, अपनी धरती में हल चलाऊंगा—भूल गए—तेरे गांव में तेरी धरती इन्तज़ार कर रही है।'

राजू ने गौर से तरना की ओर देखा। फिर वह धीरे से मुसकाया और बड़ी मुलायमियत से बोला—'वह धरती सिर्फ मेरा ही इन्तज़ार नहीं कर रही है, तेरा भी इन्तज़ार कर रही है। मुझे याद है। क्या तू समझती है, मैं इतनी जल्दी भूल गया ?'

'मुझे शक-सा होता है।' तरना बोली, 'जैसे तू बम्बई आकर सभी कुछ भूल गया है।'

'मैं कभी नहीं भूलूंगा तरना।'

'सच कहते हो ?'

'तेरी सौगन्ध खाकर कहता हूं।'

तरना ने मुस्कराकर राजू की ओर देखा, जैसे उसे पूरा-पूरा यकीन हो गया हो।

उसने खुशी की एक गहरी सांस ली और राजु के सीने से लग गई। राजू उसके लम्बे बालों से खेलते-खेलते बोला, "तुझे बम्बई। में क्या चीज़ पसन्द नहीं है ?'

'यहां बहुत लोग हैं, इतने लोग देखकर मैं घबरा जाती है।—और—यहां खली जगहें नहीं हैं। चारों ओर बिल्डिंगों को देखकर मेरा दम घुटने लगता है। जी चाहता है यहां से भागकर किसी ऐसी जगह जाऊं, जहां हरी-हरी घास हो और खुले छायादार पेड़ हों।—और—और यहां फुटपाथ पर सोना मुझे पसन्द नहीं है। हमारे गांव में और कुछ नहीं, मगर घर तो हरेक के पास है।'

'और ?'

'यहां बहुत-से बच्चे स्कूल नहीं जाते।'

'वे गरीब जो होते हैं, तो क्या करें ?'

'इस बात से भी डर लगता है मुझे। यहां जो अमीर हैं, वे मेरे गांव के अमीरों से भी ज़्यादा अमीर हैं और यहां जो गरीब हैं, वे मेरे गांव के गरीबों से भी ज़्यादा दरिद्र हैं।—फिर—फिर—मैं सोचती हूं, मैं बम्बई क्यों आई थी ?'

'क्योंकि तुम उस बूढ़े नम्बरदार से शादी करना नहीं चाहती थीं।

'ठीक है, मगर मैं इस तरह फुटपाथ पर सोने के लिए नहीं आई थी, जहां दुनिया-भर की गंदी निगाहें मुझपर हरदम पड़ती हैं।' तरना ने अपना मुंह अपने पल्लू में छिपा लिया।

'वादा करो।' तरना सख्ती से बोली, 'वादा करो राजू, तुम बहुत जल्द मुझे अपने गांव ले चलोगे।'

'दो बैलों की जोड़ी के पैसे जमा कर लूं।'

'दो नये पैसे।'

एक भारी आवाज़ उन दोनों के कानों में आई। तरना जल्दी से राज से अलग हो गई। उनके सर पर रधिया खड़ा था और उसके हाथ में एक डिब्बा था, जिसमें पैसे ही पैसे भरे थे। तरना ने दो नये पैसे रधिया के डिब्बे में डाल दिए।

रधिया डिब्बा खड़खड़ाते हुए चला जा रहा था। वह जहां जाता था, फुटपाथ के लोग एक पल के लिए भयभीत हो जाते थे। अगर वे ताश खेलते होते तो ताश बन्द कर देते, लेटे होते तो बैठ जाते, बैठे होते तो उठ जाते, बातें करते होते तो मौन हो जाते और चुपचाप अपनी जेब से पैसा निकालकर टीन के डिब्बे में डाल देते।

रधिया मुस्कराते हुए आगे बढ़ जाता और उसके आगे जाने से पहले ही उसके जाने की खबर आगे चली जाती।

'राजा आ रहा है—बादशाह हो रहा है।'

'बा अदब—बा मुलाहिज़ा, होशियार!'

'किस बात के पैसे लेता है?' तरना गुस्से से बोली।

'धौंस जमाने के।' राजू ने जवाब दिया।

तरना ने रधिया की ओर देखते हुए कहा, 'देखो तो कैसे चल रहा है, जैसे सारे गांव का नम्बरदार यही हो! हा...हा...जहां जाओ, वहां कोई न कोई नम्बरदार ज़रूर मिलता है।

राजू ने कहा, 'यह फुटपाथ का नम्बरदार है, इससे बचकर रहना ही अच्छा है।'

राजू की आवाज़ में गहरी संजीदगी थी।

'वादा करो, तुम उससे कभी न झगड़ोगी।'

'अगर यह मुझे नहीं सताएगा, तो मैं काहे को इससे झगड़ूंगी? क्या मुझे जंगली सुअर ने काटा है?'

राजू ज़ोर-ज़ोर से हंसने लगा।

करीब एक महीने के बाद एकाएक तरना की भेंट गंगाधर से हुई। गंगाधर तरना को देखता ही रह गया। इस एक महीने में तरना अच्छी खासी शहरी लड़की बन गई थी। उसका लिबास बदल चुका था, उसकी चाल-ढाल बदल चुकी थी। अब वह एक पक्की मज़दूर लड़की दिखाई देती थी।

गंगाधर ने पहले तो उससे अपनी बीवी के बुरे बरताव की माफी मांगी, फिर तरला से उसका अता-पता पूछा। जब तरना ने उसे बताया तो वह चकित होकर बोला, 'तब तो तुम हमारे बहुत पास रहती हो। ताज्जुब है, आज तक तुमसे भेंट क्यों न हुई।'—'मैं इस गली से कभी आती-जाती नहीं। आज पहली ही बार गुज़र रही हूं।' गंगाधर ने उसे अपने बनिता आश्रम का पता बता दिया।

'घर पर आने की ज़रूरत नहीं है, लेकिन अगर तुम्हें किसी किस्म की तकलीफ हो, किसी किस्म की मदद की ज़रूरत हो, तो तुम मेरे आफिस में आकर मुझसे बात

कर सकती हो या मुझे टेलीफोन कर सकती हो।'

तरला ने गंगाधर के हाथ से वनिता आश्रम का छपा हुआ कार्ड ले लिया और अपने मन में कहा, 'भगवान न करे अब मुझे कभी किसीके आगे हाथ फैलाना पड़े। अब मैं खुद कमाती हूं, खुद खाती हूं। बड़ी गरीबी की ज़िन्दगी है, फुटपाथ के उसूल में अटी हुई ज़िन्दगी है, मगर इज़्ज़त की ज़िन्दगी है।'

कुसुम की मेहरबानी से तरना को भी तीन घर बरतन मांजने को मिल गए थे। एक मिस रोज़ का घर था, दूसरा इन्कमटैक्स वाले बाबू का घर था, जिसके नीचे हमेशा बड़े-बड़े सेठों की कार खड़ी रहती थीं। तीसरा घर खौफनाक आंख वाले, साढ़े छः फुट कद वाले कैरेक्टर-एक्टर पद्मनाथ का था, जो हमेशा उसे फिल्मी हीरोइन बनने का लालच दिया करता था और जिसकी बीवी किसी ज़माने में हीरोइन रह चुकी थी और जब पद्मनाथ तरना को हीरोइन बनने का लालच देता तो उसकी बीवी उसे सख्ती से डांट देती।

'क्या करोगे इसे हीरोइन बनाकर ? आखिर में जो मेरा हाल हुआ है, हीरोइन बनकर वही इसका भी होगा।'

'दस साल तो मज़े में कटेंगे।'

और दस साल के बाद फिर वही अंधेरी रात ! नहीं बिटिया—तुम हीरोइन न बनना। किसी गरीब से गरीब की हीरोइन बन जाना, मगर किसी फिल्म की हीरोइन न बनना।'

'तो क्या तुम चाहती हो, यह हसीन लड़की सारी उमर बर्तन मांजती रहे ?'

'चेहरे पर झूठी मुहब्बत का रंग थोपने से जूठे बर्तन मांजना अच्छा है।'

'तुम गलत कह रही हो।'

दोनों शराब पीते-पीते एक-दूसरे से लड़ने लगते। तरना ज़्यादातर खामोश रहती। उसे इन दोनों मियां-बीवी की लड़ाई में बहुत ही मज़ा आता था। दोनों उसकी भलाई के लिए झगड़ते थे और अपने घर के बर्तन तक तोड़ डालते थे। अजीब थे ये लोग।

अजीब तो मिस रोज़ साहिबा भी थीं। बड़ी नाज़ुक, दुबली, चीनी की गुड़िया-सी, हरे रंग और नीले रंग को मिलाकर जैसे उसकी आंखों की पुतलियां बनाई गई

हों। नीली आंखोंवाली लड़कियां तो तरना ने अपने गांव में कई देखी थीं, लेकिन हरे रंग की आंखोंवाली लड़की उसने बम्बई में पहली बार देखी। उसके बाल भी लड़कों की तरह कटे हुए थे और वह टूटी-फूटी हिन्दुस्तानी बोलती थी और किसी अंग्रेज़ी आफिस में काम करती थी।

सबसे पहले तरना को मिस रोज़ साहिबा के घर जाना पड़ता था। वह दो कमरों के एक नन्हे साफ-सुथरे फ्लैट में रहती थी। घर में गिलाफी आंखोंवाला गोरखानुमा एक छोटा-सा मंडू था जो 'हां-ना' के सिवा बहुत कम बात करता था। हां, तरना को हर वक्त घूरता रहता था। वह मंडू घर की हिफाज़त और कमरों की सफाई के लिए रखा गया था। तरना सुबह के सात बजे से आठ बजे तक रसोई में काम करती थी। फिर चली जाती थी और फिर दोपहर के तीन बजे आती और चार बजे चली जाती थी। कई-कई दिन उसे मिस रोज़ साहिबा की सूरत देखना नसीब न होता और मिस साहिबा के कमरे में वह आज तक न गई थी। सिवाय मंडू के किसीको मिस साहिबा के कमरे में जाने की इजाज़त न थी।

तरना को मिस रोज़ साहिबा बहुत पसन्द थीं। काश कि वह भी मिस रोज़ साहिबा की तरह पढ़ी-लिखी होती और बर्तन मांजने की बजाय किसी आफिस में काम करती होती! —घेरदार साया पहनकर, ऊंची एड़ी के जूते पहनकर, हाथ में रंगीन छतरी लेकर टप-टप करती आफिस जाती।

तरना ने खामोशी से एक आह भरी और तेज़-तेज़ कदमों से घर को चली। सात बजने वाले थे और उसे जाकर राजू के लिए खाना भी पकाना था।

ग्यारह बजे के करीब राजु थका-हारा बम्बई सेंट्रल से लौटा। उसकी धोती फटी हुई थी, कमीज़ तार-तार थी, घुटने छिले हुए थे और बाईं बांह की कोहनी से लहू बह रहा था। उसे देखते ही तरना चीख उठी और बदहवास हो गई।

'यह—यह—कैसे हुआ? क्या किसीसे लड़ लिए?'

राजू ने फुटपाथ पर बैठते हुए, अपनी कोहनी से लहू पोंछते हुए कहा—

'मेरी दो कुलियों से लड़ाई हो गई थी।'

'मैंने तुम्हें लड़ाई से मना किया था न ?' तरना गुस्से से बोली।

'मैं कहां लड़ने के लिए गया था ! मैंने एक बाबू का सामान उठा लिया था कि दो कुली, जो मुझसे गलत दुश्मनी रखते हैं, मुझपर पिल पड़े और...'

'कुलियों को तुमसे क्या दुश्मनी हो सकती है ? जैसे तुम कुली, वैसे वे कूली।'

'मैं सब कुलियों से ज़्यादा बोझा उठा सकता हूं। इसलिए वे मुझसे नफरत करते हैं।'

'फिर ?'

'फिर क्या, वे लोग मुझे हवालात में ले गए, वहां पर हेड कुली ने मेरी ज़मानत ली। बाकी सब पुराने कुलियों के तरफदार थे। अगर केस हुआ, तो मेरे खिलाफ फैसला हो जाएगा।'

'फिर ?'

'फिर क्या ? मुझे जेल हो जाएगी—घाव बांध दो।'

'हाए राम।' कहकर तरना ठस से बैठ गई—'अब क्या होगा राजू ?'

'हेड कुली कहता था, बीस रुपये देने से काम बन जाएगा।'

'बीस रुपये किसको देने पड़ेंगे ?'

'जो बीच का आदमी है। उसे बीस रुपये देंगे, तो वह उन दोनों कुलियों को केस वापस लेने पर राजी कर लेगा।'

'यानी मार भी खाओ, बीस रुपये भी दो !'

राजू ने गुस्से से होंठ भींच लिए। फिर एकाएक बोला, 'इसीका नाम बम्बई है।'

एक महीने में कितनी मुश्किल से दोनों ने तीस रुपये जमा किए थे। तरना का ख्याल था कि इसी तरह तीस रुपये महीना जमा करके वे एक साल में दो बैलों की जोड़ी का दाम जमा कर लेंगे और बम्बई से वापस जा सकेंगे। एक साल न सही डेढ़ साल सही, मगर आज पहले महीने ही की बचत लुटी जा रही थी। तरना को अपने पल्ले से यह बीस रुपये निकालते हुए बड़ा दुःख हुआ।

बीस रुपये जेब में डालकर राजू ने कहा, 'मैं हेड कुली के घर जाता हूं।'

'नहीं, पहले खाना खाओ, फिर जाओ।'

तरना ने उसे पकड़ लिया। राजू राज़ी हो गया। तरना भाजी वाले की दुकान के नीचे रखे हुए बर्तनों में से उसके लिए भात और दाल निकाल लाई। राजू जल्दी-जल्दी खाने लगा, जैसे ज़हर मार कर रहा हो। चार निवाला खाकर वह भागने को था कि तरना ने उसे पकड़ लिया, 'ठहरो, ज़रा पट्टी तो बांध दूं इसपर...'

'ऊंह' कहकर बेचैन राजू फिर बैठ गया। तरना धीरे-धीरे पट्टी बांधने लगी। उसकी आंखों में आंसू थे। भर्राई हुई आवाज़ में बोली, 'उस रोज़ तुम्हारी दूसरी बांह पर घाव लगा था।'

'उस रोज़ बर्थ के ऊपर से सामान उठाते वक्त लोहे के जंगले का कोना चुभ गया था।'

'यह भी कोई ज़िन्दगी है !' तरना मुहब्बत से बोली, 'चलो राजू, आज ही बम्बई से चले जाएं।'

'बैलों के पैसे जमा किए बगैर ?' 'हम अपने हाथों से हल चला लेंगे।'

'बावली हुई हो, ज़रा-सा खून देखकर। यह तो कुलियों की रोज़ाना की ज़िन्दगी है।'

एकाएक गली में हल्ला हुआ। दोनों फुटपाथ वालों की निगाहें होम्यो फार्मेसी की ओर जम गईं, जहां से गुण्डों का एक दल घायल आदमी को सहारा देते हुए गुज़र रहा था। उस आदमी के जिस्म पर घावों के बहुत-से निशान थे। तीन-चार आदमी उसे उठाए गली से गुज़र रहे थे। गली की सड़क पर खून की बूंदों की धारियां बनती जा रही थीं। दो पुलिस के आदमी भी साथ थे।

'यह तो चमन है—चमन...'

फुटपाथ के तीन-चार आदमी उस घायल नौजवान को पहचानकर बोले, फिर एकाएक सबकी आवाज़ें फुसफुसाहट में बदल गईं।

चमन चौदहवीं-पन्द्रहवीं गली का दादा था। उन गलियों में कोलाबे के इलाके की सबसे फैशनेबल तवायफें थीं। उन दो गलियों के धन्धे से चमन को इतनी कमाई होती थी, जितनी रधिया को अपनी चार गलियों से न होती थी। एक अर्से से रधिया उन जगहों पर निगाहें जमाए बैठा था, मगर उसकी कोई तदबीर काम न आई थी।

चमन के हिमायती चमन को उठाए हुए जल्दी से गली में से गुज़रने लगे। वे लोग पुलिस-स्टेशन को जा रहे थे। पुलिस को देखकर लोगों का शोर एकदम बढ़ गया। फिर जितने मुह उतनी बातें होने लगीं।

'रधिया कहां है ? रधिया कहां है ?'

'रधिया तो पूना गया हआ है।' पठान लिफ्टमैन बोला।

'चमन को किसने मारा ?' कुसुम की मां ने लक्ष्मन से पूछा।

'यह तो मुझे मालूम नहीं है।' लक्ष्मन चहककर बोला, 'मगर आज का दिन बहुत अच्छा दिन है। आज रधिया के कब्ज़े में दो गलियां और आ गई हैं—चौदहवीं और पन्द्रहवीं गली। दोनों गलियों के शराब का धन्धा मुझे मिलेगा और बाबू राव का काम भी अच्छा हो जाएगा।'

तरना ने पूछा, 'बाबू राव का काम कैसे अच्छा होगा ?'

'ए—ए—' लक्ष्मन जवाब देते-देते कुछ गड़बड़ा गया। दरअसल कुसुम की मां से बात करते हुए उसे इस बात का बिलकुल ख्याल न रहा था कि तरना उसके पास है। अब वह मुस्कराके बोला—

'टैक्सी का धन्धा बेटी—टैक्सी का धन्धा। बाबू राव के पास टैक्सी मंगाने वाले बाबू लोगों की दो गलियां और बढ़ जाएंगी।'

'सुना तुमने...' तरना राजू से बात करने के लिए मुड़ी।

मगर राजू जा चुका था।

सामने के फुटपाथ के लकड़े पर धर्मराज खड़ा था। जब हुजूम उसके पास से गुज़रा तो लोगों ने देखा कि धर्मराज के हाथों में बांस का एक डंडा है, जिसके सिरे पर काले रंग का एक महीन कपड़ा लहरा रहा है और उस कपड़े पर उसने सफेद कागज़ से काटकर एक इंसानी खोपड़ी और दो हड्डियों की तस्वीरें बना रखी थी। जब हुजूम उसके पास से गुज़र गया, तो धर्मराज ने कपड़े वाले बांस के झंडे को ज़ोर-ज़ोर से हवा में लहराते हुए कहा—'झंडा ऊंचा रहे हमारा।'

कमाने की छिपी हुई बार में रधिया, राजू और गैंग के दूसरे आदमी इकट्ठे हुए थे। रधिया अपने चेलों की पीठ ठोंककर कह रहा था, 'शाबाश-शाबाश !! तुमने आज कमाल कर दिया।

रधिया के चेले गुरु के पीठ ठोंकने पर फूले न समाते थे। नाटे कद के कोली ने अपनी कमीज़ के कालर के गिर्द नीले रंग के चारखाने के रूमाल को ठीक करते हुए कहा—

'दादा ! आज हमारी जीत का दिन है। जशन हो जाए।'

'ज़रूर होगा—ज़रूर होगा।' रधिया अपनी कुर्सी से खड़ा होकर चिल्लाया, 'ए कमीने, छः बोतलें इधर और रख दो।—और कोली—तुम पत्ते बांटो। आज बड़े ठाठ से जुआ होगा।'

कोली ने अपनी जेब से ताश निकाली।

ताश खेलने वालों ने अपनी-अपनी जेब से पैसे निकाले।

राजू ने भी जेब टटोलकर दस के दो नोट निकालकर अपने सामने मेज़ पर रख लिए।

दूसरे दिन बाबू राव स्ट्रेंड सनीमा के पास रात के नौ बजे के करीब एक आदमी की जेब काटता हुआ पकड़ा गया। लक्ष्मन को जब खबर मिली, तो वह दौड़ा-दौड़ा रधिया के पास गया। रधिया उस वक्त बड़े अच्छे मूड में था। शराब के चार पेग उसके अन्दर जा चुके थे और बाजी उसके हक में जा रही थी। उसने बड़े प्यार से लक्ष्मन के कंधे पर हाथ रखकर कहा—

'अभी-अभी यह झगड़ा हुआ है, अभी मैं कुछ नहीं कर सकता और फिर मैं तो एक सिरे से यहां नहीं हूं। मैं तो पूना गया हुआ हूं।'

'तो बाबू राव को जेल हो जाएगी।' लक्ष्मन परेशानी से बोला। रधिया ने बड़े आराम से कहा, 'हो जाने दो, पहली सज़ा है।' उसके पास खड़ा हुआ कोली बोला, 'शायद जेल न हो, पहला जुर्म है। रेफार्मेटरी में रखा जाएगा।

रधिया बोला, 'तो और भी अच्छा है, वहां से आदमी बनकर निकलेगा।' कोली ने सिर हिलाके कहा, 'हां लक्ष्मन ! एक-दो बार तो जेल काटना ज़रूरी है, वरना तुम्हारा लड़का मर्द कैसे बनेगा ?'

रधिया ने लक्ष्मन को तीस रुपये दिए। 'लो, जाओ और बाबू राव की फिक्र दिल से निकाल दो। दो-ढाई महीने में पक्का होके वहां से आएगा। जो गुर हम नहीं जानते, वह वहां वाले उसे सिखा देंगे।'

रधिया और उसके साथी ज़ोर-ज़ोर से हंसने लगे। लक्ष्मन मुंह लटकाए वहां से चला गया और जब लक्ष्मन चला गया तो रधिया ने दूसरे कमरे की तरफ मुंह फेरके कहा, 'राजू, बाहर निकल आओ, लक्ष्मन' चला गया है।'

राजू के बाहर निकलते ही रधिया के सब साथी उसपर हंसने लगे। 'साला मर्द होकर एक औरत से डरता है ! अरे, अगर तरना को मालूम भी हो गया तो वह क्या

कर लेगी ? साली के सिर पर दो धप मारकर उसे नीचे गिरा लो। औरत ज़ात की चलती क्या है ?' कोली बोला।

राजू का सारा चेहरा मारे गुस्से के लाल हो गया। धिया ने जल्दी से टोककर कहा, 'ए—ए कोली के बच्चे, राजू से मज़ाक मत कर।' रधिया के डांटने पर सब चुप हो गए। राजू चुपके से कमरे से बाहर निकल गया।

जब रात के ग्यारह बजे राजू वापस आया, तो तरना ने उससे कहा, 'कुछ सुना तुमने ?'

'क्या ?'

'बाबू राव जेब काटते हुए पकड़ा गया।'

'हां, सुन लिया।'

'बाबू राव के बाप ने मुझसे झूठ बोला था। कहता था कि साहेब लोग को टैक्सी लाके देता है।'

'क्या करे, जिन्दा तो रहना है, किसी न किसी तरह।'

'इस ज़िन्दा रहने से मर जाना अच्छा है।' तरना दांत पीसकर बोली। राजू ने इस बात का कोई जवाब नहीं दिया। भात के दो-तीन निवाले खाके बोला, 'तरना, अब मुझसे शादी कर लो।'

'घर बसाओगे ?'

'हां।'

'कहां पर ?'

'यहां पर—और कहां ?'

'यहीं फुटपाथ पर ?'

'बम्बई में लाखों आदमी फुटपाथ पर रहते हैं।'

'इस फुटपाथ पर हमारी शादी होगी ?'

'हां।'

'इसी फुटपाथ पर फेरे होंगे ? इसी फुटपाथ पर दुल्हन की सेज बिछेगी ? इसी फुटपाथ पर एक दिन हमारे बच्चे होंगे ? यहां सोएंगे ?'

'हाँ।'

'राजू, हमारे गांव के चूहों की ज़िन्दगी भी इससे अच्छी होती है। यह तुम क्या कह रहे हो ?' राजू चुप हो गया। उसके माथे पर शिकनें पड़ गईं, मगर वह कुछ नहीं बोला।

तरना ने सिर झुकाके कहा, 'राजू, मैं तो उसी दिन के लिए ज़िन्दा हूं, जिस दिन तुम अपना वादा पूरा करोगे और दो बैलों की जोड़ी के पैसे जमा करके मुझे अपने घर, गांव में ले जाओगे।'—राजू जल्दी से खाना खाकर, उठ खड़ा हुआ।

'कहां जा रहे हो ?'

'समुद्र के किनारे।' राजू इतना कहकर लम्बे-लम्बे डग भरता हुआ वहां से चला गया। तरना बिल्डिंग की दीवार से लगकर रोने लगी।

बाबू राव को दो महीने की सज़ा हो गई। जिस दिन उसको सज़ा हुई, घर में किसीने खाना नहीं खाया। तरना और राजू ने भी नहीं खाया। दूसरे दिन लक्ष्मन देर तक काम पर नहीं गया। फुटपाथ पर बैठे-बैठे तिनके तोड़ता रहा। कभी हवा में घूरता रहता, कभी दांत कटकटाता रहता, कभी परेशानी से अपने छ: साल के लड़के प्रभाकर को देखने लग जाता।

बारह बजे के करीब जब कुसुम, तरना और कुसुम की मां काम से वापस आ रही थीं, उन्हें रास्ते में लक्ष्मन मिल गया, जो प्रभाकर को उंगली से लगाए जा रहा था।

'इसे कहां ले जा रहे हो ?' कुसम की मां चीखकर बोली।

'काम पर।'

'मगर यह तो अभी बच्चा है।' कुसुम रास्ता रोककर बोली।

'इसकी उमर वाले दूसरे बच्चे काम करते हैं। भावकर का लड़का कितना छोटा है और डेढ़-दो रुपया घर ले आता है। धरपक का लड़का इसकी उमर का होगा, उसके हाथ की सफाई देखो, बड़े से बड़ा जेब कतरा चकराकर रह जाता है। जितना छोटा बच्चा हो, उतना ही अच्छा होता है। हट जाओ मेरे रास्ते से।'

तरना ने कहा, 'क्यों इसकी ज़िन्दगी बरबाद करते हो चाचा ! इसे स्कूल भेजो, पढ़-लिखके आदमी बन जाएगा।' लक्ष्मन ने बड़े कड़वे स्वर में कहा, 'जसे वह गली का पगला चौदह जमात पढ़के बना है—है न ? जैसे तुम पांच पढ़कर बर्तन मांज रही हो—है न ? अगर ऐसा ही कुछ मेरे बेटे को बनना है, तो अभी से क्यों न बन जाए और फिर अगर इसे स्कूल में डालूं, तो इसके लिए अच्छे कपड़े कहां से लाऊंगा, किताबें, कागज़, कलम, दावात, तख्ती, अल्लम-गल्लम कौन माई का पूत मुझे देगा ? इस घर में बाबू राव की कमाई कौन पूरी करेगा ? पहले ही हम कौन महलों में रहते हैं ! अब क्या तुम हमें फुटपाथ से भी निकालना चाहती हो ?'

'चाचा !' तरेना की आंखों में आंसू आ गए।

'हटो मेरे रास्ते से।'

तीनों औरतें हट गईं। प्रभाकर रोने लगा। लक्ष्मन ने ज़ोर से उसके दायें-बायें गाल पर थप्पड़ मारे और उसे घसीटकर स्ट्रेंड सनीमा की ओर ले गया। गली के नुक्कड़ तक प्रभाकर के रोने की आवाज़ आती रही—

'बापू, मैं चोर नहीं बनूंगा ! बापू, मैं चोर नहीं बनूंगा !!'

दुःख और गुस्से से तरना का दिल कांपने लगा।

शाम के वक्त जब बिल्डिंगों में रोशनी हो रही थी और नीचे फुटपाथ पर रोशनी और साये की दरी-सी बिछती जा रही थी, उसी वक्त पगला धर्मराज फुटपाथ के एक कोने में तीन टोपियां रखे, बच्चों की एक टोली से कह रहा था—

'बच्चो ! अगर तुम बता दो कि हमारी टोपी के नीचे क्या है, तो मैं तुमको चार आने इनाम दूंगा।' एक बच्चे ने कहा, 'धर्मराज जी ! कुछ अता-पता बताओ तो बुझें।' तीन टोपियां थीं, और तीनों धरती पर खड़ी थीं। पहली टोपी गांधी टोपी थी, दूसरी तुर्की टोपी थी और तीसरी हैट थी। तीनों टोपियां धरती पर कतार बांधे खड़ी थीं।

पगले ने पहली टोपी की ओर इशारा करके कहा, 'इस टोपी के नीचे बह चीज़ है, जो हिन्दुओं को जान से अधिक प्रिय है।' फिर उसने तुर्की टोपी की ओर इशारा करके कहा, 'और इस टोपी के नीचे जो है वह मुसलमानों को बहुत ही प्यारी है।' फिर उसने अंग्रेजी टोपी की ओर इशारा करके कहा, 'इस टोपी के नीचे जो चीज़ है, उसपर यूरोपियन लोग मरते हैं। बताओ वे चीज़ें क्या हैं ?'

एक हिन्दू लड़की ने गांधी टोपी की ओर इशारा करके कहा, 'इसके नीचे गंगाजल है।'

एक मुसलमान लड़के ने तुर्की टोपी की तरफ उंगली उठाके कहा, 'इसके नीचे अल्लाह की याद करने वाली तस्बीह है।'

एक क्रिश्चियन लड़का हैट की तरफ इशारा करके बोला, 'हमारी टोपी के नीचे हमारी बाइबल है, जो हमें अपनी जान से ज़्यादा प्यारी है।' 'गलत !' पगला खुशी से चिल्ला के बोला और बारी-बारी से तीनों टोपियां उठा दीं।

'पहली टोपी के नीचे एक पैसा है।'

'दूसरी टोपी के नीचे एक पैसा है।'

'तीसरी टोपी के नीचे भी एक पैसा है।'

बच्चे चकराकर रह गए, मुंह उठाकर पगले की ओर देखने लगे। पगले ने तीनों पैसे तीनों गलत जवाब देने वाले बच्चों में बांट दिए और गुस्से से कहा, 'चलो भागो—आज का सबक खत्म हुआ।'

धर्मराज का मूड बिगड़ चुका था। बच्चे जल्दी से तितर-बितर हो गए। धर्मराज ने पहली दो टोपियों को लपेटकर सोला हैट में डाला। इतने में उसे अपने-आप कुछ आहट-सी महसूस हुई। उसने नज़र उठाके देखा, उसके सामने तरना खड़ी थी और उसके हाथ में एक किताब थी।

'क्या है ?' पगले ने तनिक कड़वाहट से पूछा। तरना मुस्कराकर बड़ी नरमी से बोली, 'मैंने सुना है, तुम चौदह जमात पास हो।' पगले धर्मराज ने तुरन्त कोई जवाब नहीं दिया। उसने धीरे से अपनी दाढ़ी खुजाई, अपनी घनी भौंहों को धीरे से मला, फिर बोला, 'हूं, चौदह जमात पास हूं, तो तुम्हें इससे क्या ?'

तरना धर्मराज के नज़दीक आ गई और बोली, 'जाने किस चीज़ ने तुम्हें पागल बना दिया है, मगर मेरा ख्याल है, तुम बिलकुल पागल नहीं हो। जान-बूझके पागल बन जाते हो या कभी-कभी तुमपर कोई सनक सवार रहती है।'

'तुम मेरे बारे में क्यों बोलती हो बेकार में ? अपने काम की बात करो।' पगला बहुत ही रूठकर बोला।

तरना बोली, 'मैं तुम्हारे साथ मिलकर फुटपाथ के बच्चों के लिए एक स्कूल खोलना चाहती हूं, जहां हम दोनों पढ़ाएंगे।' 'हा-हा'—धर्मराज की आंखें चमकने लगीं, 'फुटपाथ के बच्चों के लिए स्कूल ?—वेरी फाइन-वेरी फाइन !' तरना खुश होकर बोली, 'तुम्हें मेरा सुझाव पसन्द है ?'

'वेरी फाइन—वेरी फाइन !'पगला सिर हिलाके बोला।'

'तुम मेरे साथ स्कूल में पढ़ाओगे न ?' तरना ने उम्मीद-भरे स्वर में उससे पूछा।

'क्यों नहीं—क्यों नहीं, मैं नहीं पढ़ाऊंगा तो और कौन पढाएगा ! मगर याद रखो, स्कूल का हेडमास्टर मैं ही बनूंगा, और किसीको बनने नहीं दूंगा।'

'तुम ही बन जाना।' तरसा बोली, 'मैं तो बस पांचवीं जमात पास हूं। मैं तो सिर्फ दो-चार किताबें ही बच्चों को पढ़ा सकती हूं। आगे तो सब तुम्हें ही पढ़ाना पड़ेगा। तुम्हें अलग-अलग दर्जों के कोर्स तो याद होंगे ?'

'सब याद है, सब याद है।' पगला बेहद संजीदगी से बोला, 'पहले साल का कोर्स, कांच की खिड़कियों पर पत्थर मारना; दूसरे साल का कोर्स, स्कूल वाले बच्चों को पीटना; तीसरे साल का कोर्स, जेब काटना; चौथे साल का कोर्स, चोरी करना; पांचवें साल का कोर्स, जेल...तुम घबराना नहीं, मैं फुटपाथ के बच्चों को ऐसी ट्रेनिंग दूंगा कि वे पांच साल की बजाय तीन साल ही में डिग्री हासिल कर लेंगे।'

'तुम तो मज़ाक करते हो !' तरना बोली, 'क्या तुम बच्चों को यही सिखाओगे ?'

'नहीं, कुछ और सिखाना गुनाह होगा।' पगले ने निगाह नीची करके जवाब दिया।

तरना गुस्से से बोली, 'मैंने तो सुना था, तुम झूठमूठ के पगले हो, मगर तुम सचमुच के पगले हो।'

'हां तरना,' पगले ने बड़े ही दर्द-भरे स्वर में कहा, 'तुम इन्सानों की आबादी में सिर्फ मैं ही एक पगला हो।'

'तुम रोज़ाना इन छोटे-छोटे बच्चों की ज़िन्दगी बर्बाद होते देखते हो। कोई नासमझ आदमी नहीं हो तुम, पढ़े-लिखे हो; तो क्या तुम्हारा धर्म तुम्हें कुछ नहीं कहता ?' तरना गुस्से से बोली।

'मेरा कोई एक धर्म तो है नहीं।' पगले ने मंज़ूर किया।

'तो कितने धर्म हैं तुम्हारे ?' तरना ने तेज़ लहजे में पूछा। पगला उंगलियों पर गिनती करके बोला, 'छः !' सोमवार को मैं हिन्दू होता हूं, मंगल को मुसलमान, बुध को बौद्ध धर्म कबूल करता हूं, वीरवार को ईसाई बन जाता हूं, शुक्रवार को यहूदी और शनिवार को कन्फिशियस की पूजा करता हूं।'

'और इतवार को ?' तरना ने तीखे लहजे में कहा, इतवार को तुम्हारा कौन-सा धर्म होता है ?'

पगले ने मुस्कराकर बड़े मीठे लहजे में कहा, 'इतवार को मेरा कोई धर्म नहीं होता। इतवार तो हुस्न का दिन है और हुस्न का कोई धर्म नहीं होता; जैसे तुम्हारा तो कोई धर्म हो सकता है, मगर तुम्हारी खूबसूरती का क्या धर्म हो सकता है ? खिलते

हुए फूल का, डूबती हुई ललाई का, उलझती हुई ज़ुल्फों का, फूल जैसी मुस्कान का क्या धर्म हो सकता है ? आओ तरना, मेरे झंडे तले हो जाओ। मैं तुम्हारे हुस्न को सलामी दूंगा।' पगले ने मुस्कराके बायें हाथ से अपना झंडा उठाकर ऊंचा किया। तरना की आंखों में उसका स्याह कपड़ा लहराने लगा और स्याह कपड़े पर खोपड़ी और हड्डियों की तस्वीरें देखकर वह घबराके वहां से भाग गई। पगला ज़ोर-ज़ोर से हंसने लगा।

राजू फुटपाथ पर हमेशा सबसे आखिर में आता था इसलिए तरना ने यह उसूल बना लिया था कि फुटपाथ पर बैठकर वह सबसे पहले कुसुम और उसकी मां के साथ मिलकर खाना बनाती थी, फिर घर पर आए हुए सब मर्दों को खाना खिला देती थी, फिर वह और कुसुम और कुसुम की मां खुद खाना खाती थीं; जिसके बाद वे तीनों औरतें मिलकर फुटपाथ की खास जगह पर सबके सोने के लिए चटाइयां बिछा देतीं और सीने-पिरोने और बातें करने में मशगूल हो जातीं। फिर जब प्रभाकर की आंखें नींद से बोझिल होने लगतीं, तो अपनी जगह से उठकर तरना के पास चला जाता और तरना बड़े प्यार से उसका सिर अपनी जांघ पर रख लेती और बड़े प्यार से पूछती, 'कहां सोओगे प्रभाकर ?'

और प्रभाकर उसकी जांघों पर अपना सिर मज़े से टेककर खुशी की एक लम्बी सांस लेता, तरना एक कहानी शुरू करती और प्रभाकर कहानी सुनते-सुनते हूं-हां करते-करते सो जाता। यह प्रभाकर और तरना का रोज़ का उसूल था। लेकिन आज तरना प्रभाकर के लिए खूबसूरत तस्वीरों वाली किताब लाई थी। इस किताब में बड़ी-बड़ी रंगीन तस्वीरें थीं, उनके नीचे मोटे-मोटे रंगदार लफ़्ज़ थे।

'यह क्या है ?' प्रभाकर ने रंगीन तस्वीरों वाली किताब की ओर देखकर तरना से बेइख्तियार पूछा।

'यह किताब है।'

'दिखाओ !'

तरना ने किताब बच्चे के हाथ में दे दी और धीरे-धीरे पन्ने उलटकर प्रभाकर बड़ी दिलचस्पी से किताब की तस्वीरों को देखने लगा। एक सफे पर अफ्रीका के ज़िराफ की तस्वीर बनी हुई थी। प्रभाकर उसे गौर से देखने लगा—'यह क्या है ?'

'यह अफ्रीका का ज़िराफ है।'

'उसकी गर्दन इतनी लम्बी होती है ?'

'हां।'

'ओह हो'—प्रभाकर खिलखिलाकर हंस पड़ा। तब तो उसको सोने के लिए हमारा पूरा फुटपाथ चाहिए।' तरना भी प्रभाकर के साथ हंस पड़ी। एकाएक प्रभाकर ने पूछा, 'स्कूल के बच्चे यही किताब पढ़ने हैं ?'—'हां—तुम भी पढ़ोगे ?' 'मैं कैसे पढ़ सकता हूं ?' प्रभाकर ने बड़ी मायूसी से पूछा।

तरना प्रभाकर को प्यार करते हुए बोली, 'मैं तुम्हें हर रोज़ पढ़ा दिया करूंगी। अच्छा !'

'अच्छा !' प्रभाकर ने खुश होके कहा और किताब का नया पन्ना उलट दिया।

अचानक एक हाथ आया और उससे किताब छीनकर ले गया। तरना और प्रभाकर ने अचरज से निगाह उठाकर देखा। उनके सिर पर लक्ष्मन खड़ा था। किताब उसके हाथ में थी। उसने किताब के टुकड़े-टुकड़े करते हुए तरना से कहा, 'हमारे बच्चों को बिगाड़ती हो ! अगर सीधे सभाव से यहां रहना हो तो रहो, वरना चली जाओ।'

तरना खामोशी और ताज्जुब से उसकी ओर ताकती रह गई। प्रभाकर की आंखों में आंसू भर आए थे। उसके होंठ कांपने लगे थे। प्रभाकर ने बाप के डर से तरना की गोद में अपना मुंह छिपा लिया और तरना ने उसे जल्दी से गले लगा लिया।

लक्ष्मन किताब के फटे पन्नों को रौंदता हुआ वहां से चला गया। तरना उदासी से फटे हुए पन्नों की ओर धरती पर देखने लगी। ज़िराफ की गर्दन के चार टुकड़े हो चुके थे।

दूसरे दिन तरना काम पर नहीं गई। वह वनिता आश्रम के दफ्तर में गंगाधर के पास चली गई और उससे बोली, 'मैं फुटपाथ पर रहने वाले बच्चों के लिए एक स्कूल खोलना चाहती हूं।'

'फुटपाथ के बच्चों के लिए ?'

'हां।'

'ख्याल तो अच्छा है।' गंगाधर ने सोचते हुए कहा, 'ताज्जुब है मुझे आज तक क्यों नहीं सूझा ! सचमुच बड़ी ही अच्छी बात होगी बेटी !'

तरना को उम्मीद हो गई, खुश होकर बोली, 'चाचा, तुम्हें मेरी मदद करनी ही होगी। मुझे किताबें, कापियां, कलम-दवात, तख़्तियां, ब्लैकबोर्ड और चाक वगैरह चाहिए।'

गंगाधर बोला, 'वह—वह—वह तो सब हो जाएगा, लेकिन उनको पढ़ाओगी कहां पर ?'

'अपने फुटपाथ पर तो पढ़ा नहीं सकती। वहां के सब लोग खिलाफ हैं। उनसे तो छिपकर पढ़ाना होगा और बच्चों को खबरदार भी करना होगा कि पढ़कर जब अपने फुटपाथ पर जाएं तो किसीसे उसकी चर्चा न करें, वरना मुझे जल्दी ही फुटपाथ से निकाल दिया जाएगा।'

'फिर कहां पढ़ाओगी ?' गंगाधर परेशानी से बोला।

'कोई ऐसी जगह चाहिए, कोई ऐसा फुटपाथ, जो मेरी गली से दूर हो, लेकिन इतनी दूर भी न हो कि मेरी गली के बच्चे न आ सकें।'

गंगाधर का चेहरा एकाएक खुशी से चमक उठा, 'एक तरकीब समझ आई है। तुम्हारी बिल्डिंग के पिछवाडे जो अहाता है, जिसके चारों ओर दीवार खिंची हुई है, वहां क्यों नहीं अपना स्कूल खोल लेतीं ? तुम्हारी बिल्डिंग वाले कुछ न कहेंगे। बिल्डिंग के मालिक से पूछना पड़ेगा। वह मेरी पहचान का है। मैं उससे पूछ लूंगा, बल्कि मैं खुद तुम्हारे स्कूल में आके पढ़ाया करूंगा। बहुत नेक काम सोचा है तुमने बेटी—।'

गंगाधर का चेहरा खुशी से चमक उठा। मौज में आकर बोला, 'तुम फिक्र न करो। सब काम हो जाएगा। मैं आज ही बिल्डिंग के मालिक से बात करता हूं, बल्कि इस नेक काम के लिए उससे चन्दा भी लेता हूं।'

'तो—तो फिर मैं—आपसे कब मिलूं चाचा ?'

'मैं आज शाम ही को फुटपाथ आकर तुम्हें सब कुछ बता जाता हूं।'

तरना ने कुछ सोचकर कहा, 'हां, ठीक है।'

शाम को जब गंगाधर आया तो तरना उसके साथ नुक्कड़ पर चली गई। वहां गंगाधर ने उसे बताया कि स्कूल का सब काम ठीक हो गया है, बिल्डिंग का मालिक राज़ी हो गया है, उसने स्कूल के बच्चों को किताबें और कापियां बांटने के लिए पैसे भी दिए हैं। यह सुनकर तरना बहुत खुश हुई। भरे हुए गले से उसने गंगाधर

का शुक्रिया अदा किया, उसके पांव तक छू लिए। गंगाधर ने कहा, 'सुबह आफिस आ जाना, तुम्हारी तनखाह के बारे में तय कर दूंगा।'

'मैं इस काम के लिए तनखाह नहीं लूंगी चाचा।' तरना अपनी नम आंखें नीचे गड़ाकर बोली।

गंगाधर ने जाते हुए कहा, 'काम करोगी और पैसे नहीं लोगी, तो ज़िन्दा कैसे रहोगी ?'

'जैसे अब तक रहती आई हूं।'

गंगाधर लाजवाब हो गया। तारीफ़-भरी नज़र से तरना को देखने लगा। आखिर बोला, 'फिर भी सुबह आ जाना, बातें तय कर लेंगे।'

दूसरी सुबह जब तरना जाने लगी, तो राजू ने पूछा—

'कल शाम को कौन आया था ?'

'वह ? गंगाधर था। वनिता आश्रम वाला।'

'क्या कहता था ?' राजू ने चौंकके पूछा, 'किसके लिए शादी ब्याह का पैगाम लेकर आया था ?'

'नहीं,' तरना हंसकर झूठ बोलते हुए बोली, 'वह—वह तो उसकी गली में उसका एक दोस्त रहता है, उसके लिए एक बर्तन मांजने वाली लड़की चाहिए।' तरना रुक-रुककर बोली।

और राजू का शक और मज़बूत हो गया, मगर वह कुछ बोला नहीं। हां, कुसुम ने इतना ज़रूर कहा, 'तुम कल काम पर नहीं आईं। वे सब पूछ रहे थे।'

तरना ने इस बात का कोई जवाब नहीं दिया। सिर झुकाके वहां से चली गई। राजू उसे अफसोस और गुस्से से जाते हुए देखता रहा। उसकी गर्दन की रगें गुस्से से फड़फड़ाने लगीं और उसके हाथों की मुट्ठियां खुद-ब-खुद भिंच उठीं। मगर वह चुप रहा और कुछ सोचने लगा।

आज राजू की जेब में तीस रुपये थे। आज वह बहुत ही खुश था और तरना को पिक्चर ले जाने के लिए मजबूर कर रहा था।

'इतने रुपये कहां से मिले ?' तरना ने उससे पूछा।

'आज यूरोपियन टूरिस्ट लोगों की एक स्पेशल ट्रेन दिल्ली से आई थी।' राजू

ने खुश होकर कहा, 'आज सब कुलियों ने हफ्ते-भर के पैसे बना लिए।—चलो आज तो ज़रूर तुम मेरे साथ पिक्चर देखने चलोगी।'

पिक्चर देखकर वे लोग धीरे-धीरे खुशनुमा बाज़ारों में चमकते हुए हंगामे में से गुज़रने लगे। आज बम्बई कितना सुन्दर नगर मालूम होता था। लोगों के चेहरे उम्मीद-भरे और मासूम दिखाई देते थे। खूबसूरत शो-केसों में जितनी रेशमी साड़ियां थीं, वे सब तरना के लिए थीं, जौहरियों की दुकानों पर जवाहरात के जितने ज़ेवर थे, वे सबके-सब राजू ने तरना को पहना दिए थे। कार वालों की दुकानों पर जितनी बढ़िया मोटरें थीं, वे सब राजू ने तरना के लिए खरीद डाली थीं। आज राजू और तरना लोक-परलोक से बेखबर होकर नहीं, बल्कि दुनियावी ज़िन्दगी ही से गुज़रते, दुनिया के बीच चल रहे थे जैसे सारा बम्बई शहर खरीद लिया हो। आज उन्हें ऐसा लग रहा था कि बस के क्यू पर जितने लोग खड़े थे, उनके इन्तज़ार में खड़े थे, फल वालों ने अपनी दुकानें उनके लिए सजाई थीं, चौपाटी के चाट वाले अपनी दुकान के ऊपर रंगीन छतरियां खोले उन्हें अपने पास बुला रहे थे, हैगिंग गार्डन के सारे फव्वारे उनके लिए पानी के मोती लुटा रहे थे, फूल उनके लिए हंस रहे थे, आसमान उनके लिए नीला था औन समुद्र की लहरें उनके लिए नाच पेश कर रही थीं।

नरीमान प्वायंट पर खड़े होकर वे देर तक डूबते सूरज का दृश्य देखते रहे। शाम की ललाई अपनी रंगारंग झलकियां तरना के चेहरे पर बखेरती रही और तरना के बाल हवा की लहरों से उलझते रहे और ऊंची-ऊंची लहरों की ठंडी-ठंडी हवा, मुहब्बत करने वाले चेहरों पर शबनमी मोती लुटाती रही और राजू ने तरना का हाथ अपने हाथ में लेकर कहा, 'तरना, इस बेकिनारे समुद्र के परे—तुम्हें कुछ नज़र आता है ?'

'हां।'

'क्या ?'

'एक घर।'

'सात रंगों वाला घर !'

'हां ! और एक दरवाज़ा मोतियों और हीरों से जड़ा हुआ।' तरना बोली।

'और उस दरवाज़े में एक लड़की खड़ी है।' राजू ने कहा।

‘तुम्हारी बीवी।’ तरना बोली।

‘हां, मेरी बीवी।’ राजू ने जवाब दिया।

‘तुम्हारी तरना ?’ तरना ने पूछा।

‘‘हां, मेरी तरना !’ राजू ने तरना की कमर में हाथ डालके कहा।

दोनों देर तक चुप खड़े रहे। लहरें पत्थरों पर उछल-उछलकर वापस होती रहीं। सूरज का गुलनार चेहरा, पतली लहरों में डुबकियां लेने लगा। हवा के झोंके तेज़ होते गए। दूर कहीं से खुश्बू आती थी और अपने साथ बहुत-से नगमे लाती थी। खुश्बू आत्मा के रोएं-रोएं में रच रही थी और नगमा दिल के कोने-कोने में बज रहा था और वे दोनों एक-दूसरे के साथ लगे-लगे खड़े थे, जैसे वे एक ही सफर की मंज़िल हों, एक ही आशा क़ी पूर्णता, एक ही सुर के आदि और अन्त।

‘तरना, मुझसे ब्याह कर लो !’ राजू ने धीरे से कहा।

‘मुझे वह घर ले दो।’ तरना समुद्र की ओर देखते हुए बिलकुल कुसफुसाकर बोली, जैसे वह राजू से नहीं अपनी रूह से कह रही हो।

‘वह घर ?’

‘हां—वह घर तुम्हें नज़र आता है न ?’ तरना जैसे अपने किसी सपने में खोई हुई बोली। फिर मुड़कर, वह कांपकर राजू के सीने से लग गई और सिसक-सिसककर बोली—

‘मुझे वह जवाहरात वाला घर भी नहीं चाहिए। मैं उसी घास-फूस के झोंपड़े को स्वर्ग बना लूंगी।—राजू, मुझे मेरा घर दे दो !’

राजू सिर झुकाके कुछ सोचने लगा।

दूसरे दिन तरना जब गंगाधर से मिलकर वापस आ रही थी, तो उसके पास एक कार आकर खड़ी हो गई और किसीने दरवाज़ा खोलकर कहा, ‘हलो !’

तरना ने सिर उठाके देखा। कार में सेठ मित्तल बैठा हुआ था। उसकी ओर देखकर मुस्करा रहा था। तरना ने उसकी ओर देखा और गुस्से से मुंह फेर लिया। सड़क के फुटपाथ पर हो ली। फुटपाथ के पास सेठ मित्तल भी गाड़ी धीरे-धीरे चलाते हुए बोला, ‘तुम अभी तक बम्बई में हो ?’

‘बम्बई क्या तुम्हारे बाप की है ?’

'ओ हो—इतना गुस्सा ! इतना गुस्सा ? डार्लिंग, गुस्सा थूक दो और मेरी गाड़ी में आकर बैठ जाओ।'

'नहीं।'

'मैं वायदा करता हूं, तुमसे कुछ नहीं कहूंगा।'

'नहीं-नहीं।'

'प्लीज़ !'

'जाते हो कि पुलिस को बुलाऊं ?' तरना एकदम भड़कके बोली।

'बुला लो, अगर तुम अपना स्कूल खोलना नहीं चाहती हो—तो !' सेठ मित्तल ने धीरे से कहा।

तरना चलते-चलते एकदम चौंकी। ठिठककर खड़ी हो गई, बोली, 'तुम ! तुम ! !'

मित्तल ने धीरे से सिर हिलाया, 'हां, मैं ही इस बिल्डिंग का सेठ हैं। मैंने तुम्हार स्कूल का इन्तज़ाम किया है। मैं इतना बुरा आदमी नहीं हूं, जितना तुम समझती हो। आओ, मेरी गाड़ी में बैठ जाओ। मैं भगवान की सौगन्ध खाके कहता हूं, तुम्हें कुछ न कहूंगा। जहां कहोगी, वहां उतार दूंगा।'

मित्तल ने अपनी गाड़ी का दरवाज़ा खोल दिया। तरना ने उसकी ओर गौर से देखा, और उसकी गाड़ी में उसके साथ आ बैठी।

मित्तल ने गाड़ी तेज़ करते हुए पूछा—

'कहां रहती हो ?'

'स्ट्रेंड के बाजू में बारहवीं गली के नुक्कड़ पर रहती हूं, मगर तुम मुझे ग्यारहवीं गली में ही उतार देना।'

ग्यारहवीं गली के नुक्कड़ पर जब तरना उतरने लगी, तो मित्तल ने कहा, 'तुम एक बहादुर लड़की हो। मैं तुम्हारी बहादुरी की कद्र करता हूं। आम लड़कियां तो बुज़दिल होती हैं और चालाक होती हैं और महज प्यारी होती हैं, मगर तुममें दूसरी अच्छी बातें भी मौजूद हैं, फिर भी तुम फुटपाथ पर क्यों सोती हो ? तुम्हें तो सोने के लिए महल मिल सकता है। तुम जो चाहो मुझसे मांग सकती हो। मैं तुम्हें तुम्हारी कीमत देने को तैयार हूं।'

'कीमत ?' तरना ने पूछा।

''हां।' मित्तल ने कहा, 'हर शख्स की एक कीमत होती है। तुम भी मुझे अपनी

कीमत बता दो।'

तरना को गुस्सा तो बहुत आया, मगर स्कूल के लिए वह अपना गुस्सा पी गई। धीरे से मुस्कराके बोली—

'अच्छा सेठ ! किसी दिन मैं तुम्हें अपनी कीमत बता दूंगी।'

'कब ?'

'इन्तज़ार करो।' तरना ने पीठ मोड़कर हाथ घुमाकर कार का दरवाज़ा ज़ोर से बन्द किया और मस्तानी अदा से चलती हुई नुक्कड़ पर गायब हो गई।

थोड़ी देर तो मित्तल उसे जाते हुए देखता रहा, फिर उसने होंठ चबाके धीरे से गाड़ी स्टार्ट की और बारहवीं गली से होता हुआ, तेरहवीं गली की ओर निकल गया। उसने कनखियों से बारहवीं गली के मोड़ पर बिजली के खम्भे के नीचे तरना को कुसुम से बातें करते हुए देख लिया, और उन दोनों लड़कियों ने उसे भी देख लिया, मगर मित्तल ने यह ज़ाहिर नहीं होने दिया कि उसने भी उन्हें देखा है। वह बड़ी सावधानी से गाड़ी चलता हुआ दिखावे के तौर पर सामने देखता हुआ चला गया।

मित्तल ने तरना के रहने की जगह देख ली, तरना ने भी मित्तल की बारहवीं गली से गुज़रते हुए देख लिया, लेकिन उन दोनों ने यह देखा ही नहीं कि एक अंधेरे कोने में खड़े राज़ ने भी उन दोनों को देख लिया।

फुटपाथ-स्कूल को जारी हुए दस दिन भी न गुज़रे होंगे कि रधिया ने अपने राज्य में फर्क महसूस किया। यह कोई बहुत बड़ा फर्क न था, मगर कड़वा फर्क था। अचानक गलियों में लड़ाई करनेवाले बच्चों के गोल के गोल गायब हो गए। जेबकतरे बच्चों की तादाद बहत घट गई। गुण्डों के लिए सी० आई० डी० का काम करनेवाले बच्चे कन्नी काटने लगे। घरों में नाजायज़ शराब ले जानेवाले लौंडे शाम ही से कहीं गुम हो जाते। लौंडों की निगाह में एक अजीबो-गरीब, बेखौफ और गुस्ताख चमक आने लगी। ये बातें बहुत ही दुखद थीं और दिल को परेशान करने वाली थीं। अचानक भट से निकलने वाले भेड़िये की तरह रधिया ने अपने नथुनों से हवा को सूंघा और आनेवाले खतरे का मुकाबला करने के लिए तैयार हो गया।

मगर सबसे पहले उसे यह मालूम करना था कि इस कड़वे बदलाव की वजह

क्या है। जब वह गली के लड़कों से पूछता, तो वे बड़े शांत और आदर-भरे स्वर में उसे टाल देते या कोई बहाना बना देते। उसे इतना तो मालूम हो गया था कि कोई गड़बड़ ज़रूर है, मगर अब उसने लड़कों को डराना छोड़ दिया। उसे इस मुश्किल को दूसरे ढंग से हल करना होगा। गली के बच्चे गुण्डों की बेहतरीन दौलत होते हैं। उसे उनपर कड़ी नज़र रखनी होगी। ये लोग कहां जाते हैं ? किधर गायब हो जाते हैं ? क्या करते हैं ? उस ओर आदमी भेजकर सब मालूम करना होगा। इस बीच वह बिलकुल खामोश रहेगा, जैसे किसी तरह का बदलाव न हुआ हो। उसे काम पर न आनेवाले लड़कों की हुक्म-उदूली की ओर से भी आंख बन्द करनी होगी, जैसे कायदे के खिलाफ कोई बात हो ही नहीं रही और सब कुछ ठीक चल रहा है।

चार-पांच दिन के बाद उसे सब कुछ मालूम हो गया। तीसरी गली में सेठ मित्तल की बिल्डिंग के पिछवाड़े की चारदीवारी में फुटपाथ-स्कूल खुला था। दो घंटे के लिए गंगाधर पढ़ाता था, और दो घंटे के लिए राजू की मंगेतर तरना पढ़ाती थी। किताबें और कापियां मुफ्त बांटी जाती थीं। लड़कों में और छोटी लड़कियों में सभीको पढ़ने का शौक दिन-ब-दिन बढ़ता गया और बढ़ रहा था। शुरू के दस-बारह दिनों में तो सारा मामला राज़ में रहा। बच्चे अपनी किताबें, कापियां और तख्तियां और सिलेटें वहीं स्कूल में छोड़ जाते थे। दस-बारह रोज़ के बाद जब किसी तरफ से एतराज़ न हुआ तो बच्चों के हौसले एकदम बढ़ गए। दस-बारह दिनों के अन्दर ही अन्दर फुटपाथ के बच्चों के हाथों में किताबें देखी जाने लगीं। कापियों पर शेर और हाथियों की तस्वीरें नज़र आने लगीं और सिलेटों पर गिनती और पहाड़े—। इससे पहले जब भी बनिये की दुकान के ऊपर के फ्लैट में रहने वाला एंग्लो-इंडियन बच्चा स्कूल जाता था, तो प्रभाकर उसे बड़ी हसरत की निगाह से देखा करता था और अपने होंठ सिकोड़कर हमेशा 'दुर्र' कहा करता था, क्योंकि प्रभाकर फुटपाथ का लड़का था। वह ताकत में और शरारत में भी एंग्लो-इंडियन बच्चे से तगड़ा था। फिर फुटपाथ के बच्चों की एक बिरादरी थी। वे लोग आज़ाद थे और खुद कमाते थे। वे सब कमज़ोर लोगों के बच्चे, माओं की गोद में रहनेवाले बच्चे न थे। उन बच्चों के कपड़े भी साफ न होते थे, कभी वे सफेद न होते थे। गंदे बोसीदा चीथड़े फुटपाथ के बच्चों को पहचानने की निशानी

थी। जिस दिन किसी बच्चे को नई कमीज़ या नेकर मिलती, पहले तो मिलती ही न थी, पर बदकिस्मती से किसी त्यौहार पर मिल जाती तो वह बच्चा उसे पहने हुए फख्र की बजाय शर्म महसूस करता था और जब तक मिट्टी में लोट-पोटकर दो ही घंटों में उसे गंदी न कर लेता, अपने हमजोलियों के साथ न खेल सकता। अगर किसी कमज़ोर बच्चे में अपनी नई चीज़ दिखाने के लिए उमंग पैदा होती और वह अपने हमजोलियों में उसी तरह पहने चला जाता, तो सब लड़के उसपर पिल पड़ते और कुछ लमहों में उसकी कमीज़ ऐसी बना देते, जैसी उनकी अपनी होती थी। धनवान अपना धन बांटना नहीं जानते, लेकिन गरीब अपनी गरीबी बांटना जानते हैं।

लेकिन स्कूल खुलते ही फुटपाथ के बच्चों में सफाई का एक नया खयाल पैदा हुआ। कपड़े तो अब भी उनके वही फटे हुए और पुराने होते थे, लेकिन अब वह पहले से साफ-सुथरे नज़र आने लगे थे। चेहरे धुले-धुलाए और बालों में पानी फेरकर मांग निकाली जाती। सातवीं गली के लौंडे राव को एक टूटी हुई कंघी कहीं मिल गई थी। स्कूल जाने से पहले राव के बीस-पच्चीस दोस्त रोज़ उस कंघी से अपने बाल ठीक किया करते थे, क्योंकि तरना का यही हुक्म था।

प्रभाकर, बह सात साल का छोटा-सा बच्चा—सात साल का होते हुए भी क्या है ? वह बहुत ही संजीदा और हंसमुख हो गया था। कुछ अपनी उमर से बड़ा ही दिखाई देने लगा था। अपने कपड़े खुद धोने लग गया था। अपने बाप के कहने के बावजूद उसने जेब काटने से इनकार कर दिया था। उसके बाप ने उसे दो बार मारा भी था, मगर प्रभाकर अपनी ज़िद पर डटा रहा।

और आज उस एंग्लो-इंडियन लड़के को बड़ा ताज्जुब हुआ, जब प्रभाकर ने उसे रोज़ की तरह 'दुर्र' कहने की बजाय मुस्कराके कहा, 'गुड मार्निंग !'

ऐंग्लो-इंडियन लड़का उसकी ओर देखकर ताज्जुब से भौंचक्का रह गया। फिर जब उसने प्रभाकर के हाथ में किताब देखी तो उसका नन्हा चेहरा खुशी से खिल उठा। उसने हंसकर कहा—

'गुड मार्निंग—मेरा नाम जोन्ज़ है।'

'मैं प्रभाकर हूं।' प्रभाकर ने बड़े गर्व से कहा।

दोनों बच्चों ने हाथ मिलाया और वे दोनों बातें करते हुए इकट्ठे चले गए।

कुसुम ने जब अपने बाप का बेबस, बुझा-बुझा-सा चेहरा देखा तो उसके मन में एक अनजानी खुशी की लहर-सी दौड़ गई। उसने बाप से कुछ कहा तो नहीं वरना वह भी पिटती मगर उसने धीरे से अपना मुंह फेर लिया और खुशी व फख्र के मिले-जुले भाव से अपने छोटे भाई प्रभाकर को उस एंग्लो-इंडियन लड़के के साथ जाते देखती रहीउस वक्त तक देखती रही जब तक वे दोनों आंखों से ओझल नहीं हो गए।

कमाने की छिपी हुई बार में रधिया ने मीटिंग बुलाई। उसके सब हिमायती पूरी तादाद में इकट्ठे हुए। रधिया बादशाह था और आज उसकी बादशाहत खतरे में थी। उसने पूरी ताकत से इस बगावत को कुचल देने का इरादा कर लिया था। रधिया अच्छी तरह जानता था कि गलियों के छोटे-छोटे बच्चों, आवारा लेकिन मासूम बच्चों से बहुत ही आसानी से नाजायज़ काम निकाले जा सकते हैं। बड़े ज़्यादा पैसे मांगते हैं, वफादार नहीं होते, मौका पड़ने पर ब्लैकमेल करने से भी नहीं चूकते। एक अच्छे बादशाह की हुकूमत इन छोटे-छोटे सिपाहियों के बगैर नहीं चल सकती।

ठीक है, उसे कमांडर और लेफ्टिनेण्ट भी चाहिए, लेकिन सिपाहियों के बगैर कमाण्डर भी बेकार होते हैं।

रधिया ने कहा, 'हम लोगों को गदर (ग़दर) का सामना करना है, गदरका ! अंग्रेज बच्चों के खिलाफ सौ साल पहले गदर नहीं हुआ था ?' कोली बोला, 'रधिया काका—क्या बात करते हो ! उन छोटे-छोटे लोंडों को तो दो दिन में मैं सीधा कर लूंगा। दो चांटे बहुत हैं।' 'हां, ठीक तो कहता है।' ब्रागेन्ज़ा बोला, उसकी ठोढ़ी पर चाकू का निशान था, 'हरेक गली में से दो-तीन लड़कों की ठुकाई कर दी जाए—सबके सामने। सब ठीक हो जाएंगे।'

'ठुकाई करने से लड़के हमारे खिलाफ हो जाएगे।' रधिया ने बात काटते हुए कहा, 'तुम लड़कों का दिल नहीं समझते ! कभी लड़के नहीं रहे ?' ब्रगेन्ज़ा चुप हो गया।

छोटे कद वाला चिन्तामनी बोला, 'एक-दो लड़कों को जान से मार दें तो ?' हमारी गली में एक मधुकर नाम का छोकरा है। वह गली के सब लड़कों को ढकेलकर फुटपाथ-स्कूल में ले जाता है। मान लो, कल उसकी लाश फुटपाथ पर

मिलती है या वह लड़का बम्बई से ही गायब हो जाता है !'

रधिया ने कड़ाई से कहा, 'तुम बेवकूफ हो। एक लड़के के कत्ल से हर गली का बच्चा-बच्चा हमारे खिलाफ हो जाएगा। बच्चे, बुड्ढे, जवान, औरतें, मांएं, बहुएं, हर शख्स—तुम किसी गली में घुस न सकोगे।'

कोली बोला, 'यह सब आग तरना की लगाई हुई है।'

राजू का चेहरा एकदम लाल हो गया।

'मेरा खयाल है कि इसका गंगाधर से ज़रूर कोई ताल्लुक है।—वह वनिता आश्रम वाला बुड्ढा—वह भी वहीं रोज पढ़ाता है। क्यों ? आज तक उसे फुटपाथ के बच्चों का खयाल नहीं आया !' कोली फिर बोला।

ब्रागेन्ज़ा बोला, 'अबे बेवकूफ, तरना गंगाधर के साथ नहीं, सेठ मित्तल के साथ लगी हुई है। जिस बिल्डिग के पिछवाड़े में स्कूल चलता है, वह बिल्डिग सेठ मित्तल की है। सेठ मित्तल को हम नहीं जानते क्या ? अकेले कोलाबे में उसके दस रण्डीखाने चलते हैं।'

'खामोश !' राजू गरजकर बोला और उसने अपना चाकू निकाल लिया। ब्रागेन्ज़ा ने भी अपना चाकू निकाल लिया और धीरे से बोला, 'एक औरत के लिए हम अपना सालों का धन्धा बर्बाद नहीं कर सकते। यह हमारी ज़िन्दगी और मौत का सवाल है। मुहब्बत करने के लिए दस लड़कियां मिल सकती हैं। मगर पहले पेट रोटी मांगता है।' ब्रागेन्ज़ा ने एक हाथ में अपना चाकू उठाया और दूसरे से अपना पेठे थपथपाया।

राजू ने अपना चाकू हवा में लहराया।

रधिया दौड़कर दोनों के बीच में आ गया।

'झगड़ा मत करो। आपस में झगड़ोगे तो बाहर की जीत का मुकाबला कैसे करोगे ?—नासमझो, बेवकूफो—हमारा झगड़ा गली के बच्चों से नहीं है। वह तो हमारे बच्चे हैं, हमारी अपनी दौलत हैं, हम एक उंगली भी अपने बच्चों के खिलाफ नहीं उठाएंगे, लेकिन हम उस स्कूल को बन्द कराके रहेंगे, जो इस सारे झगड़े की जड़ है। जिस दिन स्कूल बन्द हो गया, उसी दिन गली के बच्चे फिर हमारे काबू में आ जाएंगे।

'वाह—बाश्शाह ! क्या बात पैदा की है !' शंकर ने कहा और शंकर के साथ-

साथ दूसरे हिमायतियों ने भी वाह-वाह की।

रधिया ने पूछा—

'यह स्कूल कौन बन्द करेगा ? कौन ज़िम्मा लेता है ?'

जल्दी से कोली और ब्रागेन्ज़ा आगे बढ़े। अचानक उन दोनों के आगे राजू आ गया और रधिया की आंखों में आंखें डालकर बोला—

'यह काम मैं करूंगा, बाशा !'

रधिया ने ब्रागेन्ज़ा, कोली और राजू की तरफ देखा। फिर बोला, 'हां, राजू ही को यह काम करना चाहिए। ठीक भी यही है। मगर स्कूल कल बन्द हो जाना चाहिए राजू। और काम के लिए तुम्हें जितने आदमियों की ज़रूरत हो, ले सकते हो।'

राजू ने कहा, 'नहीं दादा ! इस काम के लिए मैं अकेला ही काफी हूं।'

वह रात बड़ी बोझिल और अंधेरी थी। राजू का दम सीने में घुटा जाता था। कहीं से एक हवा का झोंका न आता था। बिजली के खम्भे के पास तरना बेखबर सोई पड़ी थी। वह तीन घरों में बर्तन मांजती थी और दो घंटे स्कूल में पढ़ाती थी। पढ़ाने के अलावा उसे खुद भी पढ़ना पड़ता था। रात होते-होते वह बिलकुल थक जाती थी। खाना खाते ही सो जाती थी, वरना इससे पहले इन दोनों का यह उसूल था कि तरना और राजू दोनों गली का मोड़ घूमकर टेलीफोन-बूथ की ओट में बैठकर घण्टों बातें किया करते। मगर अब कितने दिनों से तरना से बात नहीं हुई थी और एक बार राजू ने तरना से कहा भी, मगर तरना ने नींद की अधिकता महसूस करते हुए इन्कार कर दिया।

आज राजू की आंखों में नींद नहीं थी। देर तक वह करवटें बदलता रहा। जब उसने देखा कि सब सो गए हैं, तो वह धीरे से अपनी जगह से उठा और तरना को जगाया। तरना ने जागकर ज़रा तुनक के कहा, 'क्या है ?'

'ज़रूरी काम है।'

'सुबह बात कर लेना—सोने दो।'

'नहीं, इसी वक्त बात करूंगा।' राजू की आवाज़ में एक नया स्वर था। तरना चौंकी, जैसे उसकी सारी नींद गायब हो गई हो। वह उठकर राजू के साथ-साथ हो

ली। राजू गली में घूम गया। वह भी घूम गई। राजू टेलीफोन-बूथ पर जाकर खड़ा हो गया। वह भी खड़ी ही गई और मुस्कराकर कहने लगी, 'अब बताओ, वह कौन-सा ज़रूरी काम है ऐसा, जिसके लिए तुमने मुझे आधी रात में जगा दिया ?'

तरना का खयाल था, रोज़-रोज़ की तरह वह आज भी उसे प्यार करेगा, लेकिन जवाब में बढ़कर राजू ने उसके गाल पर एक चांटा मारा और तलवार की धार की तरह तेज़, लेकिन दबे हुए स्वर में बोला, 'हरामज़ादी, सुअर की बच्ची, स्कूल के बहाने अपने यारों से मिलती है। गंगाधर से ! सेठ मित्तल से ! मेरी आंखों में भी धूल झोंकती है !'

तरना भौचक्की रह गई। उसकी आंखों में आंसू उतर आए। अपनी गाल सहलाते हुए बोली, 'नहीं—मैं बच्चों को पढ़ाने जाती हूं, तुम मेरे बारे में ऐसे कैसे सोच सकते हो ?'

'सब झूठ है, सब झूठ है ! अब मैं तेरे सारे फरेब जान गया हूं। उस दिन गंगाधर तुझसे मिलने आया तो तूने कह दिया कि बर्तन मांजने की नौकरी मिल रही है, हालांकि स्कूल खोलने की बात हो रही थी।'

'उस दिन मैंने इसलिए नहीं बताया था कि लक्ष्मन चाचा को शक न हो, वरना वह प्रभाकर को स्कूल न भेजते।...और...!!'

'और इसी स्कूल के लिए तू सेठ मित्तल की मोटर में सैर करती फिरती है !' राजू ने तरना के मुंह पर दूसरा चांटा ज़ोर से मारा।

तरना सिसक-सिसकके बोली, 'नहीं-मैं घर आ रही थी, वह रास्ते में मुझे गाड़ी चलाता हुआ मिल गया। उसने मुझे ग्यारहवीं गली के नुक्कड़ पर छोड़ दिया। रास्ते में उसने मुझे हाथ तक नहीं लगाया। मुझपर झूठा इलज़ाम न लगाओ। मैं सिर्फ तुम्हारी हूं राजू—राजू !'

'रण्डी...गश्ती...बदमाश,' राजू ने उसे मुक्कों और लातों से मारते हुए कहा। तरना लड़खड़ाके उसके पांव के पास जा गिरी। राजू उसकी ओर देखकर बोला—

'अगर तू कल से स्कूल में पढ़ाने गई, तो मैं तेरी जान ले लूंगा।' राजू यह कहकर तरना को वहीं सिसकता छोड़ चला गया।

बहुत देर के बाद तरना वहां से उठी। उसने अपने आंसू पोंछे। हायडरनेट खोलकर पानी पिया और मुंह धोया और कपड़े झाड़े—बाल ठीक किए। फिर वापस आकर बिजली के खम्भे से लगकर बैठ गई। रात-भर वह राजू का इन्तज़ार

करती रही, ताकि वह राजू को सब कुछ बताए, सब समझाए, उसे अपने सीने से लगाए, मना ले; उसकी गलतफहमी दूर करे; मगर रात-भर इंतज़ार करती रही और रात-भर राजू नहीं आया।

दूसरे दिन—

वह काम से छुट्टी पाकर स्कूल चली गई।

उसे जाना ही था !

अजीबो-गरीब स्कूल था यह ! न कुर्सियां थीं, न मेज़, न डेस्क, न बेंच; बैठने के लिए टाट तक न था, जो गांव के प्राइमरी स्कूलों में होता है। स्कूल के दोनों तरफ पिछवाड़े की कतारें थीं। एक तरफ बिल्डिंग की रिपेयरिंग का सामान रखा हुआ था। ईंटें, सीमेंट और चूना, बांस की खपच्चियां और लकड़ी के टुकड़े, रंग के डोल और कटोरियां और बीच की जगह में नंगी धरती पर मिट्टी पर बच्चे बैठे थे। दूर-दूर की गलियों से बच्चे पढ़ने आते थे। पहले दिन तो चार-पांच बच्चे ही थे, फिर आठ-दस हुए सौ हुए और अब ढाई सौ के करीब बच्चे इस पिछवाड़े पढ़ने आते थे।

उनके सामने एक बहुत बड़े ब्लैकबोर्ड के पास तरना खड़ी थी और उन्हें गिनती के पहाड़े याद करा रही थी। यह आज का आखिरी सबका था। इसके बाद जन-मन-राण होगा या 'वंदे मातरम्' या 'सारे जहां से अच्छा'।

तरना किसी न किसी कौमी गीत पर अपना स्कूल बन्द करती थी।

आज तरना ने सबक तो सब पढ़ा दिया था, मगर वह अपने दिल में बहुत ही परेशान थी—राज़ की बदसलूकी से, राजू के न आने से, राजू की गलतफहमी से। उसने ऐसा क्यों किया ? कोई कैसे सोच भी सकता है कि वह...छी कितना गन्दा दिल है उसका ! वह ऐसा क्यों हो गया है ?—उसने मुझपर कभी हाथ न उठाया था ! —कभी न उठाया था !!

पहाड़े पढ़ाते-पढ़ाते वह एकाएक खामोश हो गई थी और अपने दिल ही दिल में कुछ सोच रही थी कि एक छोटी-सी लड़की ने उसके दामन से चिमटकर कहा, 'बहनजी ! सबक खत्म हो गया है, अब कौमी गीत शुरू करें ?'

'हां—हां,' तरना ज़रा चौंककर बोली। वह कहां खो गई थी— 'हां-हां,

गाओ—गाओ, आज वह सुनाओ—' तरना अपने चेहरे पर ज़बरदस्ती की मुस्कराहट लाते हुए बोली—

'सारे जहां से अच्छा !'

लड़कियों ने कोरस शुरू किया—

'सारे जहां से अच्छा, हिन्दोस्तां हमारा !'

लड़कों के कोरस ने जवाब दिया—

'हिन्दी हैं हम वतन है, हिन्दोस्तां हमारा।'

ढाई सौ बच्चों की आवाज़ फुटपाथ के मासूम, गरीब, मिस्कीन मज़दूर बच्चों की आवाज़, एक चैलेन्ज बनकर हवा में लहराई। अचानक किसीने दीवार से अन्दर छलांग लगाई। तरना ने घूमकर देखा—यह राजू था और गुस्से से लाल-पीला होकर ब्लैकबोर्ड की तरफ दौड़ता चला आ रहा था। राजू ने तीन लम्बे-लम्बे डग भरकर तरना को धकेल दिया और ब्लैकबोर्ड को दोनों हाथों से उठाकर दे मारा।

तरना गिरी और उसके गिरते ही बच्चे डर गए, गाना बन्द हो गया। राजू ने आगे बढ़कर दो-तीन लड़कों के लातें जमाईं। दो-तीन लड़के गिर पड़े। लड़कियां चीख-चीखकर भागने लगीं। इतने में दीवार फांदकर तीन-चार गुंडे और आ गए और वे सब बच्चों को पीटने लगे। उनके हाथों से किताबें और कापियां छीन-छीनकर, फाड़-फाड़कर टुकड़े करने लगे। बच्चे घबराकर स्कूल से भागने लगे।

अचानक उनके कानों में तरना की आवाज़ आई। उसकी चोली मसक गई थी और साड़ी भी फट गई थी। उसकी बांह से खून बह रहा था और वह गुस्से से चिल्ला रही थी, 'मत जाओ बच्चो, मत जाओ। यह स्कूल तुम्हारा है, इसकी हिफाज़त तुम्हारे हाथ में है। अगर तुम आज चले गए, तो फिर यह स्कूल कभी न खुलेगा।' बच्चे भागते-भागते खड़े हो गए, लेकिन उनकी समझ में न आ रहा था कि वे क्या करें।

तरना दौड़कर राजू के सामने खड़ी हो गई और दोनों हाथ अपने कूल्हों पर रखकर आग बरसाती निगाहों से देखते हुए बोली—

'क्या यही कुलीगिरी तुम करते रहे हो ? ट्रंक उठाते रहे हो और घाव खाते रहे हो ? साफ-साफ क्यों नहीं कहते कि तुम रधिया के चाकर हो ? चाकू चलाते हो और गुंडागीरी के पैसे खाते हो ?—हैं—? मैं तुमको क्या समझती थी और तुम क्या निकले ? तुमने हर दिन मुझसे झूठ बोला और हर समय मुझे धोखा दिया। बोलते

क्यों नहीं अब ? तेरी ज़बान को चुप्पी क्यों लग गई है ? कुछ याद है, तुम बम्बई क्यों आए थे दो बैल खरीदने के लिए—अंह—तुम बैल क्यों खरीदोगे ! बम्बई आकर तुम खुद एक बैल बन गए हो !'

राजू ने गुस्से में आकर अपना हाथ उठाया। तरना चीखकर बोली, 'उस रोज़ तुमने मुझपर हाथ उठाया, मैंने मार खा ली थी, क्योंकि मैं समझती थी यह हाथ मुहब्बत और प्यार के अन्धे गुस्से से मजबूर होकर उठे हैं, मगर आज हाथ लगाकर तो देखो।'

'मेरे सामने से हट जाओ तरना, वरना बोटी-बोटी अलग कर दूंगा।'

'हरगिज़ नहीं—आज जो मेरे स्कल को तोड़ेगा, मैं उसकी हड्डी-पसली तोड़ देंगी !' यह कहकर तरना ने बिजली की सी तेज़ी से कोने में पड़े हुए मरम्मत वाले सामान से एक ईंट उठा ली और अपने बदन का पूरा ज़ोर लगाकर राजू की ओर दे मारी और स्कूल के बच्चों से बोली—

'आगे बढ़ो—बहादुर बच्चो—और इन गुंडों को मारकर भगादो।'

अचानक सारे बच्चों में जोश की एक लहर दौड़ गई, जैसे उनके अन्दर बिजली की करंट घूम गई हो। फुटपाथ के बच्चे थे, बड़े सधे हुए, बहादुर और हिम्मती बच्चे थे। उन्होंने गलियों में कई लड़ाइयां लड़ी थीं। ये बच्चे निडर, बहादुर और बेखौफ थे। घाव खाना और घाव देना जानते थे।

कुछ ही लमहों में लड़कों ने अपनी कतार सजा ली। लड़कियों को एक ओर घेरे में ले लिया और गुंडों पर पत्थरों की बौछार शुरू हो गई। किसीके हाथ में ईंट थी, किसीके हाथ में पत्थर, किसीके हाथ में लकड़ी का डंडा था, तो किसीके हाथ में बांस की खपच्ची ! किसीके हाथ में अपनी तख्ती ही थी—और वे सब लोग मिलकर गुंडों पर इल्ला बोल रहे थे। गुंडों ने कुछ लमहों के लिए मुकाबला किया, मगर वे लोग पांच-सात थे, बच्चे ढाई सौ थे और चारों ओर से पत्थरों की बारिश-सी हो रही थी। किसीका घुटना फूटा, किसीकी आंख पर लगी, किसीका सिर खुल गया। कुछ ही देर में सब खुंडे भाग निकले। मैदान बच्चों के हाथ रहा।

सब गुंडे भाग गए थे, लेकिन राजू ऐन घेरे में आ गया था। वह लड़कों के बीच घिर गया था और उसके जिस्म पर तख्तियों, पत्थरों, लकड़ी के डंडों की बौछार बरस रही थी और उसके ऊपर-नीचे, आगे-पीछे चारों ओर बच्चे मारे ही

जाते थे और उसे किसीने इतनी मुहलत भी न दी कि वह अपना चाकू निकालके अपनी हिफाज़त कर सके। वह कुछ देर तो बेबसी से हाथ-पांव चलाता रहा और एक अंधे की तरह उस भीड़ से बच निकलने की कोशिश करता रहा। आखिर लड़खड़ा के धरती पर गिर गया। लड़के उसका सर कुचलने ही को थे कि तरना बिजली की तरह रास्ता चीरकर उसके सर पर जा पहुंची और अपने दोनों हाथ फैला के कहा—

'नहीं—नहीं, किसीकी जान लेना पाप है।' तुमने अपना स्कूल बचा लिया है। अब ये पत्थर, डंडे सब फेंक दो।'

लड़के पहले तो गुस्से से, गिरे हुए राजू को देखते रहे, जैसे उसे कच्चा ही चबा जाएंगे, फिर वे शर्मा गए। पहले एक ने पत्थर हाथ से छोड़ दिया, फिर दूसरे ने लकड़ी का डंडा फेंक दिया, फिर वे हौले से वहां से पलट गए और अपनी फटी किताबों के पन्ने जमा करके स्कूल से जाने लगे।

तरना राजू पर झुक गई, राजू बेसुध और बेहोश पड़ा था। उसके बदन से लहू बह रहा था। तरना ने राजू का सर अपनी जांघ पर है लिया और उसके चेहरे से लहू पोंछने लगी और चुपचाप रोने लगी।

'बच्चे सिर झुकाए शर्मिन्दा और पछताते वहां से जाने लगे।

एकाएक तरना ने रुंधे गले से कहा—

'बच्चो—अपना गीत खत्म करके जाओ !'

जाते हुए बच्चे रुक गए, पलटे और पलट के तरना के चारों ओर खड़े हो गए और उन्होंने गीत गाना शुरू किया। गीत गाते-गाते अचानक उन्होंने मुट्ठियां भींच लीं और गरजकर बोले—

हिन्दी हैं हम !
हिन्दी हैं हम !!
हिन्दी हैं हम !!!
हिन्दोस्तां हमारा !

एकाएक राजू को होश आ गया। उसने तरना की जांच से सार उठाया। तरना को देखा। अपने चारों ओर नन्हे-नन्हे मासूम चेहरों को देखा, जिनके चेहरों पर चट्टान की सी मज़बूती स्पष्ट थी और फख्र था। लड़कियों के चेहरे पर पहाड़ी भोर

की रोशनी थी और गीत एक झरने की तरह उसके चारों ओर गिर रहा था—

'ऐ आब रूदे गंगा !

ऐ आब रूदे गंगा !!

ऐ आब रूदे गंगा !!!

वे दिन हैं याद तुझको !

उतरा तेरे किनारे, जब कारवां हमारा।

और राजू को वे दिन याद आए, जब वह जंगल में था, अपने घर में था और अपने गांव में था। फिर उसे वह दिन याद आया, जब उसका बाप मरा था। फिर उसे वे दिन याद आए, जब वह दो बैलों को लाने के लिए, अपने पुरखों को धरती में हल चलाने के लिए, अपने गांव से बाहर निकला था।

फिर उसे वह दिन याद आया, जब वह पहली बार तरना से मिला था।

फिर उसे वह वायदा याद आया, जो उसने तरना से किया था। फिर उसे वह सारा जीवन याद आया, जो उसने उस वायदे के तोड़ने में बिताया था...

अचानक राजू को अपने-आपसे बहुत ही नफरत महसूस होने लगी। उसका सीना अफसोस और गुस्से से भर आया, वह लड़खड़ाकर उठ बैठा और जब वह लड़खड़ाकर उठा, तो उसका चाकू कमरबन्द से नीचे गिर गया। राजू ने झुककर अपना चाकू अपने हाथ से उठा लिया, उठाकर गौर से उसकी ओर देखा, फिर उसने बाजू फैला चाकू को ज़ोर से पिछवाड़े में बहने वाली गंदी मोरी में फेंक दिया और खुद अपना चेहरा अपने हाथों में छिपाए तरना की ओर देखे बिना लड़खड़ाता हुआ वहां से चलने लगा।

और जिधर-जिधर से वह गुज़रता गया, उसके जिस्म से लहू की बूंदें टपटप करके गिरती गईं और उन्हें देखकर तरना ने सोचा—

'क्या इसी तरह से उम्मीदों का खून होता है ?'

स्कूल तोड़ने की नाकामयाबी की खबर चारों ओर आग की तरह फैल गई। इस हादसे से रधिया के काम-काज को बहुत बड़ी चोट पहुंची। मगर वह चुप रहने वाला आदमी भी न था। वह आसानी से हार मानने वाला आदमी भी न था। वह

बहुत चतुर-चालाक था, होशियार था, काइयां था, मगर ज़िद्दी और अक्खड़ भी था। उसने इस हादसे के बाद, उसी रात को कमाने की छिपी हुई बार में अपने हिमायतियों की वार-कौंसिल बुलवाई।

इस वार कौंसिल ने सबसे पहले यह तय किया कि उन सभी गुंड़ों को पहले छीला जाए, जो लड़कों के पथराव से डर के भागे थे। 'छीलना उनकी एक खास बात है, जिसमें सज़ा पाने वाले गुंडे के हाथ-पांव बांध दिए जाते हैं और वह एक कुर्सी पर या ज़मीन पर औंधा होके अपनी कमर नंगी करके बैठ जाता है और फिर उसकी पीठ पर चाबुक लगाए जाते हैं। वार-कौंसिल ने इस चाबुकों की सज़ा देने का सुझाव रखा जो पास हो गया और उसपर तुरन्त कार्रवाई हुई। गुंडों ने बच्चों से हार मानी थी, यह तो बुज़दिली की हद है!

इसके बाद इस बात पर चर्चा हुई कि छीले जाने के बाद भी स्कूल तो बन्द न होगा। अब स्कूल बन्द करने की एक ही तरकीब थी कि तरना को किसी तरह से फुटपाथ पर से गायब कर दिया जाए और उसे किसी ऐसे कहवाखाने में पहुंचा दिया जाए, जहां उसे अच्छी तरह से छीला जा सके। मगर औरतों और मर्दों के छोले जाने में बड़ा फर्क है। जब किसी औरत को छीलना होता है, तो उसे चाबूक नहीं मारे जाते, बल्कि उसे किसी ऐसे कहवाखाने में पहुंचाकर उसकी सैकड़ों बार बेइज़्ज़ती की जाती है, ताकि शरमो-हया और औरतपन की आखिरी बूंद भी उसके दिल और दिमाग से गायब हो जाए। छीले जाने का यह काम कई महीने जारी रहता है। इसके बाद औरत इस बात पर मजबूर हो जाती है कि वह रंडी का पेशा कर ले।

बार-कौंसिल के सब लोग तरना के छीले जाने के हक में थे—रधिया के सिवा। रधिया अभी कुछ देर खामोश रहना चाहता था, क्योंकि पथराव और लड़ाई की वजह से बिल्डिंग के दरवाज़ों और खिड़कियों के बहुत-से कांच टूट गए थे। बहुत-से पत्थर दूसरी बिल्डिंगों पर भी पड़े थे। पुलिस जांच भी कर रही थी। साफ है कि तलाशियां ली जाएंगी। कुछ गुंडे भी पकड़े जाएंगे। इस बीच अगर रधिया के आदमियों ने तरना को गायब कर दिया, तो पुलिस सख्ती पर मजबूर हो जाएगी।

रधिया ने कहा, 'हमें इस मौके पर पुलिस को मजबूर न करना चाहिए, बल्कि

पुलिस का साथ देकर चुने हुए बदमाश लड़कों को रिफारमेट्री भिजवा देना चाहिए। वहां से हमारे लिए वे बहुत फायदेमन्द बनकर निकलेंगे। इसके अलावा तरना के खिलाफ कोई एक्शन लेने से पहले सेठ मित्तल से पूछना ज़रूरी है।—और—और राजू कहां है ?'

मगर राजू वार-कौंसिल से गायब था और कोई नहीं जानता था कि वह कहां है।

कोली ने बहुत ही लापरवाही से कहा, 'जाएगा कहां, खुद ही आ जाएगा। पुलिस के डर के मारे भाग गया होगा। बाशा को खुद खबर हो जाएगी।'

'यह मैं मालूम कर लेगा।' रधिया ने पूरे इत्मीनान से कहा, 'मगर सबसे पहले सेठ मित्तल से मिलना ज़रूरी है।' गुंडों ने 'हां' में सिर हिलाया, क्योंकि वे जानते थे कि अगर सेठ मित्तल इजाज़त न देते, तो वह स्कूल उनकी बिल्डिंग के पिछवाड़े में न खुल सकता था। गंगाधर अकेले की क्या मजाल थी। फिर यह भी सब जानते थे कि इससे दरअसल फुटपाथ के लड़कों का भला करना न था, बल्कि तरना को फांसने का जाल बिछाया गया था।

'बेवकूफ है वह !' रधिया ने गुस्से में चिल्लाते हुए कहा, 'एक औरत के लिए सारा धन्धा बरबाद कर रहा है। क्या उसे मालूम नहीं है कि हम दोनों का भला इसी में है कि हम एक रहें।'—'मगर मित्तल से पूछे बगैर तरना के खिलाफ एक्शन लेना ठीक न होगा।' ब्रागेन्ज़ा ने हंसकर कहा।

'हां, सब काम जम्हूरी ढंग से होना चाहिए।'

'शंकर ने पूछा, 'अगर मित्तल सेठ न माना तो ?'

रधिया ने एकदम बिगड़कर कहा, 'जाएगा कहां ? मैं साले को मोटर समेत उलट दूंगा।' रधिया की हुकूमत खतरे में थी, वह तो आखिरी हद तक जाने को तैयार था।

लेकिन यह रधिया की गलती थी, क्योंकि इस दुनिया में, जो सीढ़ियों की तरह ऊपर से नीचे जाती है, हर आदमी की अपनी जगह है और रुतबा है। बादशाहं का दर्जा बहुत ऊंचा होता है, लेकिन खुदा उससे भी ऊंचा है। हर इलाके का एक बादशाह होता है या एक से ज़्यादा बादशाह होते हैं, मगर हर इलाके का खुदा भी तो होता है, जैसे मित्तल कोलाबे का खुदा था। वह खुदा, जो ज़मीन से बहुत दूर

किसी फ्लैट में रहता था, किसीको नज़र नहीं आता था, जो गलियों की लड़ाई और झगड़े में कुछ नहीं बोलता था, जो सबसे बेखबर था, जिसे फिर भी हर बात की खबर रहती थी। आम लोग उसके भेद नहीं पा सकते थे। उसकी इजाज़त के बिना कोलाबा का एक पत्ता नहीं हिल सकता था। हिलता भी था, तो उसे खबर हो जाती थी और उसके हुक्म मानने वालों के लिए, वह मेहरबान था और अपने विरोधियों के लिए बेरहम भी था।

सेठ मित्तल के साथ रधिया का इंटरव्यू दिखावे में तो बहुत अच्छा रहा। मित्तल ने रधिया की बातें, उसकी तोहमतें, उसके दुखों की राम-कहानी बड़े गौर से सुनी। उससे हमदर्दी भी ज़ाहिर की, उसकी मदद करने का वायदा भी किया, लेकिन मित्तल को रधिया की धमकी पसन्द न आई, जब उसने मित्तल से यह कहा कि अगर स्कूल बन्द न हुआ तो रधिया भी सेठ का बहुत-सा धन्धा बन्द करा देगा, सेठ को रधिया का साथ देना ही होगा।

यह बात मित्तल को पसन्द नहीं आई। वह इलाके की हर वाजिब बात सुन सकता है, लेकिन अपने खिलाफ धमकी नहीं सुन सकता।मगर खुदा के तरीके बड़े राज़भरे होते हैं। गरीब फुटपाथ पर धन्धा करनेवाले यह नहीं जान सकते हैं कि ऊपर के फ्लैट वाले के दिल में क्या है।

मित्तल रधिया की धमकी सुनकर मुस्करा दिया। उसने कुर्सी से उठकर बड़ी रहमदिली से रधिया के कंधे पर हाथ रखा और उसे प्यार से थपथपाते हुए बोला, 'तुम तो मेरे आदमी हो रधिया—तुम बिलकुल बेफिक्र रहो। सब ठीक हो जाएगा, मगर कुछ अर्से के लिए चुप हो जाओ। पन्द्रह अगस्त गुज़र जाने दो।'

रधिया ने सेठ का शुक्रिया अदा किया और खुशी-खुशी वहां से लौट आया। वापस आते ही उसने अपने सब हिमायतियों को यह बात बता दी। वे लोग भी बेहद खुश हुए। मित्तल की मदद बहुत ही ज़रूरी थी। ब्रागेन्ज़ा ने कहा—

'यह तो बहुत अच्छा हुआ भाई कि सेठ मित्तल हमारे साथ हैं। दरअसल इस नेक काम में जितने आदमियों की मदद हासिल हो सके, हमें लेनी चाहिए। यह ज़रूरी काम का पहला उसूल है।'

ब्रान्गेज़ा दसवीं जमात पास था और रधिया एलेक्शन का एक्सपर्ट था। इलाके

के इलेक्शन का काम वही करता था। लीडरों की बात भी वही ठीक से समझता था। यह अलग बात थी कि वह उन रटे-रटाए फिकरों को जहां भी चाहे इस्तेमाल कर लेता था। गुण्डे उसकी बातों से फक् नहीं होते थे, क्योंकि ब्रान्गेज़ा दिल का अच्छा और वफादार दोस्त था।

रधिया के चले जाने के बाद मित्तल ने कुछ देर सोचा, फिर सोचकर एक जगह टेलीफोन मिलाया और पूछा—

'चमन अस्पताल से वापस आ गया ? ऐं ? एक हफ्ते में आएगा। अच्छा, आते ही मेरे पास भेज देना।'

इतना कहकर मित्तल ने टेलीफोन रख दिया और फिर किसी गहरी सोच में डूब गया।

सारी रात तरना न सो सकी। कभी-कभी उसका दिल डूबने लगता। आखिर वह इस अनजाने शहर में एक गरीब और निहत्थी लड़की थी। आज रात राजू भी न आया था। आज उसने बहुत बड़ी मुखालफत मोल ले ली थी। क्या वह अकेले इस काम को कर सकेगी ? कभी-कभी वह बहुत ही डरपोक हो जाती। कभी-कभी गुस्से और नफरत से उसका दिल खौलने लगता। मेरी मुहब्बत ने राजू को बरबाद कर दिया था। अगर वह तरना से प्यार करता, सच्चा प्यार करता, तो क्या इस तरह पुकारकर दीवार फलांगकर स्कूल तोड़ने के लिए आता ?—

वह गांव की मासूम पहाड़ी लड़का, जिससे तरना को इतनी मुहब्बत थी, आज मुहब्बत के हाथों बरबाद हो चुका था। यह तो राजू न था, जिससे वह प्यार करती थी, जिससे उसने शादी करने का वायदा किया था। वह कैसे एक जानवर के साथ अपनी ज़िन्दगी तबाह कर सकती थी ! वह, जो अपने उद्देश्य से भटक गया था जिसे यह तक याद नहीं था कि वह यहां क्यों आया था और अब क्या कर रहा है ! गम, गुस्से और नफरत की भावनाएं आंसू बनकर उबल आई और वह धीरे-धीरे रोने लगी। तब उसकी सिसकियां सुनकर कुसुम उठकर उस के पास आई और उसे ढाढ़स बंधाते हुए बोली, 'घबराती क्यों है—आ जाएगा—जाएगा कहां ?' 'नहीं,' तरना झल्लाकर गुस्से से बोली, 'मैं उसकी सूरत तक देखना नहीं चाहती। बदमाश ! गुण्डा !' कुसुम डर गई। थोड़ी देर के बाद अपनी जगह पर आकर सो

गई। मगर तरना रात भर न सो सकी। झुंझलाती, कुढ़ती और रोती रही।

मगर दूसरे दिन भी राजू न आया।

तीसरे रोज़ भी राजू न आया।

दसवें रोज़ भी राजू न आया और तरना ने सब्र कर लिया। अब तक गम और गुस्से और नफरत के बावजूद तरना का दिल अन्दर से कभी-कभी राजू के खयाल से पिघलने लगता था और उसका जी चाहता था कि राजू उसके पास आए। वह अपने कसूर की माफी मांग ले। अपना सर उसके कदमों में रख दे, तो वह रोती हुई दोनों हाथों से उसे उठा लेगी। अपने सीने से लगाकर उसे माफ कर देगी और उसे माफ करते ही खुद झुक जाएगी। उसकी हो जाएगी। यह दुनिया कितनी बड़ी, खूबसूरत और हसीन है, मगर राजू के बगैर अधूरी है।

लेकिन जब राज नहीं आया, तो उसका पिघलने वाली औरत का दिल जमता गया, ठंडा होता गया। दिल की तरह धीरे-धीरे धड़कने वाली चाहत की आवाज़ नफरत के जज़्बे में दब गई। रोज़मर्रा के काम का सख्त खोल अपनी ज़िन्दगी पर चढ़ा लिया और ऐसी हो गई जैसे उसके सीने के आंगन की बगिया में कभी गुलाब न महके थे।

पन्द्रह अगस्त के दिन पहले गली में ज़ोर-ज़ोर का हल्ला हुआ। तरना बर्तन मांजने के काम से छुट्टी पाकर अभी आकर बैठी ही थी और स्कूल जाने की तैयारी कर रही थी कि गली के नाके पर शोर उठा और लोगों की आवाज़ें आने लगीं, मारा गया—मारा गया—खून-खून कत्ल।' गली के नाके से पुलिस के आदमियों के साथ कुछ जवान रधिया की खून में लथपथ लाश को उठाएपुलिस-स्टेशन ले जा रहे थे। उनके पीछे अलग-अलग गलियों के लड़कों का हुजूम था। सब लोग सन्नाटे में रह गए। जो जहां था बैठा रह गया। औरतों ने भयभीत होकर मुंह फेर लिया। बच्चों ने माताओं की बगल में मुंह, छिपा लिया। बुड्ढे और जवान और नई उमर के लड़के उठ-उठकर रधिया की लाश को देखने लगे, जिसके जिस्म पर चाकू के पन्द्रह-सोलह गहरे घाव थे। उसकी आंखें खुली थीं। दोनों हाथ खाली लटक रहे थे—गली के बादशाह के, जो मर चुका था और पुलिस स्टेशन ले जाया जा रहा था।

लोग दो-दो, चार-चार की टुकड़ियों में खड़े सरगोशी में बातें कर रहे थे। उनके चेहरे फक् थे। आंखों की पुतलियां किसी अनजान खौफ से कांप रही थीं। अब

क्या होगा—अब क्या होगा ?

रात के ग्यारह बजे, जब सब सोने की तैयारियां कर रहे थे, चमन हाथ में डालड़ा का डिब्बा लिए हुए फतहयाबी की चाल से गली में आया। उसके साथ उसके हिमायती थे। उन लोगों ने न सिर्फ अपनी दो गलियों पर कब्ज़ा कर लिया था, बल्कि रधिया की गलियों को भी हथिया लिया था। कुछ लोग तो यह भी कहते सुने गए कि चमन ने अपना बदला ले लिया। उसने अपने हिमायतियों और ऊपर वालों की मदद से रधिया को मरवा डाला था और अब वह अपना टैक्स वसूल करने आया था।

चमन धीरे-धीरे बड़ी शान से झूमता हुआ चल रहा था। उसके चेहरे पर चाकू के निशान , जीत के तमगों की तरह चमक रहे थे। वह धीरे-धीरे आगे बढ़ता, लोग सर झुकाके उसके डिब्बे में पैसे डाल देते और वह आगे बढ़ जाता।

बुड्ढे लक्ष्मन ने अपने परिवार के पैसे तरना समेत चमन के डिब्बे में डाल दिए। चमन कुसुम और तरना को घूरता हुआ आगे बढ़ गया।। गली की दूसरी नुक्कड़ पर पगला खड़ा था। चमन को देखते ही पगले ने सैल्यूट किया। अपना काला हैट हवा में लहराया और चिल्लाकर अंग्रेज़ी में कहा—

द किंग इज़ डैड,
लौंग लिव द किंग।[1]

चमन मुस्कराता हुआ आगे निकल गया।

राजू फिर कभी फुटपाथ पर नज़र न आया—न उसे बदमाशों के साथ देखा गया, न कोलाबे में कहीं पाया गया। वह कहां खो गया था ? उसे ज़मीन खा गई थी या आसमान ? कोई उसके बारे में कुछ नहीं जानता था। गंगाधर ने तरना को बताए बगैर उसे ढूंढ़ने की कोशिश की थी, मगर उसका पता न चल सका था। गंगाधर को पूरी बात की खबर न थी, मगर वह कभी-कभी तरना का खोया हुआ चेहरा देखकर महसूस कर लेता था। तरना पहले से ज़्यादा मेहनत से काम करने लगी थी और हर वक्त अपने-आपको मशगूल रखने की कोशिश उसकी हालत को बता रही थी। सांझ के समय सब काम से छुट्टी पाकर वह

१. राजा स्वर्गवासी हुए, राजा चिरंजीवी हों।

एकाएक अपने-आपको बहुत अकेला महसूस करती और उसे खयाल आता कि इससे पहले किसीका इन्तज़ार करना भी कितना भला लगता था ! किसीके लिए खाना पकाना, खाना गर्म करना, खुद खाना परोसना, अपने सामने उसे खिलाना, कितनी खुशी और सुकून की बात होती थी ! रात को फुटपाथ पर वह चाहे उससे दूर और अलग सोता था, तो भी रात की खामोशी में जब कभी तरना की आंख खुल जाती तो वह अपने से दो हाथ परे सोए हुए उसके नींद-भरे चेहरे को देखकर ही कितनी खुश हो जाती थी ! जैसे वह राजू है, तो सब ठीक है। दुनिया का हर पुर्ज़ा अपनी जगह ठीक है। वक्त की घड़ी चल तो रही है, मगर संगीत के सातों सुरों से भरी है।

दुःख बहुत थे, मगर मुहब्बत की निगाह ने फुटपाथ के पत्थर भी नरम और गुदाज़ कर दिए थे। न जाने क्या बात थी, मगर जब फुटपाथ पर बैठे, पास की दीवार से टेक लगाए राजू और तरना रात की खामोशी में धीरे-धीरे बातें करते थे और वह राजू के कंधे पर अपना हाथ रख देती थी और राजू धीरे से उसकी कमर में हाथ डाल देता था, तो नीले आसमान की खामोशी के नीचे गली की बिल्डिंगे, फले हुए पेड़ों की तरह झुक जातीं। फुटपाथ के तले से कलियां-सी फूटने लगतीं और खम्भों के बीच ख़िचे हुए तार, वायलिन की तरह बज उठते और ज़मीन और आसमान एक अनजानी लय से भर जाते।

मगर तरना को अब न ये संगीत सुनाई देते थे, न फुटपाथ से कलियां फूटती थीं और न उसे अनदेखे फूलों की महक आती थी। अब बिल्डिंगे बिल्डिंगे थीं। बिजली के तार बिजली के तार थे। फुटपाथ फुटपाथ था। दिल राख था। ज़ेहन तल्ख था। कमर टूट-टूटकर बेसहारा हुई जाती थी। उसका सारा जिस्म उससे खिलाफत कर रहा था। पहले तो यों न था। राजू के हाथ के छूने से उसका सारा जिस्म भरोसे से भरपूर हो जाता था—एक कसी हुई वायलिन की तरह !

और अब ?

और अब ? ?

उसे राजू की ज़रूरत थी ? नहीं, उसे उस बदमाश की कोई ज़रूरत नहीं थी। वह राजू को चाहती थी ? नहीं, वह हरगिज़-हरगिज़ उस चाकूमार गुंडे से प्यार नहीं कर

सकती। राजू उसे बहुत याद आता था ? बिलकुल नहीं आता था। वह उसे अपने दिल के हर कोने से झाड़ू मारकर निकाल सकती थी।

राजू—आ जाओ—मैं अकेली हूं, बिलकुल अकेली हूं।—मत आओ—मुझसे बात तक न करो। तुम वह राजू थोड़े हो। पहाड़ी झरने की तरह मासूम राजू, मैं तुमसे प्यार करती हूं। प्यार करती हूं।—नफरत करती हूं। तुम कहां हो राजू, कहां छिपे बैठे हो ? मेरे सामने क्यों नहीं आते ? मत आओ—मत आओ।—मैं तुम्हें देखना तक नहीं चाहती। तुम्हारी सूरत से बेज़ार हूं।

आह—राजू—आ जाओ !!

सांझ को घबराकर तरना बाहर निकल पड़ती और एक बेपतवार नाव की तरह अपने-आपको हुजूम के समुद्र में खो देती, फिर उसे कुछ याद न रहता। वह कहां जा रही है ? क्यों जा रही है ? किधर जा रही है ? क्या चाहती हैं ? क्या ढूंढ़ती है ? किसे ढूढ़ती है ? उसके दिल का ओर क्या है ? उसकी आत्मा का छोर कौन-सा है ? उसके दर्द की मंज़िल कहां है ? मुहब्बत करना आसान है, दर्द की मंज़िल तक पहुंच जाना बहुत मुश्किल है !

मीलों तक वह चलती जाती। हुजूम में—हुजूम से बाहर, सड़कों पर, समुद्र के किनारे, बाज़ारों और रोशनियों में, सड़क के पेड़ों की अंधेरी छांव में, अनजानी गलियों में, चीखते हुए बाज़ारों में, चलती मोटरों की धूमधाम में, ट्रैफिक के शोर में, सबसे परिचित मगर सबसे बेखबर ! अपने सपनों में चलती चली जाती, बाजार, गलियां, सड़कें सुनसान हो जातीं, नेसकट के फूल झुककर रोने लगते। समुद्र कराहता हुआ गहरी-गहरी सांसें लेने लगता।

अचानक तरना ठिठककर खड़ी हो गई।

यह आवाज़ !

वही आवाज़ !

जैसे बंजली, जंगलों में गूंजती हुई नदियों की तरह ढूंढ़ती हुई, पहाडी दर्रों की तरह बुलाती हुई—बुलाती हुई—बुलाती हुई—उस आवाज़ की लय ने, जैसे उसकी कमर में हाथ डाल दिए, जैसे उसके दिल में डोर बांध दी और वह उस डोर से लगी-लगी—जाते-जाते बेइख्तियार राजू के सामने खड़ी हो गई।

तरना को देखकर राजू चौंककर उठा। उसकी आंखों में आंसू थे। उसके सर पर नेसकट के लाल फूल थे। लाल फूलों के ऊपर घने पत्तों के अंधेरे के पास की बिल्डिंग की खिड़कियों से रोशनी छन-छनकर आ रही थी। खिड़की में खड़ी एक लड़की उन दोनों को देख रही थी। उसके घने काले बालों में उसका प्यारा चेहरा खामोश और राज़-भरा दिखाई देता था। खिड़की से प्यानो की आवाज़ सुनाई देती थी। शायद भीतर कोई प्यानो बजा रहा था। लड़की ने अपने बालों की एक लट अपने मुंह में ली और किसी गहरी सोच में डूब गई या फिर प्यानो की धुन में डूब गई।

'तरना'—राजू ज़ोर से चिल्लाया—और दोनों हाथ फैलाकर आगे बढ़ा।

और राज के ज़ोर से चिल्लाने से जैसे तरना के सारे सपने टूट गए। जैसे किसी ज़ालिम हाथ की हरकत से उसके सारे रेशमी ताने-बाने टूट गए और उसका एक पल पहले का मीठा मुलायम दिल एका एक मज़बूत मुट्ठी की तरह बन्द हो गया और बह बड़ी सख्ती से बोली—

'खबरदार, जो मुझे हाथ लगाया।' राजू डरकर पीछे हट गया। तरना को अपनी गोद में लेने के लिए बेचैन उसके खुले हुए बाज़ू नाउम्मीद होकर झुक गए और वह मुड़-मुड़कर तरना को देखता रहे गया।

'शर्म तो नहीं आती ?' तरना एकदम भड़ककर बोली—'क्या सोचकर आए थे, क्या हो गए ?'

राजू ने कुछ न कहा। उसने आजिज़ी-भरी निगाहों से एक बार तरना की ओर देखा और जब उसके चेहरे को गुस्से से लाल बबूला देखा और जब उसे तरला की आंखों से गुस्से और नाराज़गी की चिंगारियां-सी उड़ती नज़र आईं तो उसने शर्मिन्दा होकर अपनी गर्दन झुका ली। कुछ पल उसी तरह खामोश तरना के सामने खड़ा रहा, जैसे अपनी ज़िन्दगी के शर्मिन्दा गुनाह के लिए, माफी के लिए उसके सामने खड़ा हो।

तरना ने दांत पीसकर कहा, 'इस ज़िन्दगी से तो यही अच्छा था कि तुम कुछ खाके मर जाते।'

राजू के चेहरे पर गम की एक गहरी-सी लकीर चाबुक की मार की तरह नज़र आई। राजू एकदम पलट पड़ा और गर्दन झुकाए वहां से भाग गया और जब वह भाग गया तो अचानक तरना का दिल बैठ गया और उसकी समझ में

न आया कि वह क्या कहना चाहती थी और क्या कह गई, या वह वही कहना चाहती थी जो कह गई, लेकिन जिसका वह मतलब न था, जो आम तौर पर लफ़्ज़ों का मतलब होता है। कभी-कभी लफ़्ज़ वही होते हैं, लेकिन मन की ज़बान दूसरी होती है। इन्सान दूसरे को गाली देता है और अपने ही लहू में उंगलियां डुबोता है।

'राजू—राजू—तुम कहां जा रहे हो ?' तरना नाउम्मीद जुदाई में चीखी, 'सुनो राजू !' मगर राजू इस वक्त जा चुका था। उसने तरना की आवाज़ नहीं सुनी। तरना नेसकट के पेड़ से पलटने लगी। डालियों के झुरमुट में अभी तक खिड़की में खड़ी वह लड़की उसे नज़र आ रही थी। अन्दर कमरे में प्यानो बजाने वाले ने प्यानो बन्द कर दिया था और अब वह खिड़की में आकर खुले काले बालों वाली लड़की को अपनी बांहों में लेकर उसकी आंखें चूम रहा था।

तरना का दिल डर और नाउम्मीदी से कांपने लगा। 'राजू—तुम कहां हो ? मेरे जंगली, तुम कहां चले गए ? आ जाओ-मेरे जंगली मेरे पास आ जाओ। मुझसे प्यार कर लो। अब मैं तुमसे कुछ न कहूंगी। तुम्हारे पांव छूकर, तुमसे माफी मांग लूंगी। राजू—क्या तुम सचमुच औरत के दिल को नहीं समझते हो ? अरे ज़ालिम, यह जो औरत होती है न—यह बड़ी अजीब होती है। यह अपने प्रीतम के चेहरे में भगवान का चेहरा देखने लग जाती है।'

और कोई अपने भगवान का चेहरा बिगड़ते हुए कैसे देख सकता है ? राजू—जंगली, बेवकूफ ! क्या तुम कभी औरत के दिल को नहीं समझोगे ? हवा नेसकट के फूलों को चूम रही थी और सामने की खिड़की में खड़ा वह आदमी अभी तक उस खुले बालों वाली लड़की को चूम रहा था।

बहुत रात गए तक तरना और कुसुम बातें करती रहीं। आज फिजा घुट-घुटी-सी थी। धुआं रुक-रुका-सा था। हवा गन्दी और बोझिल थी। आंखों में मिरंचें-सी लगती थीं। सांस रुकी जाती थी, नथनों में उबले हुए तेल, जले हुए सपने, भीगी हुई मूंगफलियों और बासी पूरियों की सड़ी हुई बू आती थी। चारों ओर बिखरी हुई, धुंधलाती हुई रोशनी के पीले-पीले-से धब्बे थे और उनके इर्द गिर्द मैली-कुचैली सीली हुई अंधियारी के गन्दे चीथड़े फैले हुए थे। चारों ओर ऊंची-ऊंची बिल्डिंगों

के ऊंचे दो-तरफा फुटपाथ पर लेटे हुए लोग यों नाचीज़-से मालूम होते थे, गोया किसी बहुत बड़े चूहेदान में बहुत-से चूहे फंस गए हों। उस वक्त तरनाका दम घुटा जाता था और वह अपने गांव के खुले वातावरण में सांस लेना चाहती थी। वह राज़ू को अपने साथ ले जाना चाहती थी और आज राजू को खुद उसने अपनी गलती से हमेशा के लिए अपने-आपसे दूर कर दिया था। आज उसका जी चाहता था कि सब कुछ कुसुम से कह दे। कुसुम का औरत का दिल असल में सब कुछ समझ लेगा। मगर किसीको समझाने से भी क्या होगा। दुनिया के सारे गम बांटे जा सकते थे, मगर दिल का गम कैसे बांटा जाएगा ? बांट देने से सारे बोझ हल्के हो जाते हैं। बस यही बोझ है, जो ज़िन्दगी से मौत तक अपने सर पर उठाकर चलना पड़ता है। आखिर में पाप भी खत्म हो जाते हैं, पुण्य भी खत्म हो जाते हैं, सिर्फ गम बाकी रहता है। यह गम चाहे अपना हो या दुनिया का हो, चाहे राह का हो या किसी फुटपाथ का या किसी गली का या किसी स्कूल का, यह सब गम बांटे जा सकते हैं, मगर बस एक राजू का गम नहीं बांटा जा सकता है !

काश ! कोई ऐसा तरीका होता !

तरना ने राजू के बारे में कुसुम से कोई बात नहीं की, लेकिन कुसुम अपने दिल की बहुत-सी बातें करती रही। उन दिनों में कुसुम में एक बहुत बड़ा फर्क आता जा रहा था। पहले स्कूल की बात हुई और दो दिन कुसुम ने तरना से सीधे मुंह बात नहीं की और अन्दर ही अंदर शायद वह तरना से जलने लगी थी। शायद उसे नापसन्द करने लगी थी, शायद उससे नफरत करने लगी थी, गांव की इस लड़की को हमारे शहर के गंदे फुटपाथ पर आकर अपनी मासूमियत और बहादुरी और पक्के इरादे की नुमाइश करने का क्या हक था ? कुसुम को कुछ दिनों तो ऐसा लगा, जैसे तरना नये कपड़े पहनकर उसे जला रही हो। फिर जब रात के अंधेरों में उसने तरना को चुपके-चुपके रोते सुना, तो उसका औरत का नरम दिल अपनी सहेली के लिए दीवानावार चाहत से भर गया। उसने बेइख्तियार तरना को अपने गले से लगा लिया और उसका गीला-गीला मुंह चूमकर, उसके आंसू पोंछते हुए, वह खुद भी रोने लगी। फिर जब रधिया मर गया, तो वह कुछ दिन चुपचाप बिल्कुल खोई रही। उसे रधिया के मरने का गम न था। खुशी थी। मगर वह कुछ दिन सोचती रही, दिल ही दिल में कुछ फैसला करती रही। फिर एक दिन तरना ने देखा कि कुसुम स्कूल

के बच्चों को सलीके से बिठा रही है, उनमें किताबें और कापियां बांट रही है। किसीका इज़ारबन्द बांध रही है, तो किसी नन्ही बच्ची को पेशाब कराने के लिए ले जा रही है, तो किसीको पानी पिला रही है और फिर सबसे आखिर में बैठके सबक भी पढ़ रही है। उस दिन तरना अपने मन में बहुत खुश हुई और उसी सांझ स्कूल से छुट्टी पाकर दोनों सहेलियां बहुत दूर तक घूमने के लिए निकल गईं और उसी पल कुसुम ने तरना को बताया कि कभी वह चरना से मुहब्बत करती थी। चरना, जो होम्यो फार्मेसी के बाहर सोता है, और गोदी में बोझा ढोता है। मगर चरना ने उसकी मुहब्बत ठुकरा दी थी, क्योंकि चरना को मालूम था कि कुसुम रधिया के पास भी जाती है, इसलिए कुसुम का मन सब मर्दों से नफरत करने लगा था। आखिर खुद चरना क्यों रधिया के सामने झुकता था ? क्यों उसे टैक्स देता था ? क्यों उसे सलाम करता था ? आख़िर ये मर्द अपने-आपको औरतों से इतना ऊंचा क्यों समझते हैं ? औरतें अपना जिस्म बेचती हैं तो मर्द भी अपनी रूह बेचते हैं; जो कुछ उनके पास होता है, सब बेच डालते हैं ! चरना अगर ऐसा ही बहादुर था, तो क्यों न मुझे रधिया के ज़ुल्म से बचा लिया ? क्यों नहीं बचा लिया ? बताओ तरना ?'

तरना ने कहा—

'कोई किसीको नहीं बचा सकता। खुद अपने-आपको बचाना पड़ता है और किसी मर्द की इज़्ज़त भी औरत की इज़्ज़त की तरह नहीं होती, क्योंकि औरत के कोख होती है और मर्द के नहीं होती और मर्द के पास तो सिर्फ एक इज़्ज़त होती है, लेकिन औरत के पास तीन इज़्ज़त होती हैं जिनकी हिफाज़त उसे करनी पड़ती है।'

'तीन इज़्ज़ते ? वह कैसे ?' कुसुम ने पूछा।

'मेरी नानी कहा करती थी कि औरत के पास तील इज़्ज़तें होती हैं—एक तो औरत की अपनी इज़्ज़तदूसरे उसके मई की और तीसरे उसके बच्चे की इज़्ज़त–तीन इज़्ज़त हुईं कि नहीं ? मर्द का क्या है ? लफंगा—अपनी इज़्ज़त को लेकर जहां चाहे बेच खाए।'

तरना हंसने लगी। कुसुम भी हंसने लगी। हंसते-हंसते अचानक वे चुप हो गईं, क्योंकि एक साया चलता-चलता उनके पास आकर खड़ा हो गया था। कुसुम और तरना ने सिर उठाके देखा। सामने चमन खड़ा था।

'उठो कुसुम !' उसने हाथ के इशारे से कुसुस को बुलाया।

कुसुम का रंग फक् हो गया, मगर वह वहीं की वहीं बैठी रही।

'उठो !' चमन ने गरजके कहा।

उसकी आवाज़ इतनी ऊंची थी कि आसपास के सोए हुए लोग शक नहीं कि जाग उठते, लेकिन इत्तिफाक से या मसलहत से, कोई न जागा। यहां तक कि कुसुम की मां और उसका बाप भी, जो उसके बिल्कुल करीब सोए थे, बिल्कुल न जागे। ऐसा मालूम होता था, जैसे बेसुध सोए पड़े हैं।

कुसुम ने नाउम्मीदी से इधर-उधर देखा, मगर उसे मालूम था कि कोई न जागेगा। उसने घबराकर तरना पर निगाह डाली, मगर तरना भी इस तरह बैठी थी, जैसे पत्थर की सिल ! उसके चेहरे पर किसी तरह के भाव के निशान न थे। वह बिल्कुल पत्थर के बुत की तरह खामोश बैठी थी—कभी कुसुम को, कभी चमन को देख रही थी। कुसुम उठकर खड़ी हो गई। तरना का दिल धक्-धक् करने लगा। वह गहरी नज़रों से कुसुम को देखने लगी, मगर मुंह से कुछ न बोली। चमन मुस्कराया, हाथ का इशारा करते हुए बोला, 'मेरे पीछे-पीछे आओ।' यह कहकर चमन चलने लगा। दो-तीन कदम चलकर पीछे मुड़कर देखने लगा तो कुसुम उसी तरह बिजली के खंभे से लगी फुटपाथ पर खड़ी थी। चमन को गुस्सा आया और पलटकर बिजली के खम्भे के पास गया और हाथ बढ़ाकर कुसुम को पकड़ने ही वाला था कि चाकू का एक धारदार फल हवा में लहराया और कुसुम ने नागिन की तरह फुंकारकर कहा, 'अगर तुमने मुझे हाथ भी लगाया तो इस चाकू से इसी दम अपना गला काट लूंगी।'

चमन ने घूरकर कुसुम की ओर देखा, मगर उसे कुसुम के चेहरे पर कोई कमज़ोरी नज़र न आई। उसकी जलती हुई आंखों में, खिंचे हुए लहजे में, गर्दन पर रखे हुए चाकू के फल में उसे एक ऐसे पक्के इरादे की झलक नज़र आई कि उसका आगे बढ़ता हुआ हाथ धीरे से नीचे हट गया। कुछ पल वह वहीं खड़ा कुसुम को घूरता रहा और कुसुम उसी मज़बूती से चाकू अपने गले पर रखे खड़ी रही। आखिर चमन की नज़र नीची हो गई और वह खिसिया के मुस्कराया और मुस्कराके कुछ बड़बड़ाया और तेज़ी से वहां से चला गया। उसके जाने के बाद कुसुम का सारा जिस्म कांपने लगा और चाकू उसके हाथ से नीचे गिर

पड़ा और वह फूट-फूटकर रोने लगी। तरना ने उसे गले से लगा लिया। उसके आंसू पोंछे, उसे प्यार किया, उसे सहारा दिया, उसे शाबाशी दी और उससे कहा, 'बस इतनी ही सी बात थी। औरत अगर अपनी इज़्ज़त की हिफाज़त पर तुल जाए, तो दुनिया की कोई ताकत उसे बेइज़्ज़त नहीं कर सकती।' कुसुम रोते-रोते गज़बनाक होके बोली—

'इस वक्त वह अगर ज़रा-सा भी हाथ से छू देता, तो मैं तुरन्त चाकू से अपनी गर्दन काट लेती। ज़रा-सा न झिझकती। मैं तुमसे सच कहती हूं।'

'शाबाश ! शाबाश !! तूने बड़ी हिम्मत से काम लिया कुसुम ! अब वह कमबख्त कभी तेरे पीछे नहीं पड़ेगा। मगर यह चाकू तूने कहां से लिया ?'

'तेरे राजू का है। स्कूल की मोरी में मिल गया था।' कुसुम रोते-रोते मुस्करा पड़ी और तरना के गले से लगकर बोली—

'अरे कम्बख्ती, तुझे राज़ कभी याद नहीं आता ! इतनी जल्दी उसे भूल गई ! मैं तो चरना को गाली देने पर भी उसे नहीं भूली। तू कैसे उसे भूल गई ?'

'मैं तो कुछ नहीं भूली—वही सब कुछ भूल गया है, कुसुम !' तरना ने एकदम उदास होकर कहा।

इस हादसे के बाद पन्द्रह अगस्त की छुट्टी आई और उस दिन न सिर्फ बिल्डिंग वाले, बल्कि फुटपाथ वाले भी छुट्टी मनाते थे और खुश थे। खुशी इस बात की नहीं थी कि पन्द्रह अगस्त के बाद गरीबों की ज़िन्दगी बेहतर हो चली थी। वह तो नहीं हुई थी। खुशी इस बात की कि गैरों की गुलामी से छुटकारा मिला था, क्योंकि इंसान चाहे वह फुटपाथ पर ही क्यों न रहता हो, वह सिर्फ जिस्म ही तो नहीं है, रूह भी है; और जिस प्रकार जिस्म भूख से छुटकारा मांगता है, उसी तरह रूह भी गुलामी से छुटकारा मांगती है। इन्सान सिर्फ रोटी ही पर नहीं जी सकता, वह सिर्फ आज़ादी ही पर नहीं जी सकता, बल्कि रोटी और आज़ादी के साथ-साथ, जो रोटी आज़ादी के खमीर से तैयार की गई हो और आज़ादी, जिसके साये में गेहूं की बालियां मुस्कराती हों—इन दोनों के संगम से जिस्म और रूह तरोताज़ा होते हैं। फुटपाथ वाले तो खैर बहुत सवेरे उठने के आदी थे, लेकिन आज बिल्डिंग वाले

भी बहुत सवेरे उठ गए थे।

उन लोगों ने घर सजाए थे। झंडे लगाए थे। गलियों में रंग-बिरंगे कागज़ की झंडियां लगाई थीं और छोटे-छोटे तिरंगे—गलियों के आर-पार—सड़क के दोनों तरफ—एक रंगीन छल्ला-सा बनाए हुए बढ़ रहे थे। आज के दिन धर्मराज ने अपना काला झंडा उतार के झोली में रख लिया था। आज उसके कपड़े उजले थे। एक हाथ में एक बड़ा तिरंगा था और दूसरे हाथ में कागज़ का एक बहुत बड़ा भोंपू, जिसे बजा-बजाके वह गली के बच्चों को इकट्ठा कर रहा था। थोड़ी देर के बाद उसके इर्दगिर्द अलग-अलग गलियों के सौ-डेढ़ सौ बच्चे जमा हो गए। इन सबके हाथों में कागज़ के छोटे-छोटे भोंपू थे या कागज़ के तिरंगे थे या सीने पर वे तिरंगा तमगा टांके हुए थे, लेकिन मज़े की बात यह थी कि आज सब बच्चों के कपड़े भी उजले थे। इससे पहले सिर्फ उनके दिल उजले हुआ करते थे, मगर चौदह अगस्त को तरना ने स्कूल में आने वाले बहुत-से बच्चों को खुद अपने हाथों से उनके गन्दे कपड़े धोकर पन्द्रह अगस्त के रोज़ साफ-सुथरे कपड़े पहनकर समुद्र के किनारे कौमी झंडे को सलामी देने के लिए कहा था और उसी वक्त गली के बच्चे धर्मराज की रहबरी में शोर मचाते हुए जा रहे थे। बिल्डिंगों के बच्चे और फुटपाथ के बच्चे और दूसरे लोग, मर्द और औरतें सब लोग अलग-अलग टोलियों में किनारे की तरफ कदम बढ़ा रहे थे।

दिन बड़ा उजला और चमकीला था। किनारे की रेत से समुद्री झाग की महक आती थी और सामने बन्दरगाह के पानी में दूर-दूर के देशों से आने वाले सुन्दर जहाज़ खड़े थे। मोटर-बोट चल रहे थे और दो-दो आने में समुद्र की सैर कराने वाली किश्तियां शोर मचाने वाले बच्चों, रंगीन लिबास वाली औरतों और मुर्गों की तरह मगरूर मर्दों से भरी हुई 'चग-चग' करती चली जा रही थीं। शौकीन-मिज़ाज नौजवान गले में रूमाल बांधे, नौजवान लड़कियों को घूरते हुए चल रहे थे या अपना ट्रांज़िस्टर ले जाते हुए औरतों के झुंड के पास से एक ऐसी शान से गुज़रते जैसे उन्हें उनसे कोई दिलचस्पी न हो और ट्रांज़िस्टर रेडियो की आवाज़ सुनकर मुर्गियों की तरह एक गल्ले पर इकट्ठी औरतें गर्दन घुमाकर उनकी ओर देखने लग जातीं।

फिर पुलिस का बैंड था।

मिलिट्री का बैंड था।

सिपाहियों का मार्च था। एक बड़े आदमी की तकरीर थी, जो बहुत मोटा और बहुत खुशहाल नज़र आता था और पन्द्रह अगस्त का ज़िन्दा इश्तहार मालूम होता था। फिर नारियल-पानी वाले थे और दहीबड़ें की चाट वाले थे और रबड़ के गुब्बारे वाले थे। गधे के सिर पर आदमी का धड़ दिखाने वाले थे और मजमा लगाकर आदमी का सिर खाने वाले थे। फिर वहां प्रेमी थे, नव-ब्याहताएं थीं, नौ बच्चे वाले बाप थे, जेबकतरे थे, लूटने वाले थे, लुटाने वाले थे, मगर आज सब खुश थे। एक दिन के लिए सब एक हो गए थे, मगर सिर्फ एक दिन के लिए।

कौमी झंडे की सलामी के बाद तरना ने गंगाधर की मदद से अपने स्कूल में भी प्रोग्राम रखा था, जिसमें बच्चों के अलावा बच्चों के मां-बापों को भी दावत दी गई थी। स्कूल के बच्चों ने अपनी ड्रिल दिखाई, गाने सुनाए, नाच दिखाए, ड्रामे किए, नकलें उतारीं, हंसी-मज़ाक का अच्छा-खासा सामान रहा और फुटपाथ पर रहने वालों ने पहली बार अपने बच्चों को एक नई नज़र से देखा और उनकी निगाहें उम्मीदों-भरे भविष्य से जगमगा उठीं।—

शाम होने से पहले तरना और कुसुम बाज़ारों में रोशनियां देखने के लिए घर से बाहर निकल गईं। आज तरना और कुसुम दोनों ने एक ही रंग की साड़ी पहनी थी। एक ही किस्म के फूल लगाए थे और हाथ में हाथ डाले मुस्कराती हुई जब वे गली से बाहर निकलीं, तो कुसुम की मां ने अपने आदमी से कहा, 'बिलकुल बहनें मालूम होती हैं।'

उसके आदमी ने जवाब में नफरत से मुंह मोड़ लिया। और सबको मालूम था कि कुसुम का बाप कुसुम और तरना की दोस्ती को पसन्द नहीं करता है। उसके ख्याल में तरना कुसुम की आदतें खराब कर रही थी। उसे चौपट किए दे रही थी। फुटपाथ की लड़की बिल्डिंग वाली लड़की की नकल करके ज़िन्दा कैसे रह सकती है ? इंसान को अपनी खाल में रहना चाहिए।

कुसुम के बाप ने गुस्से, नफरत और हिकारत से अपने कालाकांडी तम्बाकू वाले पान की पीक ज़ोर से एक कोने में फेंक दी। चमन ने कुसुम के इंकार करने पर कुसम के बाप को शराब के धन्धे से अलग कर दिया था। 'क्या तुमने ऐसी बच्ची का नाम भी सुना है, जो जान-बूझकर बाप की रोज़ी पर लात मार दे। अच्छा, अगर

नहीं सुना तो सुन लो। उसका नाम कुसुम है और वह हरामी, वही मेरी बेटी है,' कुसुम का बाप ज़ोर से चिल्लाया। 'तुम्हें शर्म नहीं आती ? त्योहार के दिन अपनी बेटी को गाली देते हो ?' कुसुम की मां रूठकर बोली, 'चले जाओ यहां से वरना तुम्हारा मुंह झुलस दूंगी।'

कुसुम का बाप सिर झुकाए वहां से चलने लगा, तो उसकी बीवी चीखकर बोली, 'ठर्रा बेचने के सिवा तुमको कोई धन्धा नहीं सूझता है ? मेरी तरह बर्तन क्यों नहीं मांज लेते ? मगर जिसके मगज़ में हराम हो, वह हलाल की कमाई क्यों करने जाएगा ?'

कुसुम की मां ने अपने आदमी पर फेंकने के लिए इधर-उधर से कोई पत्थर ढूंढ़ा, मगर जब फुटपाथ पर उसे कुछ नजर न आया, तो वह दोनों हाथ फैलाए उसका मुंह नोचने के लिए आगे बढ़ी।

उसका आदमी दोनों कान लपेटकर वहां से भागा।

नरीमाइन प्वायंट का छोटा-सा मुस्लील-नुमा कोना, जो समुद्र में दूर-दूर तक निकल गया है, वहां पर खड़े होकर तरना और कुसुम ने सूरज को समुद्र में डूबते हुए देखा। उसका गोल बैज़वी लाल चेहरा समुद्र में धीरे-धीरे डूब रहा था और एक पल के लिए तरना के जी में आया कि वह चिल्लाकर कहे 'भागो-भागो' सूरज की मदद को भागो, सूरज डूब रहा है।' मगर दूसरे पल में जब समुद्र की लहरें सूरज के खून से गुलनार हो गईं और ललाई का लहू पश्चिमी बादलों पर फैल गया और सायं-सायं करती हुई हवा, लहरों के कानों में उदास नगमे सुनाने लगी तो उस पल में तरना सूरज को भूल गई और उसका दिल एक नामालूम लेकिन गहरी उदासी से भर गया और उस फैले हुए बौछार समुद्र को देखकर, जहां पर सूरज डूब रहा था, वहां पर उसे अपना घर, अपना गांव, अपना पहाड़ उभरता हुआ नज़र आया। सुनहरे-सुनहरे धुंधलकों में उस पहाड़ की चोटी पर उसका चमकता हुआ घर था और हीरे की तरह जगमग-जगमग करता हुआ अपने पास बुला रहा था। उसकी मां दरवाज़े पर खड़ी, आंसुओं के दीप जलाए उसका इंतज़ार कर रही थी और उसका छोटा भाई दोनों हाथ फैलाए उतनी दूर से नन्ही आवाज़ से चिल्लाके उससे कह रहा था—

आओ—आओ तरना—मेरी बहन आओ।

तुम हमसे दूर कहां चली गई हो ?

एकाएक घबराकर तरना ने अपने सीने पर अपना हाथ रख लिया। जो बातें मुमकिन नहीं हैं, उनका सोचना फ़िज़ूल है। खुले आसमान को देखकर गांव की खुली फिजा मुझे क्यों याद आ जाती है ? डूबते हुए सूरज की गुलनार रोशनी में मेरा घर क्यों चमकता है ? लहरों के साथ मेरा दिल भी भागने को क्यों मचल-मचल जाता है ?—क्यों ?

तरना ने समुद्र से मुंह फेर लिया और जब वह मुंह फेरने लगी, तो अचानक उसकी नज़र कुसुम पर पड़ी। कुसुम एक अजीब खोए हुए ढंग से समुद्र को देख रही थी और उसकी आंखों में आंसू थे।

'तुम्हें भी कुछ नजर आता है ?' तरना ने समुद्र की ओर इशारा करके पूछा—वहां ?'

कुसुम ने हौले से अपने आंसू झटक दिए और भीगी हुई आंखों से मुस्कराते हुए बोली, 'हां ! मुझे सात रंगों वाला एक फुटपाथ नज़र आता है वहां।'

'जिसके किनारे एक छोटा-सा घर है ?'

'हां।'

'और घर के दरवाज़े पर तुम्हारा दूल्हा चरना ?'

'हाय' कहकर एकदम कुसुम तरना के साथ लिपट गई और उसने उसके कंधे में अपना मुंह छिपा लिया और मुंह छिपाते-छिपाते बोली, 'हाय तुम्हें कैसे मालूम हो गया !'

'क्यों, क्या मैं औरत नहीं हैं ?' तरना बोली, 'मैं जानती हूं सब औरतों के सपने एक ही तरह के होते हैं ? एक दिन मैंने भी यही देखा था, मगर उस दिन...' तरना की आवाज़ थर्रा गई—

'उस दिन राजू मेरे साथ था।'

मेरीनड्राइव का बन्द रंगीन पहनावे की एक सुन्दर कतरन की तरह था, जो समुद्र के किनारे-किनारे लहराता हुआ चला गया था। बन्द पर सैकड़ों खुश-खुराम, खुश-लिबास जोड़े टहल रहे थे। बन्द के किनारे सड़कों पर धुली-धुलाई गाड़ियां, हार पहने, फूल लटकाए, झंडे लहराती धीरे-धीरे चल रही थीं। कुसुम और तरना सड़क क्रास करके चर्चगेटस्ट्रीट की तरफ बढ़ गईं, जहां बड़े-बड़े होटल थे, बड़े-बड़े डिपार्टमेंट थे, स्टोर्स थे। आदमी के बराबर कांच की खिड़कियों में प्लास्टिक की औरतें खूबसूरत कपड़े पहने खड़ी थीं। पान वाले चांदी की थालियों में सुनहले और रुपहले वर्क वाले

पान सजाए खड़े थे। मोगरे की बेनी बेचने वाली लड़कियां, सियाह आंखों में तेज़ काजल लगाए, टुंबाला निकाले, पलकों की धार तेज़ किए, बिजलियां गिराती थीं और रंगीले मर्दों को एक के बजाय दो-दो बेनियां खरीदने पर मजबूर करती थीं।

चलते-चलते तरना और कुसुम दोनों मित्तल-स्टोर के पास आकर रुक गईं। मित्तल डिपार्टमेंट स्टोर की शानदार सात-मंज़िल इमारत के नीचे एक हुजूम खड़ा था और सब लोग सर ऊंचा किए ऊपर देख रहे थे—जहां सात मंज़िलों से ऊपर मित्तल डिपार्टमेंट स्टोर की चोटी पर कंक्रीट का एक बर्फी जैसा गुंबद बांस की खपच्चियों और बिजली के तारों से लदा-फंदा खड़ा था।

'वह देखो—वह देखो,' हुजूम में से कुछ लोग चिल्लाए। तरना और कुसुम ने भी सर उठाकर ऊपर देखा। बहुत दूर ऊपर फिजा में इस गुंबद पर एक आदमी चढ़ने की कोशिश कर रहा था। इतनी दूर से वह लकड़ी का एक छोटा-सा खिलौना मालूम होता था। कौन है वह ?

हुजूम में से किसीने पूछा, 'क्या कर रहा है ?'

'मग्ने जा रहा है।'

तरना के पास ही एक जानी-पहचानी आवाज़ आई। तरना ने घूमकर देखा, सेठ मित्तल था और हंसी उड़ाने के अन्दाज में बोल रहा था।

'पैसे के लिए ये गरीब लोग क्या नहीं कर सकते ? वहां ऊपर गुंबद के तारों में एक कौवा फंसके रह गया है। उसने शार्ट-सर्किट कर दिया है। उस ओर की बिल्डिंगों में'—मित्तल ने हाथ के एक लम्बे-चौड़े इशारे से बताते हुए कहा, 'उस तरफ की सब छतों पर रोशनी नहीं हो सकती, जब तक वह बिजली का तार ठीक न हो। अब उस काम को पूरा करने के लिए वह आदमी अपनी जान पर खेलकर वहां गया है।'

'क्या कोई बिजली वाला है ?' तरना ने मित्तल से पूछा।

'अरे नहीं तरना,' मित्तल तरना को पहचानकर बहुत ही खुश होते हुए बोला, 'कोई गंवार बांगड़ा है।' पहले तो उसे डिपार्टमेंट स्टोर में बैठकर समझाना पड़ा कि बिजली का तार कैसे ठीक किया जाता है, मगर वह तो ऊपर जाने के लिए ऐसा बेचैन हो रहा था कि बगैर सीखे, ऊपर जाने यानी कि मरने को तैयार था। कहता था, बस मुझे घर वापस जाने का किराया दे दो और इतने पैसे और दो जिनसे मैं बैलों की एक जोड़ी खरीद सकूं।'

'बैलों की जोड़ी !'

तरना का दिल धक् से रह गया। इसके आगे वह कुछ न कह सकीं और ऊपर भी न देख सकी। उसकी आंखों के सामने अंधेरा छाने लगा। अचानक कुसुम ने उसका हाथ जोर से पकड़ लिया और बुदबुदाई, 'राजू है—राजू।'

'अरे वह गिरा—वह गिरा।' हुजूम में से बहुत लोग चिल्लाए और सचमुच में ऊपर चढ़ने वाले का पांव गुम्बद के गिर्द बंधे हुए बांसों से फिसल गया था और वह लुढ़कते हुए बांस के आखिरी हत्थे पर झूल रहा था और पांव टिकाने की नाकाम कोशिश कर रहा था क्योंकि अब उसके नीचे पांव टिकाने की कोई जगह न थी। नीचे टेक कुछ न था और कई सौ फुट नीचे कंक्रीट का फुटपाथ था।

'साला मरने जा रहा था।'

मित्तल हंसी उड़ाने वाले अन्दाज़ में बोला।

'पैसे के लालच में आ गया। हमारे बिजली वाले भी तो डर के मारे नहीं गए, मगर यह बेवकूफ चला गया। कहता था—मर गया तो भी ठीक है और बच गया तो भी ठीक है; तुमसे दो बैलों के पैसे ले लूंगा। मुझे तो कमबख्त खुद भी एक बैल दिखाई देता है। हा-हा-हा ! !' मित्तल जोर से हंसा।

दूर ऊपर बांस की हत्थी पर राजू दो-तीन बार झूला, फिर सरकस के किसी सधे हुए कलाबाज की तरह उलटी कलाबाजी खाकर अपनी दोनों टांगें ऊपर के बांसों में फंसा लीं और खुद भी दुहरा होकर बांस तक पहुंच गया, लेकिन अभी उसमें और गुम्बद में बहुत फासला था।

'राजू ! ऊपर मत जाओ !' वहीं धरती पर खड़े-खड़े तरना इतने ज़ोर से चिल्लाके बोली कि आसपास के सब लोग चौंककर उसे देखने लगे। मित्तल भी चक्कर में पड़कर उसे देखने लगा।

'तुम भी इसे जानती हो तरना ? मेरा तो ख्याल था कि तुम इस बम्बई में किसी मर्द को नहीं जानती—जानना भी नहीं चाहतीं।'

'राजू—राजू—' तरना जोर से चिल्लाई, जैसे वह शहर में न हो, जंगल में हो। मगर वह नीचे धरती पर थी और राजू इतने ऊपर था कि वहां तक उसकी आवाज़ न जा सकती थी।

तरना ने मित्तल से पूछा—

'ऊपर जाने का कौन-सा रास्ता है ?'

'पागल न बनो।'

मित्तल ने जल्दी से तरना का हाथ ज़ोर से पकड़ लिया।

'सात मंज़िल तक तो लिफ्ट जाती है, मगर उसके ऊपर गुंबद तक तो सिर्फ बांस की खपच्चियों के सहारे जा सकते हैं। वहां तक जाना मौत के मुंह में जाना है क्योंकि बहुत-सी बांस की खपच्चियां टूट चुकी हैं। वह कमबख्त विजली फिट करने वाला ठेकेदार बेईमान निकला। एक आदमी कल ही गिरकर मर चुका है। वह बेईमान ठेकेदार भाग गया है।'

'और तुमने इस हालत में उसे ऊपर भेज दिया ?' तरना गुस्से से बोली।

'क्या करता ? आज पन्द्रह अगस्त है। क्या तुम चाहती हो, मेरे डिपार्टमेंट स्टोर में रोशनी न हो ? आज तो लाखों आदमी मेरे डिपार्टमेंट स्टोर की रोशनी देखने आएंगे।'

'क्यों न हो, किसीकी जान जाए और तुम्हारे घर में रोशनी ज़रूर हो और लोगों के लिए तमाशा भी हो जाए !'

'मैंने उसको मजबूर तो नहीं किया था ?' मित्तल बीच में टोकते हुए बोला, 'उसने ऊपर जाने के लिए अपनी कीमत लगाई थी; जैसे हर आदमी इस दुनिया में अपनी कीमत लगाता है—उसने भी लगाई थी, जो मैंने मंज़ूर कर ली थी। आज लाखों लोग मेरे डिपार्टमेंट स्टोर की रोशनी देखने आएंगे—क्या मैं उन्हें नाउम्मीद कर दूं ?'

तरना ने जल्दी से अपना हाथ छुड़ा लिया और डिपार्टमेंट स्टोर के भीतर भागी।

'तरना—तरना—कहां जा रही हो ?' मित्तल और कुसुम चीखे और उसके पीछे भागे, मगर तरना उनके आने से पहले लिफ्ट बन्द कर चुकी थी और बटन दबाकर सातवीं मंजिल को जा रही थी।

सातवीं मंज़िल पर पहुंचकर बह सीढ़ी पर चढ़ती हुई, भागती हुई राजू-राजू चिल्लाती हुई एक अधखुली बालकोनी में आकर खड़ी हो गई। उस बालकोनी के एक ओर लकड़ी की एक खुली अलमारी थी, जिसपर बिजली के बहुत-से स्विच लगे थे। दूसरी ओर बालकोनी की दीवार से एक रस्सा लटक रहा था।

तरना ने सिर निकालके ऊपर देखा। इसी रस्से को पकड़कर शायद राजू गूंबद

की टूटी खपच्चियों तक पहुंचा था और अब वह खपच्चियों के बीच की सीढ़ी पर था और धीरे-धीरे ऊपर जाने की कोशिश कर रहा था, जहां बिजली के तारों में फंसा वह काला कौवा अभी तक झूल रहा था।

वहां सबसे नज़र हटाकर जब तरना ने नीचे देखा तो उसे चक्कर आ गया और उसने बालकोनी की लोहे की रेलिंग को जोर से पकड़ लिया, अपनी आंखें बन्द कर लीं और ज़ोर-ज़ोर से सांस लेने लगी।

कुछ लमहों के बाद उसने फिर ऊपर देखा और बालकोनी से सिर निकालकर चिल्लाई—

'राजू—राजू, मत जाओ—ऊपर मत जाओ।' राजू ऊपर जाते-जाते ठिठका-ठिठककर संभला, फिर एक बांस टूटा और राजू लुढ़ककर दूसरे बांस की हत्थी पर हो लिया। टूटाहुआ बांस उड़ा और गिरता हुआ नीचे, बहुत नीचे धरती पर जा गिरा और नीचे खड़े हुए लोग एकाएक चलते-फिरते खिलौनों की तरह इधर-उधर बिखर गए। राजू ने नीचे बालकोनी में खड़ी तरना को देखा।

'तुम्हें मेरी कसम है राजू—वहां मत जाओ—अपनी जान मत दो—मेरी जान मत लो।'

राजू मुस्कराया और फिर तरना की ओर देखते हुंए बोला—

'तो कह दो—माफ कर दिया।'

'हां-हां ! माफ कर दिया।' तरना रोते हुए बोली।

'कह दो, फिर कभी तुम मुझसे न रूठोगी।'

'फिर कभी न रूठूंगी।' तरना ने कहा।

'मैं तुमसे प्यार करती हूं, राजू !' राजू बोला, 'कहो, मैं तुमसे प्यार करती हूं।'

'मैं तुमसे छी...भला...यह मैं कैसे कह सकती हूं राजू...' तरना शरमा गई।

'अच्छा मत कहो—मैं ऊपर जाता हूं।' यह कहकर राजू ने ऊपर वाले बांस की तरफ हाथ बढ़ाया।

'ना—ना,' तरना घबरा के बोली, 'अच्छा मैं कहती हूं।' मैं कहती हूं—मैं तुमसे—मैं तुमसे प्यार करती हूं।' और यह कहकर वह जल्दी से बोली, 'हाय ! बड़े बेशरम हो तुम !' और झट उसने दोनों हाथों में अपना चेहरा छिपा लिया।

‘अब तो मैं ज़रूर जाऊंगा गुंबद पर—अब तो तुम मुझसे प्यार करती हो।’ अचानक राजू खुश होकर मज़बूत लहजे में बोला।

‘नहीं, उसकी ज़रूरत नहीं है। उसकी ज़रूरत नहीं है। मुझे बैलों की ज़रूरत नहीं है, मुझे तुम्हारी जान की ज़रूरत है। राजू—मुझे तुम्हारी ज़िन्दगी चाहिए। बेशरम, तुम ही मेरे सब कुछ हो—मुझसे क्यों कहलवाते हो।’

‘फिर तो मैं यह शर्त जीतकर ही दम लूंगा और अब तो दुनिया की कोई ताकत मुझे बैलों की जोड़ी हासिल करने से नहीं रोक सकती।’

‘तुम मुझे हल के आगे जोत लेना, मगर भगवान के लिए यों अपनी जान मत दो। कल ही एक आदमी गिरकर—’

अचानक एक और बांस टूटकर गिरा। तरना ज़ोर से चीखी, मगर उसके चीखते ही राजू अपने जिस्म की ताकत से उछलकर गुंबद पर आ गया। तरना का कलेजा धक से रह गया। एक लम्हा पहले राजू हवा में मुअल्लिक था, दूसरे लम्हे में जब तरना ने आंखें खोलीं तो वह ऊपर गुंबद में खड़ा था।

नीचे तमाशाइयों में शोर-सा पैदा हुआ, जैसे दूर कहीं समुद्र की तह से बुलबुले फूट पड़े हों।

कुछ पल रुककर उसने अपने औसान इकट्ठा किए। फिर उसने बांस के एक डंडे की मदद से तारों में उलझे हुए मुर्दा कौवे को निकाला। मुर्दे कौवे के पर हवा में झुलते हुए नीचे की तरफ गिरते गए।

फिर राजू ने बिजली वाले की बताई हई तरकीब से दोनों तारों को जोड़ा। दोनों तार जोड़कर उसने धीरे-धीरे वापस उतरना शुरू किया। वह पहली खपच्ची से नीचे उतरा, दूसरी पर पहुंचा, तीसरी खपच्ची गायब थी। एड़ी का पूरा ज़ोर लगाकर वह चौथी खपच्ची पर झूल गया। यह आखिरी खपच्ची थी। बांस उसके ज़ोर और बोझ से लचक गया। तड़-तड़ की भयानक आवाज़ पैदा हुई, जैसे बांस टूट रहा हो। अचानक राजू ने बांस छोड़कर दीवार में लगे हुए लोहे के कुंडे को पकड़ लिया। अब वह एक पेंडुलम की तरह तरना के सामने बालकोनी के रेलिंग के बाहर फिज़ा में झूल रहा था और नीचे कई सौ फुट का फासला था।

तरना ने लपककर उसकी दोनों टांगें पकड़कर रेलिंग के अन्दर कर लीं। धीरे-धीरे राजू ने कुंडा छोड़ दिया और तब धीरे-धीरे तरना ने उसे अन्दर खींच लिया।

बहुत देर तक तरना उसे अपने सीने से लगाए खड़ी रही। आंखें बन्द, चेहरा फक्, बाल खुले हुए, दिल से दिल मिलकर धड़कता हुआ, मुहब्बत की रौ में बहता हुआ, जिस्म और जान और रूह की हदों से गुज़रकर, चाहत के खतरनाक गुंबद में डोलता हुआ। मुहब्बत के टूटे हुए तार जुड़ गए थे।

नीचे हज़ारों तमाशाइयों की तारीफ-भरी आवाज़ें ऊंची उठीं और फिर नारे बन गई थीं। राजू ने आंखें खोलकर कहा, 'लाओ वह सुइच दबा दें।'

'कौन-सा सुइच ?'

'वह सबसे ऊपर वाला सुइच...वह।'

राजू ने एक हाथ से तरना को बगल में लेकर और दूसरे हाथ को बढ़ाकर, खुली आलमारी का सबसे ऊपर वाला स्विच दबा दिया।

'देखो—देखो तरना, रोशनी हो रही है।' राजू ने खुश होकर कहा।

राजू और तरना ने बालकोनी से बाहर देखा। गुंबद के सारे कुमकुमे जगमगा उठे थे। न सिर्फ यह गुंबद, बल्कि उस ओर की सारी बिल्डिंगों पर छाया हुआ गहरा अंधेरा रोशनियों से जगमगा उठा। दीवारें, खिड़कियां, महराबें, गुंबद, टेरस, बुरजियां यहां से वहां तक, मित्तल स्टोर से समुद्र के किनारे वाले रेस्तरां तक—ऊपर से नीचे तक रोशनियां जगमगाने लगीं।

तरना की आंखों में ज़िन्दगी की सारी रोशनियां नाच रही थीं। उसका चेहरा सतरंगा छाया-पथ था। उसने मुस्कराकर राजू का हाथ पकड़ लिया और बोली—

'आओ नीचे चलें।'

जब वे लिफ्ट से उतरकर नीचे आए, तो सैकड़ों लोगों ने राजू को घेर लिया। वे उसे कंधे पर उठाकर नाचने लगे और गीत गाने लगे, नारे लगाने लगे। वह आज शाम का हीरो था, क्योंकि वह रोशनी लाया था। वह अपनी जान को खतरे में डालकर आखिरी गुंबद तक पहुंचा था और लोगों के लिए रोशनी लेकर आया था और लोग आज रोशनी देखना चाहते थे। उनकी ज़िन्दगी में इतना अंधेरा था कि वे आज जी भरकर रोशनी देखना चाहते थे।

जिस मज़बूत आदमी के कंधे पर राजू सवार था उसने जब नाच-नाचकर उसे नीचे उतारा तो राजू यह देखकर चकित रह गया कि वह गठे हुए बदन वाला नाटे

कद वाला आदमी महादेव के सिवा और कोई नहीं है।

'महादेव !' राजू खुशी से चिल्लाया और उसके गले लग गया। 'तरना—यह देखो—यह तो अपना महादेव है।' तरना खुशी से आगे बढ़ी। उसने महादेव से पूछा, 'वह बख्तियार कहां है ?'

''वह क्या तुम्हारे बाजू में खड़ा है, दांत निकाले हुए !' महादेव ने इशारा किया। बख्तियार को देखकर राजू और तरना दोनों उससे भी लिपट गए।

'इधर बम्बई कैसे आए ?' तरना ने पूछा।

'इधर इंदौर तक सेठ का माल लेकर आए थे, फिर महादेव बोला, 'चलो कल पन्द्रह अगस्त है, बम्बई का जशन देखकर वापस आ जाएंगे।'

'कहां जाओगे अब ?' राजू ने पूछा।

'बस—यहां से इंदौर—इंदौर से दिल्ली—दिल्ली से अमृतसर—'

'बख्तियार जुमला पूरा करते हुए बोला, 'और अमृतसर से पठानकोट।'

'और पठानकोट से जहां तुम चाहो।' महादेव खुशी से राजू और तरना की तरफ देखकर बोला।

'बोलो चलते हो ?'

राजू और तरना ने एक लमहे के लिए एक-दूसरे को देखा। दोनों की आंखें खुशी से तारों की तरह जगमगाने लगीं।

'किधर है तुम्हारा ट्रक ?' तरना ने कांपते हुए लहजे में पूछा।

'वह क्या बिल्डिग के बाजू में खड़ा है !'

राजू ने तरना का हाथ पकड़ा, 'बोला—चलो रानी—मगर चलती हो तो अपने मां-बाप, जात-बिरादरी के मुकाबले की हिम्मत रखती हो तो चलो, बैलों की जोड़ी तो मेरे पास है।' राजू ने सेठ मित्तल के दिए हुए नोट हवा में लहराए।

तरना ने बड़ी बेफिक्री और हिम्मत से राजू की ओर देखा और उसका हाथ थामकर बोली—'चलो !'

अभी वह दो कदम ही चली थी कि ठिठक गई। मुड़कर कुसुम की ओर देखने लगी। राजू का हाथ छोड़कर पीछे भागी। कुसुम के गले से लग गई और सिसकते हुए कहने लगी, 'मेरे स्कूल का क्या होगा ?'

कुसुम ने अपने आंसू पोंछकर तरना के गाल से गाल लगाते हुए कहा, 'तुम्हारा

स्कूल मैं चलाऊंगी, चाचा गंगाधर के साथ। तुम जाओ अपना गांव संभालो। मैं अपना फुटपाथ संभालती हूं। जाओ तरना देर न करो, मगर चिट्ठी ज़रूर लिखना।'

कुसुम से विदा होकर जब तरना मुड़ी, तो मित्तल ने उसे रोक लिया।—'मत जाओ तरना—मैं—मैं यह डिपार्टमेंट स्टोर तुम्हारे नाम कर दूंगा।'

'कुछ और दोगे ?' तरना ने उसे गुस्ताख निगाहों से देखकर पूछा।

'कपड़े की मिल दे सकता हूं।'

'कुछ और ?' तरना उसके आगे अपनी उंगलियां नचाते हुए बोली।

'और क्या ? और बोलो—तुम बोलो—तुम क्या मांगती हो, अपनी कीमत लगा लो, मैं देने के लिए तैयार हूं।'

तरना को मित्तल पर तरस आ गया। बड़े प्यार से बोली, 'मित्तल सेठ—तुम गधे के गधे रहे, कभी कुछ न सीख सके !—आज की घटना से भी कुछ न सीख सके !'

मित्तल बोला, 'राजू बहुत बहादुर है। मगर उसने भी तो अपनी कीमत वसूल कर ली।'

'बहादुरी का कोई सिला नहीं होता-हमारे गांव में तो नहीं होता। और फिर राजू ने अपनी कीमत नहीं मांगी, तुमसे शर्त जीती है। वह जीता है, तुम हारे हो। तुम्हारे पास सब कुछ है सेठ–बिल्डिंगे, कारखाने, बैंक, बाज़ार, बिजली के बल्ब, लेकिन रोशनी के बगैर सब बेकार है—और रोशनी सिर्फ दो मेहनती हाथ ला सकते हैं।'

तरना उछलकर राजू के साथ ट्रक में बैठ गई। मित्तल ने वहीं नीचे खड़े होकर बड़ी मायूसी से चिल्लाकर कहा, 'ऐसा मत करो—ऐसा मत करो–मुझे अपनी कीमत बता दो।'

महादेव ने ट्रक स्टार्ट किया।

तरना ने मुस्कराकर कहा, 'मेरी कीमत है, एक बैलों की जोड़ी और दो मेहनती हाथ !'

ट्रक बिल्डिंगों की बगल से घूमकर बाहर सड़क पर हो लिया।

मित्तल ट्रक के पीछे भागा।

'तरना—तरना—तरना !' चिल्लाते हुए वह भागा कि सहसा किसीसे हुजूम में टकराकर नीचे गिर पड़ा। कुसुम ने उसे संभाला और उसके कपड़े झाड़ने लगी।

इतने में ट्रक सड़क की मोड़ पर गायब हो गया।

ट्रक के ऊपर पहाड़ की चोटी की तरह सामान लदा हुआ था और उस चोटी पर तरना और राजू एक-दूसरे के साथ लगकर बैठे खुशी और मुहब्बत से चमकने वाली आंखों से एक-दूसरे को देखते हुए अपने गांव को वापस जा रहे थे। उनके सिरों पर दूधिया नीला, खामोशी में खोया हुआ आसमान था—सफेद बगुलों की तरह उड़ते बादल थे। जमर्रुद की तरह चमकने वाली हरी-भरी डालियां थीं, क्योंकि बम्बई जाते वक्त जिन शाखों पर फूल और पत्तियां छोड़ गए थे, उनपर फल आ गए थे।

और वे दोनों अब अपने घर जा रहे थे।

और उन दोनों के साथ-साथ सड़क भी वापस जा रही थी। वादियों, मैदानों, घाटियों, पहाड़ियों की हरी-भरी बगियों से गुज़रती हुई, एक सुन्दर रेशमी रिबन की तरह खिलती हुई, एक हसीन जज़्बे की तरह चमकती खुशी से गर्वीली सड़क वापस चली जा रही थी।

और राजू अपनी बंजली बजा रहा था।

और महादेव के करीब बैठा बख्तियार ज़ोर-ज़ोर से गा रहा था—

बलिए?

 नी ओ तेरे की गुलदा,

जेहड़े चुटियां, रुमालां वाले?

बलिए?

◇◇◇